跨度新美文书系
Kuadu Prose Series

花木掩映的时光

跨度新美文书系
Kuadu Prose Series

田崇亮 著

中国文史出版社

前　言

“我们的田野，美丽的田野，碧绿的河水，流过无边的稻田。无边的稻田，好像起伏的海面。平静的湖中，开满了荷花，金色的鲤鱼，长得多么的肥大。湖边的芦苇中，藏着成群的野鸭……”每次从外地回到故乡，踏上故乡的土地——微山湖西岸这片美丽的平原，就会情不自禁地唱起《我们的田野》这首儿歌，想起在故乡度过的童年和青少年时光，想起日常生活中与花草树木、鸟兽虫鱼相亲相悦的情景，想起村里的老人述说的有关它们的种种传说故事，想起跟着邻居田爷爷、刘爷爷两位老中医到原野上采集中草药的情景。这一切，都在我的脑海里留下了永不磨灭的印象。

认知草木，是乡村孩童生活的组成部分。日驰月驶，春去秋来，原野上各种草木荣枯变化。它们的名称、形态、用途，乃至风吹枝叶发出的声响，都使乡村孩子感到好奇，吸引他们去观察、去分辨、去认知。这些草木几乎都是中药材，其中很多草木的根、茎、花、叶、果，包括颜色、气味等，还是大自然赐给乡村孩子们的天然零食。与草木的亲密接触，充满了童趣和快乐，使大家进一步认识了大自然，对一些植物的特征有了了解，受到自然之美的感染和熏陶，增进了对故乡、对中医中药、对大自然的热爱之情。

上古时期，中国古人特别是汉族属于农耕民族，自称“华夏”“诸夏”“中华”等。汉朝以后，始称汉人，但“华夏”这一称谓并未因此消失，而是延续至今。华夏，即是花之大者，花之最崇高、最伟丽者。作为农耕民族，草木既是中国古人食物的来源，也是药物的来源，还是一切祭祀品的来源。草木在中国古人的饮食起居、婚丧嫁娶、治病健身、人生历练、民俗节庆和朝廷大典等诸多方面，都有着不可替代的作用。草木，还是中国古代文学艺术创作中常涉及的题材。由此形成的草木文化，是中国古代文化的重要组成部分。观察、认知草木，也能加深对中医中药和中国古文化的探究和热爱。

大自然，是一本博大精深的教科书，也是孩童学习、生活的重要课堂。时下，城市化的涟漪正迅猛地向四周扩散，原野上生长的草木也和日渐狭小的原野一样渐渐遁向远方。钢筋水泥丛林和电光炫目的网络，仿佛形成一道壕堑，把原野、草木同孩子们隔离开来，他们与大自然和草木接触的时间越来越少。孩子们的零食，有些也是膨化或油炸的（甚或添加了色素和蜜糖的）薯条、果干等，色、香、味、形等都显得单调和枯燥。近年来，英国一家民间组织“国民信托”发起了一项活动，名曰“十二岁以前要做的五十件事”，列举了五十个少儿户外活动项目，包括捉迷藏、搓柳笛、上树摘果、逮虫子、扑蝴蝶、捞蝌蚪、打水漂、放风筝、做泥饼、下水捕鱼、早看日出、晚看星空等等“野玩”项目，引导那些放学后回家就上网、看电视的少年儿童多出门玩耍，接触大自然，促进成长发育和身心健康。到原野上接触、识辨草木，是孩童认识大自然、促进成长发育和身心健康的一条直接而迷人的途径。

原野上生长的草木是多姿多彩的，也是五味俱全的。现把我孩童时在微山湖西岸的原野上和小伙伴一起与草木相亲相悦的一些片段，通过图文结合的形式记述如下。力求把介绍草木的生长特性与描绘乡间孩童多姿多彩的生活相结合，与刻画童真童趣相结合，与古老朴素的民风民俗相结合，与凸显草木的中医药价值相结合，与拓展读者的阅读视野和艺术视野相结合。希望城市和乡村的孩子读后，进一步了解原野对孩童生活的眷顾和恩赐，接触和认知更多的花草树木，更加热爱乡村，热爱中医中药，热爱祖国的传统文化，热爱和保护大自然，收获快乐，收获更多难忘而美好的童年时光。

田崇亮

2021 年 1 月 1 日

目　录

释放甜蜜的白茅

阳春三月，惠风和畅，桃红柳绿，白茅便把冬日蕴藏的生机和甜蜜，向地面尽情释放。田埂、河岸、路边和沼泽，仿佛有一个约定，一齐长出绿色和紫色相间的柔嫩的草芽，迎接春阳的爱抚。

“打了春，光脚奔。挖荠菜，拔茅针。”“茅针茅针头尖尖，嚼着茅针赛蜜甜。茅根茅根两头长，嚼着茅根胜吃糖。”哼着奶奶爷爷教给的歌谣，乡村的孩子三五成群，嬉闹着、蹦跳着，走向田野拔嚼茅针和茅根。茅针，即茅草顶端柔嫩的叶芽包裹着花蕊的部分，有三四寸长，翠绿润圆，形如尖针，故被称为“茅针”。茅草拥挤地生长在一起，不一会儿就可拔满一把。茅根横走地下，细长而色白，柔韧有节，古人称为茹，又名丝茅。在拔取茅针时，孩子们有时会连地下的茅根一起拔出。大家津津有味地咀嚼茅针茅根，品味着清香、甘甜，笑意写满了脸庞。孩子们还把茅针、茅根作为礼物赠送。年龄和力气稍大一点的，往往拔得多些。像数着心爱的食物一样一根一根地数着，赠给年小的一同分享。春天的茅根，

春天萌生的白茅草，彰显了生命的稚嫩和绿色。

早春的茅针、茅根，蕴藏着甜蜜，更蕴藏着乡间孩童拔取、咀嚼的欢乐。

脆嫩汁多，夏季的茅根涩硬汁少，孩子们一般是不会拔拽的。

茅根有补中益气、养阳生津的功效。秋风飒飒、草木萎黄的时节，干燥侵扰着大地。秋燥易使儿童的咽喉肿痛，孩子们便依照大人的指教，到原野上挖取茅根，熬制茅根汤喝。喝几次茅根汤，再配以其他药物治疗，便消除了咽喉的肿痛。新鲜的白茅根可用来炖汤，味道甜美。故乡的老中医，春夏季常把茅根晒干后制成茅根茶，让乡亲们品尝。而今，人们的生活富裕起来了，在城市的一些超市里，一年四季茅根都作为保健食品出售。

茅草的穗子，是会飞翔的植物精灵。七到十月，白茅成熟后的穗子洁白柔顺，状如白羽，微风吹拂下四处飘飞，常常引起孩子们的好奇，把大家想象的翅膀带向云烟缥缈的远方。

五到六月，白茅抽穗开花，如大地之羽。成熟的穗子，随风四处飞散。

入秋后，大河边的茅草地里枯黄的茅草随风摇曳，如一层层波浪起伏，成了麻雀、鹌鹑、老鹰等一些鸟儿的觅食栖息地。茅草地的低洼处生长着一丛丛杞柳，根系纵横交错，其下便成了兔子、獾和山狸子的隐蔽住所。故乡的孩子有时会结伴到茅草地里观看各种鸟儿和獾、山狸子、野兔等小动物，采挖茅根吃。淘气的孩子，有时会猛地跑进茅草深处大声喊叫，看鸟儿像一片片灰色的云在草地里急速地起起落落。

茅草，在故乡的婚嫁习俗中亦是甜蜜的信物。旧时，相爱的青年男女互送聘礼时，女方常回送一束带根的洁白的茅草、二斤花生和红枣，以茅草喻示夫妻生活历经雪压霜冻后才会幸福甜美。后来阅读《诗经·邶风·静女》，才知茅草作为男女间相爱赠送的礼物，古已有之："自牧归荑，洵美且异。匪女之为美，美人之贻（从郊外赠给嫩白的茅草，实在美丽奇异。不是茅草怎样美好，因为物以情重，茅草是美人所赠）。"对相爱的大哥哥大姐姐把茅草作为婚嫁的聘礼相送，孩子们总感到好奇，觉得蕴藏着什么秘密。

干茅草柔韧细长，能遮风挡雨且不易腐烂。炎夏或深秋，孩童常跟着大人们割取茅草晒干后搭建住房或修缮猪栏鸡舍。而今随着乡村旅游业的发展，干茅草的用途发生了根本性变化。在故乡微山湖湿地风景区里，一些村民办起了田园生态养生农庄，用干茅草搭建了一些亭子和草屋，供游人观赏、休憩或住宿。这些茅草建筑物呈现出古朴的宁静之美，已成为乡村田园风光的一部分。早春时节，这些养生农庄里还摆放着孩子们拔取的茅针和挖掘的茅根，让游人免费品尝春天的甜美气息。

逗弄孩童笑眼的杨巴狗子

阳春二三月，杨柳齐作花。在柳絮轻扬的时节，杨树也长出毛茸茸的花穗，开始了新生命的孕育和迁徙。

微山湖流域生长的杨树，称为黄杨树或小叶杨，为雌雄异株。树皮幼时浅黄，长大后变为灰黄，树干一般高达十到十五米，比白杨树长得低矮。杨树雄树的花期比雌树早，每年春天都是雄树先开花。雄树的花朵像毛毛虫一样，而雌树的花朵是由很多个小花组成的穗状花序，经过雄花授粉后，便会在空中飞出许多像绒毛一样的东西，里面包裹着细小的似芝麻粒大小的种子。黄杨树的穗状花序毛茸茸的，像小狗尾巴，乡亲们俗称为“杨巴狗子”。

黄杨树满树的花序流溢着清香，摇曳着春风。孩子们往往三五成群爬到树上，用手采摘或用竹竿敲打。胆子大的孩子，爬上树后常常手脚并用，猛力拽踏，使杨树剧烈地摇摆颤抖，杨花纷落如雨。采摘杨花后，用沸水一焯撒点盐即可凉拌着吃。还可做馅包包子、做菜饼吃，清香、甘甜

小叶杨伸展的枝叶，流溢着生命的绿色。

和淡淡的苦涩融于口中，使人心清气朗。

令孩子们感到好奇的是，杨树的雌雄花序和树皮还能作为中药治病。谁家的孩子如患有蛔虫病，村里的老中医常让用树皮和花序煎水服用。孩子身上如长了秃疮疥癣，让用树皮煮水擦洗，都有很好的疗效。

小叶杨下垂的花穗，逗引着乡间孩童采摘的笑眼，引得燕雀前来啄食。

“前不栽桑，后不栽柳，院子里不栽‘鬼拍手’（杨树）。”世俗相传，风吹杨叶发出较大声响，影响人们休息，乡亲们一般不在居住的院子里栽种黄杨树。故乡村前村后的小河岸上、道路上，栽种了一排排黄杨树。“草长莺飞二月天，拂堤杨柳醉春烟。儿童散学归来早，忙趁东风放纸鸢。”（清·高鼎《村居》）春天，是孩童放风筝的最好时节。在小河岸上放风筝时，稍不留神，飘动的风筝和长长的丝线便会缠挂在黄杨树枝上。孩童们左牵右拽，东拉西扯，被缠住的风筝总是拉不下来。大家只得推选胆子大、攀爬技术高超的孩子爬上树，脚蹬手摇，把风筝取下来。有的风筝缠绕在树梢上实在取不下来，大家只有围着杨树用小巴掌猛拍树身，发泄对杨树阻碍放风筝的不满。

黄杨树下的泥土里，也是蝉的幼虫（若虫）、乡亲们称之为“知了猴”或“借了龟”发育、成长的地方。知了猴，用油炸或油煎，是夏天乡亲们餐桌上的一道美味。夏日的傍晚，特别是雨后的夜晚，知了猴冲破地表的封锁，纷纷从地下爬到树干或树枝上蝉蜕。孩子们常三五成群地打着手电筒，去杨树下捉拿。不一会儿工夫，便可捉住几十只。黄杨树下，亦是蛇捕食、游荡的地方。有时孩子

小叶杨的树根间，是一些蝉的幼虫成长的摇篮。树干和枝叶上，是蝉蜕的场所。

们正打着手电筒围着黄杨树捉知了猴，突然一条大蛇压着草丛摇头晃脑地爬了过来。看到蛇，孩子们吓得大声叫喊，一溜烟似的四处奔跑，把捉知了猴的事儿远远地抛在了脑后。夜晚捉知了猴，孩子们有时收获的是惊吓，但收获更多的是快乐和惊喜。

岁岁年年，杨柳作花。那些飘扬的杨树花序逗引着春风，也逗弄着乡村孩子采摘的笑眼。

牵引童心飞翔的蒲公英

飞翔的蒲公英和萤火虫，也许是大地上最能牵动孩童情思的植物和动物精灵。

蒲公英为菊科植物，别名黄花地丁、婆婆丁、奶汁草、苦菜、满地金、金簪草等。它的茎、叶都像莴苣，折断后有白汁流出。花像菊花，但比较小。蒲公英春、秋季都开花，它的种子是由花茎顶端的头状花序发育而成。种子成熟后，顶部就会长出美丽的羽毛状头饰，随风把生命播撒到远方，传递大地最美丽的语言。春、夏、秋三季，蒲公英在原野上不停地生长繁衍，壮大自己的家族。

蒲公英种子飘飞的时节，也是孩子们放风车的大好时机。用几片彩纸折叠出风车叶轮，把一段细柳枝作轴，固定在一根秫秸秆或苘麻秆上，风车便做好了。而后大家高举风车在原野上奔走，让风车轮子快速旋转。放着风车，孩子们常用嘴吹起蒲公英结出的种子

河边绽放的蒲公英花朵，如乡间孩童金色的梦境。

绒球，让它们带着幻想和祝愿起程，目送它们轻轻地飞向云来云往的天空，飞向小鸟爱去的远方。风车在旋转，蒲公英在飞，小鸟在飞，云彩在飞，孩子的心灵也追着在飞，孩子的世界在欢笑中飞翔。

童年时，邻居刘爷爷是一位从医六十多年、年过八旬的老中医。初夏的一天，他带领我们十多个孩子去原野上采挖中药蒲公英。看着一簇簇绽放着黄色花朵的蒲公英，他满眼含笑地给我们讲起了有关蒲公英的一个美丽动人的故事。刘爷爷讲，从前有一个漂亮的小姑娘，父母早亡，跟着狠心的哥嫂生活。不知何故她的胸口突然长了恶疮，肿起一个大包，疼痛难熬。小姑娘强忍不住，只好悄悄地向嫂子哭诉，没想到愚昧无知的嫂子竟说她做了见不得人的事情，狠心地把她赶出家门。女孩走投无路，跑到河边想跳河自尽，幸好被一位姓蒲的渔公救起。得知女孩投河的原因，蒲公多方寻医为其治病也不见好转。一天，一只长着七彩羽毛、会说话的鸟儿飞到蒲公女儿小英的身边，告诉小英去北山上采挖一种美丽的野草，草的名字叫蒲公英。这种草的叶片呈披针形锯齿状，从根部轮圈簇生，宛如一朵翠绿的花朵；叶片的中央抽生出一两根空心的花茎，花茎折断后会流出白色的乳汁，花茎上面开着黄色的花朵，或结着白色的绒球，风一吹，那绒球就会分离出许许多多的小伞。小英按照小鸟的指引，爬到北山上找到了这种小草。她把采回的野草洗净捣烂，给小姑娘敷在胸口上，没过几天，恶疮就神奇地消失了。从此，小姑娘就和蒲公一家人住在一起。蒲公打鱼时，七彩小鸟便把蒲公的渔船引到大片大片的鱼群里去，每次打鱼都是满载而归，小姑

蒲公英的种子是由花茎顶端的头状花序发育而成，种子成熟后，顶部就会长出美丽的羽毛状头饰。

娘和蒲公一家人过上了幸福生活。讲到动情处，刘爷爷不时抓起蒲公英一遍遍闻嗅。刘爷爷讲的故事，形象地描绘了蒲公英的形态特征和药用功效，赞扬了蒲公父女热心助人的精神，流露出对中医、中草药的热爱之情。

蒲公英具有药用、食用和营养价值。其植物体中含蒲公英醇、胆碱、有机酸、菊糖等多种健康营养成分，具有清热解毒、消肿利尿的功能。烘焙的蒲公英根和叶子，用沸水冲泡，代茶饮用，有清热解毒、消肿散结、利尿通淋的功效。蒲公英味甘、清香，可以生吃，也可以炒食或做汤，是故乡的孩子较易得到的一种零食。

榆荚芳菲

“东君堪羡，买春光遍地撒榆钱。”没有桃花的娇艳婀娜，没有梨花的雪白烂漫，阳春三月，榆树默默地绽开了墨绿色的花儿，随风飘动。乡间的孩子们常会爬到树上，捋下几把放进嘴里，吞咽一下春天甜美清香的气息。或用篮子装榆钱，带回家让母亲做菜吃。

榆树的嫩叶、花儿都可以食用。鲜嫩的榆叶，可煮汤喝、炒着吃，或和在面中蒸馒头、蒸饼子吃，乡亲们称为“襆衬馍馍”。榆钱

村边的老榆树下，掩藏着孩童天真的嬉戏，也掩藏着村民谈天说地的欢乐。

可洗净后生吃、蒸了吃或酿酒，或制成榆仁酱。据家乡的老人讲，榆树皮也可食，旧时饥荒年人们常用它充饥。如今榆皮只作为一味中药在药店里出售，名为“白皮”。

榆钱，谐音为“余钱”。乡间有吃了榆钱，就会有“余钱”的说法。

榆树的叶、花和汁液甘甜清香，是一些虫子的美食，榆树易受到病虫侵害。春天，榆树上滋生的害虫常吞噬榆叶，把整棵树上的叶子吃光。有些害虫会钻进树皮或树身中啃噬，使黏稠的汁液流出，引来一些飞虫吸吮。夏天，一种带着白色斑点的黑色甲虫常来吸吮树汁。这种甲虫扇动翅膀发出的响声，类似纺车纺棉花的声音，故乡的孩童把这种虫子叫“纺棉筝”或“纺棉郎”，常常捉住几只玩纺棉花游戏。用一段秫秸皮，两头各缠住一只甲虫的颈项，平衡地放在一个插在土中的细柳棍的尖上，像一副挑着的担子。细柳棍支撑着，两个甲虫便展翅拼命地转圈飞动，发出嗡嗡声响。孩子们常常围在一起，聚精会神地观看甲虫的飞动，边拍巴掌边唱儿歌：“纺棉郎，天天忙，一天纺棉一寸长。纺了花布做花衣，遮盖自己的黑脸庞……”两只甲虫转着圈飞动，能飞好长时间，孩子们的小巴掌拍得有些累了，甲虫扇动的翅膀仍不肯停下来。

榆木木性坚韧，纹理通达清晰，硬度与强度适中，可制作精美的家具和雕漆工艺品。乡亲们常用榆树做桌子、箱子等家具。在故乡遗存的明代建的寺庙和祠堂里，摆放的榆木供桌、供案、椅子等形制古拙，经人们长久抚摸和空气氧化，包浆油亮夺目，木纹苍老遒劲，抚之令人心动，凸显着岁月的沧桑。乡亲们还把那些性格倔强、脑子不开窍的人，戏称为“榆木疙瘩”。记得童年时邻村村后的

清·金廷标工笔花鸟画《群婴斗草图》。图绘临水坡岸上，绿柳垂荫，一群男童在湖石花丛间斗草嬉戏。人物写实，敷色明丽。儿童的体貌特征与幼稚顽皮的神态表现得生动传神。旧时，孩童斗草嬉戏分文斗和武斗两种。文斗，即斗草时以对仗形式互报花名、草名，多者为赢，兼具植物知识、文学知识之妙趣；武斗，即斗草时比试草茎的韧性，方法是以草茎相交结，两人各持己端向后拉扯，以断者为负。

台地上生长着一棵大榆树，根须遒劲凸起，树干苍劲挺拔，高近四十米，树干三四个成年人拉着手才能合抱过来，树冠葱郁蓊然，上面有六七个老鸹窝。树下建有一座小庙，供奉着一位衣着花花绿绿、憨态可掬的树神。有的年老的村民常把红布条系在老榆树低垂的枝丫上，跪在树神庙前，燃起香烛，对着榆树和树神庙顶礼膜拜。孩子们并不在意这些老人的举动，他们只是吵闹着在榆树的根须下捉蟋蟀，看老鸹在树冠上鸣叫着飞来飞去。

榆花盛开的时节，也是桃花、海棠花等各种花儿争艳吐芳的时候。故乡的孩童有春天斗花的习俗，孩子们把采摘的榆钱、桃花和荠菜花等摆放在一起，比赛谁采摘的花儿种类多，花朵美丽芳香。斗花结束后，大家常把各种花儿和捡拾的草种子、捉住的小虫子放在花堆下，让小鸟一起享用。喜鹊、麻雀等胆大的鸟儿，爱落在花堆上啄来啄去。山雀、流莺等一些胆小的鸟儿，却害羞地叼起花朵一溜烟似的飞向远方，把孩子们逗得开怀大笑。

荠菜青青

春寒料峭，冰雪消融，大地刚从冬眠中苏醒过来，小草正悄悄地吐露新芽，在路边、河岸和荒地上，荠菜长出绿色的茎叶，绽放细小的白色花朵，迎接着春阳。体型较小的荠菜，是植物界伴随着迎春花一道向人间报春的使者。

荠菜对生存条件要求不高，耐寒耐旱，即使在贫瘠的土地上，也能生根发芽，开花结果。荠菜，又名地菜、野荠、护生草、净肠草等。荠菜的种类较多，但生命周期相同：冬末开始生长，秋末生命枯萎。

童年时，与邻居徐老师的孩子一起去田野挖荠菜时，徐老师常教我们背诵古人描写荠菜的诗句，并细心讲解这些诗句的含义。至今还记得一些，如“春风先发苑中梅，樱杏桃梨次第开。荠花榆荚深村里，亦道春风为我来”（白居易《春风》）；“城中桃李愁风雨，春在溪头荠菜花”（辛弃疾《鹧鸪天》）；“初信东风入采幡，自挑雪荠饤春盘”（方岳《立春》）等等。唐代诗人白居易和南宋词人辛弃疾、诗人方岳，通过诗、词写出了荠菜给人间带来了早春信息，带来了舌尖上的美味，带来了春天的希望和欣喜。背诵古诗句，使我们对荠菜的生长习性有了进一步了解。

荠菜味道清香甜美，我国民间很早就把荠菜作为菜蔬食用。《诗经·谷风》有“谁谓荼苦，其甘如荠”的描写。《左传》记载，远在春秋时代，我国人民就开始在田野里种植荠菜，食用荠菜。唐代，在西京长安和东京洛阳，菜市场上已大量出售荠菜。《旧唐书》记载，唐代巫州（今湖南黔阳）多荠菜，当地人却不吃。宦官高力士被流放到这里后非常感叹，作《赋荠菜》诗一首：“两京作芹卖，五溪无人采。夷夏虽不同，气味终不改。”并让人采摘做汤喝。后来，随着农业的发展和蔬菜种植品种的丰富，因生长周期限制和产量较低等原因，人们便很少种植荠菜了。荠菜又退回原野，与野草为伍。近年来，随着我国经济的快速发展和人民生活水平的不断提高，野生荠菜被称为无公害绿色蔬菜又回到餐桌上，身价倍增。在城市的超市里，荠菜的售价已远高于芹菜了。

碎小的荠菜花显得格外娇丽清香

荠菜，是春天到来时乡间最早品尝的一味野菜。荠菜不仅可以充饥，营养价值也十分丰富。乡间流传一句俗语云：“三月三，荠菜胜仙丹。”对孩子们来说，吃荠菜是一种乐趣。可以炒着吃、煮汤喝或腌咸菜吃。但大家最爱吃的，还是把刚在田野里采挖回来的荠菜，让父母亲拣择洗净后做成饺子、包子，或用荠菜炸春卷。吃着自己亲手采挖的荠菜，早春的鲜嫩和清香在孩子们的齿颊间流淌。

采挖荠菜，是农村孩子放飞心灵、放飞快乐的一件事情。早春时节，春光明媚，轻风拂面，春雨轻轻飘洒。孩子们挎着小竹篮，三五成群，哼着儿歌，在随意飞落的小鸟的陪伴下，弯腰采摘荠菜。荠菜常在枯萎的草丛里或稀疏的林下落叶里生长。采挖时，需仔细拣出枯草和落叶，完整地挖出叶绿根白。孩子们采挖荠菜时，常常会碰到觅食的野兔和獐狍等小动物。大家便把采挖荠菜抛在了脑后，一起高声呼喊，不自觉地蹬掉束缚双脚的鞋子，赤脚奔跑着追逐。

野兔和猞猁是奔跑冠军，不一会儿它们便消失在绿野风烟中。跑得气喘吁吁的孩子们只得停下脚步，抓起一把黄土望着小动物消失的背影狠狠地投去。孩子们在原野上采挖荠菜，篮子里装满了鲜嫩的荠菜，也装满鲜嫩纯真的快乐。

平凡的芦苇

农历二月二过后，天气渐渐暖和起来。芦苇便从河边、水沟和池塘里，以及低洼的泥土和沼泽中悄悄地露出尖尖的苇芽，探望季节前行的脚步。小河里的水在哗哗流淌，芦苇长出一片片翠绿的叶子，个头渐渐高起来了。水中，一群群小鱼摇着尾巴，触摸着芦苇，仿佛在寻觅快速成长的秘诀。

春天，是乡村的孩子采挖芦芽和芦根的时候。芦芽炒后即可食用，清脆甘甜，有竹笋味。新生的芦根洁白柔韧，咀嚼着像牛皮糖，一丝丝的甜蜜沁人心脾。夏季以后的芦根变得多须而坚硬，孩子们一般是不嚼食的。春末夏初，孩子们常采摘鲜嫩清香的芦苇叶用来包粽子，或熬制芦苇叶茶喝，味道清香怡人。

春末夏初，乡村的孩子有时会用小刀轻轻削取苇秆，取出其中透明的内膜，贴在竹笛膜孔上，吹起轻快的笛子。笛声悠悠，伴着芦苇丛中春鸟的歌唱，汇成了春之交响曲。夏秋季，孩子们常摘

微山湖里生长的芦苇，既是一些鱼虾的栖息地，也是鸟儿生活的天堂。

从芦苇中抽出的苇膜可做笛膜，音色优美。是故乡爱吹笛子的儿童常做的一件趣事。

下苇叶，卷成小喇叭，把吹气处压扁，含在嘴里，吹出粗壮尖厉的声音。大家嬉笑着组成一支少年乐队，喇叭声呜呜哇哇，回响在上学的路上。

芦苇家族攻城略地的本领非常强大，几十棵芦苇三五年的时间便能占领一片池塘，驱逐莲、菱、浮萍等水生植物，使水塘变成苇塘。苇塘里生长的芦苇，给孩子们带来了很多欢笑和快乐。苇莺、苍鹭、鹭鸶、野鸭子、鹳、水鸡等很多鸟儿，都爱把家建在苇塘里。夏天，孩子们爱到苇塘边听鸟鸣。苇莺是技艺高超的建筑学家，能把几根苇子用苇叶或青草缠绕在一起，在交叉处用苇叶织出一个圆窝，里面铺上一些软软的干草，或细碎的羽毛，而后非常辛苦地繁衍后代。苇莺“呱呱”的叫声，尖厉急促。苍鹭和鹭鸶的叫声，沙哑低沉。野鸭子的叫声，清脆响亮。鹳鸟“响响”的叫声，间歇有力。水鸡的叫声，细碎短促。苇塘，成了鸟儿大合唱的舞台。冬天，很多鸟儿都迁徙远方，苇塘静了下来。只有到了傍晚，在苇子上宿营的麻雀们大声地叫嚷着、交谈着什么。

冬天，苇塘和河边浅水没膝的苇丛里是鱼儿冬眠的地方。鲫鱼、乌鱼、黄颡鱼，常常成对成群地把身体埋进软泥或水藻中，露出油亮的脑袋。童年时，阳光温暖的午后，我常和小伙伴一起，身穿防水皮裤，小心翼翼地蹚进苇丛里捉鱼。记得上初中时，我和一位小伙伴在村后一条大河边结了薄冰的苇丛里，午后两个多小时的时间就捉了十多斤鱼，在软泥里捉住三只老鳖，其中一只老鳖有五斤多重。因我俩力气小，手冻得发麻，只得请一位过路的二十多岁的大哥哥下到河边，帮着把老鳖捉拿上岸。苇塘和河边的苇丛里，掩藏着鱼儿潜匿的踪迹，更储藏着孩子们捉鱼后沉甸甸的快乐。

明·张宏《秋塘戏鹅图》。芦苇，是古代山水画家经常描绘的题材。这幅花鸟画以山水为衬景，所绘芦苇、群鹅皆具情趣，笔意淡远飘逸，表现了画家恬淡的情怀。

芦苇既是一种田间杂草，也是一种对老百姓的生活、保健等有很多益处的植物。芦叶、芦花、芦茎、芦根、芦笋饲用价值较高，均可用于畜牧业，家畜喜食芦苇的嫩茎叶。芦苇地既可作割草地亦可作牧场。芦苇还可晒制干草和青贮，青贮后作为牧草香味更为浓烈。苍老的芦苇秆中纤维含量较高，古代常用来编制苇席，用作铺炕、盖房，现在常用来造纸。另外，芦苇的空茎可做乐器芦笛，芦苇穗可制作扫帚，芦苇的花絮可用来填充枕头，制作取暖的被子。芦苇有清热、生津、除烦、止血、止呕、解鱼蟹毒、清热解表的功效，可治疗热病烦渴、胃热呕吐、噎嗝、反胃、肺痿、肺痈、表热、河豚鱼中毒等病症。因此，芦苇在民间也被看作一种吉祥草。故乡流行的传统的吉祥图《喜得连科》，便是由喜鹊、莲花和芦苇组成。喜鹊站在莲花和芦苇上。喜鹊是报喜的鸟儿，代表吉祥，“莲”与“连”同音，芦苇棵棵相连，“棵”与“科”同音，组成了“喜得连科”的吉祥纹，寓意学子应试接连取得好成绩。

飘香的蒲子

香蒲与芦苇仿佛是一对非常好的朋友，它们常常比邻而居。春天，一同发芽，一同生长；夏天和秋天，一同用翠绿色描画着时光，一同变换生命的颜色。

春天，蒲子长出嫩绿的芽儿，也长出了白嫩的蒲根。蒲根细长，有淡淡的清香味。孩子们常采挖香蒲根，带回家让母亲炒着吃，咀嚼着滑脆香甜。夏天，香蒲长出柔韧而长的叶子，其形如剑，并绽放长圆柱形的穗状花序，结出果穗，俗称“蒲棒”。孩子们常采收蒲棒上的蒲黄，用来治疗跌打出血或被草木划伤后出现的肿痛。蒲棒黄色的雄花序晒干后碾压，筛取花粉，即为蒲黄。有的孩子采摘莲蓬时，手、脚被水草扎破了，往往采摘一枝正在开花的蒲棒，把鲜花粉敷在上面，不一会儿便止住血液外渗。有时，大家也采收蒲棒上的黄色花粉，用以描画鬼脸，或捏一撮品尝，回味香蒲特有的清芬。蒹葭苍苍白露为霜的时候，孩子们常采收干透的蒲棒，用蒲绒做枕芯。或把一串串紫红色的蒲棒与串串红辣椒一起挂在大门两边，作为秋天的饰物。

传说香蒲的叶子有避邪气、驱害虫的功效，蒲棒燃烧的香气有慰神灵、添祥瑞的作用。我国民间，历来把农历五月称为“毒月”，把五月初五叫作“毒日”。在古人看来，五月多灾多难，百毒活跃。其中的“五毒”即蛇、蜈蚣、蝎子、蜥蜴、癞蛤蟆，令人望而生畏。为了对付“五毒”，古人费尽心思找到了艾草、菖蒲（香蒲）、石榴花、蒜头、龙船花五种植物。端午节，乡亲们常用蒲叶编成长剑，

乡间的孩子常点燃晒干的蒲棒，燃放鞭炮，或采收干燥的蒲棒用蒲绒做枕芯。

挂在住房大门的两边（我国江南地区常把菖蒲挂在门上。在微山湖地区，几乎不见菖蒲生长的影子）。用艾叶、干草、香蒲叶、雄黄粉等制作香囊，让孩童佩戴，用以辟邪驱瘟。雪花纷飞的除夕夜，孩子们常点着蒲棒，燃放爆竹。爆竹声声，把缕缕蒲香和新春的喜悦送上了云霄。

故乡的西边，有一座香火很旺的明清时期建造的佛庙。僧人和信徒坐禅、跪拜时需用蒲团。村里的李爷爷是一位技术高超的编制艺人，一天能做十多个蒲团。他编制的蒲团外观圆润优美，内里匀称厚实。僧人和信徒有时会扛着蒲叶，登门让李爷爷编制蒲团。有时蒲叶不够用了，李爷爷便让围观的孩子去池塘边帮着收割蒲叶。作为对孩子们劳动的奖赏，他用蒲叶编制非常漂亮的蝈蝈和鸟笼子送给大家。记得年幼时因帮助李爷爷收割蒲叶，他送给我三四个饲养蝈蝈和小鸟的笼子。李爷爷还在我们学校的操场上编制了两位练武的蒲草人，身高近两米，系着红丝带，英姿飒爽，让孩子们观赏。

香蒲的嫩茎俗称蒲菜、草芽，是美味菜蔬，在我国已有两千多年的食用历史。《周礼》上即有“蒲菹”的记载。香蒲的叶子可做蒲扇、蒲席、蒲包、蒲鞋等生活用品。

炎夏，孩子们常跳进水塘边采摘香蒲叶，晾晒后让老人编织蒲扇、蒲席。入夜，热浪袭人，流萤飞舞，老人常带孩子去荷花盛开的水塘边乘凉。孩子躺在蒲席上，老人讲着古老的仙人腾云驾雾的故事，轻轻摇动蒲扇驱赶蚊子和炎热。听着故事，望着满天眨眼的星星，孩子渐渐抵挡不住睡意的诱惑。蒲扇、蒲席和水塘中的莲荷流溢着淡淡清芳，浸润着孩子的梦境。

乡亲们常用晒干后的蒲叶编织蒲包，冬天用来焐“臭豆矢”——一种发酵后类似臭豆腐的食品。把洗净的黄豆煮好后，放在蒲包里，外边再用棉被等紧紧包裹。经过十天左右的高温发酵后，用筷子一挑，黄豆有黏黏的晶莹的长丝，撒上盐，臭豆矢便做好了。闻着有一丝臭味，吃起来却有蒲叶和黄豆的味道混合而成的醉人的芳香。

隆冬时节，在室外游玩时，故乡的孩子常把臭豆矢夹在热馒头里大口吞嚼。从嘴角滑落的面粒和臭豆矢掉在地上，引得小鸟从树枝上纷纷落下来抢食。干蒲叶柔软而有弹性，可用来编织草鞋。穿着透气舒适的蒲草鞋，行走在滚烫的土地上，孩子们把夏天的酷热远远地甩到了身后边。

长命菜马齿苋

马齿苋的生长有几个突出特点：一是对生存环境要求较低。不论是在房前屋后的瓦砾间或田间地头的草丛中，马齿苋都能发芽生长。二是家族意识、团队意识很强。扎根土地上，它总是一片片、一簇簇地相伴而生，抗击着其他野草的进逼，张扬起生命的黄色花朵。三是不惧阳光暴晒。三伏天，酷日如焚，很多野草都被晒得耷拉着叶子，而马齿苋小而圆的叶片、肉质肥厚的红色的茎却紧靠地面伸展。马齿苋根，即使挖出在骄阳下暴晒几天，埋在泥土下仍能发芽生长。

马齿苋也叫长命菜、五行草、五方草、长命苋等。据《本草纲目》等医书记载，它全草入药，味酸，性寒，具有延年益寿、聪耳明目、清热解毒、凉血止痢、除湿通淋等功效，服用它的种子也可以明目。老人们讲，“长命菜”这一名字的由来与彭祖有关。传说远古时微山湖两岸的田野里马齿苋生长繁盛，彭城（今徐州）人彭祖经常食用马齿苋和马齿苋的籽实，终至长生

马齿苋生命力极强，往往一片片相伴而生。

不老，飞云升天，成为仙人。孩童嬉戏或走路时身上有瘀血，或患有肠道寄生虫病，村里的老中医常让孩童饮用马齿苋的汁水，疗效很好。

马齿苋的花期为五至八月，果期六至九月。图为马齿苋黄色的花朵和成熟的蒴果种子。

乡亲们常把马齿苋称为“马蜂菜”，因其叶片形如马蜂。马齿苋有医治马蜂蜇伤的效用。捅马蜂窝，是乡村孩子充满好奇和追求刺激的一种行为。用木杆捅马蜂窝时，马蜂疯狂地寻找破坏者进行攻击。躲闪不及的孩子身上往往被蜇伤，肿起水疱，非常疼痛。这时，采摘一把马齿苋捣碎后敷在水疱上，就可消肿止痛。我已过不惑之年，想起儿时戳马蜂窝被蜇、用马齿苋涂抹的情景依然如在眼前。曾就此写过一首小诗，算是对童趣的捡拾：

斑驳的老房子前
石榴树纷披的枝叶
苍老的躯干　生长着
太爷爷儿时种植的　美好祝愿
热风南来
枝叶间悬挂的马蜂窝
一阵摇曳抖颤
七岁的孩童充满好奇
高举竹竿　想把马蜂窝捅烂

面对破坏者　群蜂纷纷驱赶
几只　骤然俯冲而下
蜇刺孩童红润的脸蛋
痛得放声大哭
爸爸急急赶来　采摘一把马齿苋
揉搓着止痛消炎
充满爱意地告诫
你的太爷爷、爷爷和我
都在这棵树下捅马蜂窝被蜇
马蜂爱自己的家
哪能随便招惹
听了爸爸的话
孩子哭了又笑了
痛并快乐着

马齿苋是乡村夏季常见的野菜，口感脆嫩、黏滑，酸甜相融。它的食用方法很多，可凉拌、热炒、烧汤，可烙饼或做馅蒸食，还可以洗净烫过后晒干，贮为冬菜食用。大蒜凉拌马齿苋、马齿苋炒鸡蛋和马齿苋粥、马齿苋包子等，是乡村孩子难忘的美食。

三头六臂的野苋菜

植物的神奇，也体现在野苋菜上。春天，只要有扎根的地方，它绿色的茎叶总能茁壮成长。夏秋时节，野苋菜的茎长得壮实高挑，直至木质化。野苋菜茎干上有坚硬的细刺，叶子肥厚，叶面上毛茸茸的，能抵抗干旱的侵袭。掐掉了头，它接着就能长出一堆头，生发更多的叶子。秋天，野苋菜的茎端吐出花穗，穗中包藏着无数细籽。籽呈扁形，有黑色的光泽。细籽落到地下，明年便繁衍更多的生命个体。李时珍《本草纲目》记载："苋三月播种，六月以后不堪食，老则抽茎如人长，开细花成穗。穗中细子扁而光黑，与青葙子、鸡冠子无别，九月收之。"说的便是苋菜的种植收获过程。

故乡家家房前屋后的空地和田野中，都长有野苋菜。夏天，蜻蜓在行旅途中爱停在野苋菜上休息。烈日炎炎的酷暑，孩童常在野苋菜中捉蜻蜓。屏住呼吸，分开拥挤在一起的野苋菜，悄悄绕到蜻蜓身后，孩童轻轻地伸长手臂，用手指猛地捏住蜻蜓的尾巴，而

春天生长的野苋菜

秋天的野苋菜，常常成为蜻蜓和小鸟休息的驿站。

后用线拴着翅膀，带着蜻蜓飞跑。深秋时节，草木凋零，野苋菜干枯的茎叶中是一些蛾虫爱藏匿的地方。一些小鸟常常飞进野苋菜丛中，扇动着翅膀捕食。孩子们站在不远处，好奇地听小鸟欢闹的鸣叫，看它们不停地叼捉蛾虫，飞进飞出。

野苋菜味甘甜，经沸水一焯，可凉拌着吃，炒着吃，做汤喝。晒干后，也可贮存到冬天做干菜吃。故乡的孩童，夏天最喜欢吃父母亲用野苋菜做的苋菜面和苋菜饼。

芒种节过后，野苋菜长得茎叶葱绿肥滑，新收的小麦磨成的面粉清香筋道。把小麦粉多次揉搓，擀成长长的面条，放进沸水里去煮。面条快煮熟时，再放进采摘的野苋菜和少许食盐、豆油，使麦粉、苋菜、豆油的味道融为一体。苋菜、面条色美味鲜，浸润着夏日的清香。

鲁西南地区做面饼的炊具称为鏊子，用生铁铸造，形如圆形鳖盖，有荷叶那么大，以三条腿支撑，下面烧着柴火。用鏊子可做薄如纸的煎饼，可烙柔软筋道的苋菜饼。在一张烙得半熟的麦面或杂粮面饼上，铺放一层经沸水焯过的野苋菜，撒上以鸡蛋搅拌的葱丝、盐、豆油，上面覆盖一张半熟的面饼，放在烧热的鏊子上用文火煎熥。煎熥的苋菜饼流溢着清香的汁液，吱吱有声。不一会儿工夫，苋菜饼便做好了。吃着苋菜饼，令人胃口大开，齿颊生香。苋菜饼亦可用蒸锅蒸，蒸出的苋菜饼虽然没有用鏊子煎熥的酥鲜和炒面的味道，但多了一份晶莹剔透。因用鏊子煎熥饼子比较费时费力，而今乡亲们大多只用蒸锅做苋菜饼了。

清·恽寿平《琼霞云锦》。恽寿平很喜爱苋菜（也称雁来红、老来少），一生创作了多幅以苋菜为题材的画作。画家以没骨画技法直接点蘸颜色，敷染成画，笔下的苋菜茎叶宽大，色彩光亮，昂扬向上，表现了画家奋发进取、壮心不已的情怀。齐白石、张大千等画家多有仿作。

刺苋，也是一种具有药用价值的植物。民间一直用刺苋根煲汤或煮水，用来治疗溃疡和结石等病症。此外，刺苋还有清热利湿的功效，中医常用来治疗肠炎、痢疾、咽炎、乳腺炎、痔疮肿痛出血、毒蛇咬伤等疾患。

苦荬菜的性味

行走在万物生长的原野上，不仔细分辨，很容易把苦荬菜错认作蒲公英。

春天，孩子们常采挖苦荬菜做菜吃。鲜嫩的苦荬菜去根洗净，以沸水焯一下，揉去苦汁，用猪油烹煮，或以豆油、辣椒爆炒，融清香、甘甜、微苦于一体，是一道诱人的美味。苦荬菜也可晾干，炒制成茶叶泡茶喝。明代王磐《野菜谱》称："苦麻苔，带苦尝；虽逆口，胜空肠。但愿收租了官府，不辞吃尽田家苦。"明太祖朱元璋的儿子朱橚在其所著的《救荒本草》中亦说，苦荬菜"采苗叶炸熟，用水浸去苦味，淘洗净，油盐调食"，可作为救荒菜。而今，乡村的孩子采食苦荬菜，只是把它作为日常饮食外的调味品。

叶茎碧绿的苦荬菜

孩童们采挖苦荬菜时，爷爷奶奶常教他们从生长习性、形状等方面区别苦荬菜与蒲公英。苦荬菜也叫曲曲菜、苦菜、苦苣，与蒲公英同属菊科家族成员。它春天生出幼苗，有红茎、白茎两种。

茎中空而脆，折断后有白汁流出。叶柄依附茎上，绿叶有分叉，相互支撑挺立。夏秋时节开黄花，像野菊花，一枝花结子一丛。每棵苦荬菜从根上生发的叶茎都紧密地相倚相靠，不像蒲公英的叶茎那么分散，那么依附地面。同蒲公英相类，苦荬菜籽上有茸茸白毛，可随风飘动，籽落在什么地方，就在什么地方扎根繁衍。

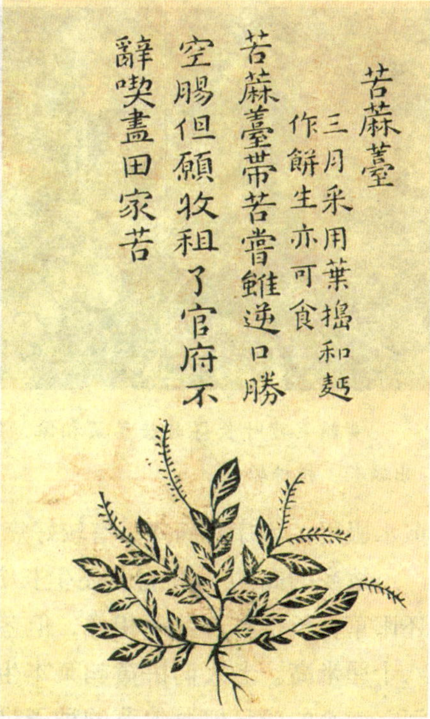

明·王磐《野菜谱》对苦荬菜的记述，表达了对农民贫苦生活的同情。

近来翻看史书，忽然发现田野里常见的苦荬菜，在历史上还一度被视为“吉祥草”。《三国志·吴书三·嗣主传第三》记载，吴末帝孙皓天纪二年（公元 278 年），吴都建业（今南京）菜农吴平家的一棵苦荬菜竟然长了四尺多高，而一般只长一尺多高。朝廷认为此乃祥瑞之兆，遂改称苦荬菜为“平虑草”，封吴平为“平虑郎”。因一棵苦荬菜而被封赏，吴平可谓是千古一人。

苦荬菜是小白兔最爱吃的食物，也可作猪、羊等家畜的饲料。孩子们把采摘的苦荬菜用水清洗后，晾干水分丢进兔子窝里。兔子眯缝着红红的眼睛，津津有味地咀嚼，仿佛在享受苦荬菜带来的舌尖上的味道。吃完了，会撒娇地摇摇头索要。孩子们睁大明亮的眼睛，好奇地与之对视，满脸都是天真的微笑。

故乡的老中医更看重苦荬菜的药用价值。《神农本草》记载，苦荬菜“苦寒，主治五脏邪气，厌谷胃痹，久服安心、益气、轻身、耐老”。现代医学研究发现，苦荬菜含有腊醇、胆碱、酒石酸、甘露醇、苦味素、维生素、胡萝卜素等多种成分，具有清热燥湿、消肿排脓、化瘀解毒、凉血止血、防治肠胃炎的功效。同时，对急性淋巴细胞性白血病、急性及慢性粒细胞白血病都有抑制作用。故乡的老中医田爷爷春天常采挖鲜嫩带根的苦荬菜，晒干后让肠胃炎患者煎水服用，治疗其病痛，有较好疗效。

黄鹌菜茎叶长得与苦荬菜相像，但茎自基部抽出较长，植株较高。

故乡的路边、荒地上还生长着黄鹌菜，亦称苦菜药、黄花菜、还阳草，长得与苦荬菜相像，但茎自基部抽出较长，植株可达十到八十厘米高。老人们讲黄鹌菜本生长在江南地区，因故乡毗邻大运河，南来的船只把黄鹌菜的种子带到了微山湖地区，黄鹌菜便在这里安了家。初夏，黄鹌菜的茎像细长的旗杆托举着黄色的排成聚伞状圆锥花序，迎风摇曳，流滴着清香。黄鹌菜有清热、解毒、消肿、止痛的功效。春天，故乡的老中医常把采挖的鲜嫩的黄鹌菜洗净捣烂后，做治疗疮疔肿毒的外敷药。黄鹌菜的嫩叶可作野菜食用，有苦荬菜的口味。因黄鹌菜的茎长得柴化，叶片稀疏毛糙，故乡的孩子很少采摘黄鹌菜食用。夏天，孩子们在田野里游玩，有时会采摘一把黄鹌菜的茎花，高高举起，闻嗅其散发的淡淡的清香。

报春使者迎春花

迎春花与梅花、水仙花和山茶花，旧时被称为“雪中四友”。春寒料峭，冰雪还未完全消融，在故乡的小河岸上，迎春花便绽放一片片金色艳丽的花朵，向世界宣告：严冬已经逃遁，明媚的春天已经到来。

迎春花为落叶灌木，丛生。株高三十到一百厘米。小枝细长直立或拱形下垂，呈纷披状。三小叶复叶交互对生，叶卵形至矩圆形。花单生在去年的枝条上，先于叶开放，蕴含着清香，呈金黄色，花期二到四月。

迎春花不仅花色端庄秀丽，气质非凡，而且不畏严寒，不择土壤，对生长环境适应性很强。“覆阑纤弱绿条长，带雪冲寒折嫩黄。迎得春来非自足，百花千卉共芬芳。”北宋韩琦的诗句，就赞美了迎春花开花时间最早，具有引领百花齐放的特点。村里的老人讲，迎春花是早春的女儿。传说盘古开天辟地后，花神召集百花仙子，商

迎春花绽放了，春天芬芳灿烂地来了。

议各种花儿的开放时间。当冰雪还未融化，北风阴冷的叫声仍未停止，寒冷的脚步在大地上还没离去的时候，哪位花仙子能冒着严寒到人间去，向人们预告春天呢？月季、牡丹、石榴、莲花等许许多多的花仙子都默不作声。沉默中，一个娇弱的花仙子毅然站出来，轻声说道："让我去，好吗？"花神打量着这个穿着鹅黄色裙子略显弱小的花仙子，微笑着点点头说："去吧，只有你这位勇敢的仙子，才是最好的报春使者。"花神便送给这位花仙子一个美丽的名字——迎春花。于是这位仙子便年年岁岁坚守自己的承诺，来人间预报春天到来的信息。迎春花仙子善良勇敢的品格，使孩子们敬仰和感动。

春天各种花儿爆炸式地绽放，形成了绚烂多彩的画卷。迎春花仿佛是这画卷上的第一抹色彩，引领着连翘、蒲公英、油菜花、月季、榆钱、柿子花、金银花等，喷溅着尊贵灿烂的金黄色；引领着桃花、杏花、二月蓝、海棠、紫藤、苕子、牡丹等，流溢着娇艳妩媚的红色、粉红色和紫色；引领着梨花、荠菜花、丁香花、含笑、白玉兰、泡桐、芍药、洋槐花等，迸射着高洁淡雅的白色。初春，孩子们去野外小河边踏青，一丛丛随风摇曳的迎春花，总引起他们的关注、好奇。大家采摘一枝枝花儿插在衣兜里，或编成花环戴在颈项上，高兴地唱着跳着，把春天的信息带回家去。

迎春花的芳香和美丽，引得鸟儿也飞来啄食。

迎春花的花和叶用水煮后可凉拌着吃，清芬而略带苦味。童年时，邻居张奶奶擅长烹饪。每年初春，她都领着孩童到小河边采摘迎春花，用清水泡洗后把花儿在开水里焯一下，拌上白菜心或洋葱丝，撒少许食盐、姜末，浇几滴熟豆油，做成迎春菜让孩子们品尝。大家咀嚼着，早春的清香、甘甜令人心醉。在故乡，老中医还用迎春花的花和叶治病。把迎春花的花和叶阴干研末，以酒服用，能活血散毒，也能治疗跌打损伤、无名肿毒、恶疮等病症。

在孩童的世界里，迎春花是报春的使者，是时令美味的零食，是春天赠予的治病良药，还是给他们带来快乐的美丽的植物精灵。

兔子酸，酸溜溜

兔子酸，为蓼科植物叉分蓼的全草。又名酸不溜、分叉蓼、叉枝蓼、酸姜、酸木浆等。故乡的老中医讲，兔子酸得名的由来，源于其根茎叶含有酸汁，人咀嚼着酸得倒牙。据说兔子的嘴本来不豁，因吃了过多的兔子酸便酸成了豁嘴子。这种草还是一味中草药，有清热、消积、散瘿、止泻、提神的功效，主治大小肠积热、瘿瘤、热泻腹痛等疾病。兔子天天吃草，得了肠胃病，也吃这种草进行自我治疗。春天万物复苏的时候，作为庞大的青草家族的一员，在沟边和田间地头，兔子酸慢慢长出紫色的草芽。在太阳的抚慰下，茎上逐渐长出像兔子耳朵一样的叶片，叶面长着细细的绒毛和黑色的斑点，摸着有些绵软。片片叶子随风摇动，似乎在倾听大自然的声音，与大自然进行隐秘的交谈。

兔子酸生性较为柔弱，而今在乡间很难见到其大片生长的族群。

兔子酸对生长环境要求较高，喜爱在土质松软、湿润的地方生长，在贫瘠和干旱的土地上很难见到它们的影子。兔子酸生性比较柔弱，不如茅草、芦苇、水蓼等强悍，攻城略地的本领很小，大多是棵棵相依而生，与小蓟、富苗秧为邻。兔子酸略带紫色的根系较为柔软细长，纵横交错，便于吸收土壤养分和水分。

兔子酸的叶子较长较宽，形如兔子的耳朵，可清晰地看到上面黑色的斑点。

兔子酸的根、茎、叶含有黏黏的汁液，乍一咀嚼，感觉特别酸，可是慢慢吃上几口就觉得酸甜相融，味道诱人。孩子们在田野上嬉戏时，有时会拔一棵兔子酸作为零食吃。边吃边哼唱歌谣：“兔子酸，酸溜溜。小兔吃了酸豁嘴，小孩吃了吐酸水，老牛吃了酸蹬腿。”孩子们有时也爱把兔子酸作为恶作剧的武器使用。赛跑或斗草的最后一名，往往要遭到这武器的攻击。胜利者常常不露声色，偷偷地采摘一棵兔子酸的茎叶，揉成一团，突然塞进最后一名的口中让其大嚼。嚼吃者被酸得龇牙咧嘴，直眨眼睛。随之，便引来一阵天真开心的笑声。

明代朱橚《救荒本草》记载，兔子酸“采苗叶炸熟，以新汲水浸去酸味，淘净，油盐调食”，可作为救饥食物。可见，旧时灾荒年兔子酸也能填人饥腹。记得上小学时，我们村的张奶奶会做兔子酸面酱。炎夏，张奶奶把洗净的兔子酸焯熟、晾干、切碎后，搅拌在炒面里，加适量凉开水，闷在洁净的陶罐里。经过一段时间的发酵后，兔子酸面酱便做好了，味道清香甘甜而略带酸味。张奶奶常把用鏊子烙好的麦面饼，卷上几勺兔子酸面酱，给在家门口玩耍饿了的孩子们吃。大家咀嚼着啧啧有声，连连赞美兔子酸面酱诱人的味道，发出一阵阵开心的笑声。

堆绿铺翠的富苗秧

原野上，富苗秧吸引孩子们的，是它常向天空吹奏着的白色或粉红色的喇叭形花朵。嬉戏的孩子们明知吹不出声音，仍要采摘一朵朵，微笑着轻轻吹动，吹出童年的好奇和快乐。吹蔫了，便作为美食享用，咀嚼着清芬微甜。

富苗秧喜爱冷凉湿润的环境，耐热、耐寒、耐贫瘠，适应性强，对土壤要求不高，一般生长在沟边、路旁或荒地里，以发达的根系和种子繁衍新的族裔。一棵富苗秧往往有多根长长的根须，不停地向远方伸展，获取生存空间。富苗秧是家族意识较强的一种植物。它们往往一片片、一团团地贴着地面生长，枝叶相绕，根根相缠，以抵抗风雨、干旱和严寒的侵袭。

富苗秧的花、叶、根都可食用。它圆小的叶子可做汤、煮粥，亦可炒、蒸、煎、炸，有菠菜的鲜美可口；根可生吃，也可炒熟了吃，清脆甘甜。如今，在大都市的酒宴上，人们偶尔也可吃到凉拌的富苗秧根儿。

富苗秧花像一只小喇叭，孩子们在田野里游玩时常采摘下来，吹奏出童年的好奇和快乐。

富苗秧也是猪、牛、羊、兔等家畜的饲料，但不可多喂。家畜吃多

北京故宫明代旋子彩画

了，会拉稀影响生长。在故乡，大人一般不让孩子给家畜多喂富苗秧吃。

富苗秧也叫打碗花、小旋花，乡亲们有时也叫喇叭花。为多年生草本植物，常自基部分枝，根细长，呈白色，茎细平卧，有细棱。民间传说，打碗花是神仙赐给凡间的具有驱邪效果的花卉。因花期只有七至九月三个月的时间，人们希望能长期拥有驱邪保佑的作用，便把其描绘或雕刻在一些建筑物和生活日用品如陶罐、瓷碗、瓷盘上，以期得到神仙的长久保佑。打碗花是中国建筑装饰史上使用时间最长，使用范围最广的彩绘图画之一。我国古建筑物上常见的旋子彩画即源于打碗花。旋子彩画，因藻头绘有旋花图案而得名，又称学子、蜈蚣圈，是古建风格的一种。画面用简化形式的涡卷瓣旋花，有时也可画龙凤，两边用“《》”框起，可以贴金粉，也可以不贴金粉。在等级上仅次于和玺彩画，广泛见于宫廷、公卿府邸。旋子彩画最早出现于元代，明初即基本定型，清代进一步程式化，是明清官式建筑中应用最为广泛的彩画类型。绘制在梁枋上的彩画的画面通常分为三段，中间是枋心，两边是藻头和箍头。故乡仅存的一座明代建筑的道观里，几根梁柱上都绘着旋子彩画。故乡西边有一座烧制土陶罐的窑厂，孩子们有时去窑场里游玩，制陶师傅便教大家在陶罐上描画打碗花。画着打碗花，听着制陶师傅讲的传说故事，孩子们加深了对打碗花蕴含的民俗知识的认识。

富苗秧也是一种常用的草药，有健脾益气、促进消化、止痛等功效。夏天，村里的老中医刘爷爷有时会带领孩子们到田野里采挖富苗秧，晾干后储作药用。

故乡的原野上，还生长着草本植物田旋花，为多年生草质藤本。根状茎横走，茎平卧或缠绕，有条纹及棱角，叶片戟形或箭形，花冠宽漏斗形呈白色或粉红色，花期五至七月，与富苗秧相似，乡亲们称之为“打狗秧子”。不仔细分辨，常会误认为是富苗秧。田旋花以根系相连，群聚在一起。春夏季，孩子们采摘其鲜嫩的秧苗食用，味道与富苗秧相似。田旋花也有很好的药效。夏秋季节采收，洗净，全草可入药，鲜用或切断晒干。能调经活血、滋阴补虚、止痒、祛风，主治神经性皮炎、牙痛、风湿性关节痛。

清·余省工笔花鸟画《百花鸟图》之《火燕鸟田旋花图》。刻画了火燕鸟在攀绕的田旋花上觅食的情景。敷彩艳丽，形神毕肖。《百花鸟图》现藏日本国立国会图书馆。

暗送清芬的金银花

在湖边的灌木丛中，在郁郁葱葱的树林里，在农家的院墙上，金银花总是枝蔓相缠相绕而生。从春天到秋天，它不停地绽放娇美的花朵，向行人暗送清芬。冬天，它缠绕的藤络常是小鸟们避寒的驿站。

金银花凸现着迷人的观赏价值。它枝叶稠密，花蒂带红色，花初开色白，经一二日则色黄，故名金银花。因为一蒂二花，两条花蕊显露在外，成双成对，形影相随，状如雄雌相伴，又似鸳鸯对舞，所以乡亲们有时也叫它鸳鸯藤。

金银花和蔷薇花、凌霄花等蔓生植物有相似的特点，既有很强的攀缘能力，又有较强的匍匐生长能力。它总是不安于蜷伏地面、寄人篱下的生活。如有可攀依的对象，会迅速爬上高处，向阳光挺进，流溢生命的娇美和芬芳。金银花藤一般长八九十厘米，有的可达十几米长。有的农家把金银花种在院墙边，形成绿色、金色流溢的花墙。有的利用其缠绕能力制作花廊、花架、

在微山湖地区，金银花寓有富贵吉祥之意。

花栏、花柱和凉棚。老中医刘大爷用几十株金银花和竹竿，在院外荷塘边搭建了一个凉棚。夏天，金银花枝叶蔽日，花香袭人。村里的孩子爱到凉棚下乘凉，听刘大爷讲故事，听塘边的蝉唱蛙鸣。孩子们口干舌燥了，便到塘里采摘清如水的莲蓬。咀嚼着莲子，呼吸着金银花和荷花的芬芳，大家沉浸在一个清凉迷人的世界里。

清·居廉《蜂涌金银花》。以工笔兼写意的画法，表现了金银花盛开，群峰吮香采蜜的热闹场景。

孩子们有时会用金银花装点生活和学习。春、夏、秋季，有的孩童会采摘初开的金银花用细线穿起来，制成手链、项链或花环佩戴。馥郁的香气，陶醉了自己，也陶醉了别人。有的孩童把采摘的金银花放在一个个小纱囊里，挂在教室里。或把几朵金银花夹在书本里，泡金银花茶喝，用以提神醒脑。

金银花，亦名忍冬。史料记载，东汉末年我国出现了忍冬纹，即类似忍冬花植物的花纹，南北朝时期最为流行，后来被大量运用在佛教上，比作人的灵魂不灭，轮回永生。同时，也广泛用于绘画和雕刻等艺术品的装饰上。故乡西边的山岗上有明代修建的一座佛教寺院，大殿的门窗和内柱上都雕刻有忍冬纹，用来宣扬佛教教义。童年时，我和小伙伴曾多次到这座寺院里游玩，望着内柱上雕刻的忍冬纹，只是觉得漂亮好看，并不了解其含义。上初中时，经向老师请教才明白了这些雕刻的忍冬纹的含义。

上初中时，班主任赵老师已年近六旬，在教好化学、生物课的

常见的佛寺中雕刻或绘制的忍冬纹

同时，非常喜欢种植花草，为花草拍照留影。在我们班爱好花草的五位学生的帮助下，用了三年多时间，他在学校九百多米长的东院墙边种满了金银花、凌霄和紫藤。从春到秋，紫藤、金银花、凌霄不断吐露花蕊，花香阵阵，引得蝶飞蜂鸣，一群群小鸟常来啄食。临近初中毕业时，赵老师专门在家做了一桌“花饭菜”请我们五位学生吃。用凌霄、金银花蒸米饭，焖藕片，炸春卷，烩豆腐，烹鲤鱼，做金银花羹汤。我们直吃得汗流浃背，大呼过瘾。饭后，赵老师向我们每人赠送了一套他拍摄的金银花一年四季生长的照片，共二十多张。三十多年过去了，每次翻看老师的照片，在老师家吃饭的情形便在脑海里浮现，总觉得齿颊间留有那时的清香甜美。

金银花还是一味功效很好的中药。村里的老中医田爷爷讲，金银花自古被誉为清热解毒的良药。它性甘寒，气芬芳，既能宣散风热，又能清解邪毒。可用于治疗各种热性病，如身热、发疹、发斑、热毒疮痈、咽喉肿痛等。村里有的孩子患感冒咽喉肿痛了，老中医田爷爷常送几剂自己炮制的金银花散，让孩子服用，疗效很好。

红艳的蛇莓

看着娇艳欲滴的蛇莓，使人不由得对其产生敬畏感：在大路旁，在树林里，在荒地上，不论野草们如何欺凌，高大的树木如何压迫，一棵棵蛇莓总是坚强地生根、开花、结果，自豪地迸射着生命的力量。

北风萧萧，霜花铺地，大自然的容颜变得枯瘦苍白了，蛇莓仍尽力结出最后一颗红色的果实，作为告别礼，也是作为繁衍新家族的奠基礼，静静地奉送给大地。

关于蛇莓，故乡流传着一则令孩子们听着感到惊骇的故事。老人们讲，蛇莓常生长在蛇窝边，是远古时一条祸害百姓的毒蛇被神农氏制服后的眼睛所化。传说远古时一场大洪灾过后，天上一条巨蛇率领万条小蛇横行肆虐，终日喷溅毒液如暴雨从天空降落，毒害人民。神农氏看到这一情况后，率领十万民众上天下地，与毒蛇进行殊死搏斗。大战几百个回合后，巨蛇口干舌燥，疲惫不堪。神

蛇莓低伏地面，拥挤地生长在一起，花朵碎小呈黄色，给人冷寂的感觉。

农氏在巨蛇饮水的大河里撒了一剂散魂药，终于制服了巨蛇，迫使其拿出一只血红的眼球，为被蛇毒毒害的天下老百姓治病。神农氏便把巨蛇的眼球分为几亿份，这些碎裂的眼球就化成了蛇莓。

成熟的蛇莓红艳如蛇眼，这大概是蛇莓为巨蛇眼球所化等民间传说的由来。

听过传说，看着茎叶间显露的红艳如蛇眼的蛇莓，孩子们每次采摘时都有点缩手缩脚，生怕被毒蛇发现，咬伤手指。但传说并不是现实。采摘蛇莓时，孩子们几乎没见过毒蛇。成熟的蛇莓用手一碰就渗出汁液，采摘时孩子的小手常被染得发红。咀嚼蛇莓时，嘴巴上仿佛被涂了一层胭脂。

蛇莓叶茎矮小，紧贴地面生长。绽放的花朵碎小，呈金黄色。果实红艳、圆润，绵柔微甜。孩童时采摘蛇莓，觉得那一颗颗红红

我国很多城市进行了缀花草坪建设，将蛇莓与矮牵牛、海棠等地被植物相搭配，层次分明，花果相映，枝叶葱郁，增添了园林的绿化美化效果。

的蛇莓，仿佛就是一颗颗蕴藏着生命光热的小太阳，就是孩童的天空中一颗颗晶莹璀璨的红宝石星星。

蛇莓全草供药用，有清热解毒、活血化瘀、收敛止血作用。能治惊痫、咳嗽、吐血、咽喉肿痛、痢疾、毒蛇咬伤、疔疮、烫火伤等，还可用于杀灭蝇蛆。故乡的老中医田爷爷，每年六至十一月常采收蛇莓全草，晾干后储作药用。

蛇莓还可用于园林绿化。近年来，随着新农村建设步伐的推进，故乡进行了城镇化改造。在新建的居民小区里，增设了一处处小花园。由于蛇莓植株低矮，枝叶茂密，具有春季返青早、耐阴、绿色期长、花期长等特点，居民区小花园里都适当种植了蛇莓。从春到秋，孩子们既可观赏蛇莓的叶、花，又能品尝其甜美的果实。

小根蒜，一线线长

桃红柳绿了，小根蒜也随之冒出嫩黄的芽儿，至仲夏便长出十多厘米长的线形叶子。夏天过后，小根蒜的叶子趋于枯草化。春末和仲夏，是采食小根蒜根、叶的最好时间。

小根蒜，又名薤白、泽蒜、野小蒜、小蒜、叶葱、采芝、细韭等。多生于耕地杂草中、河岸上或树木稀疏的林地里。采挖、食用小根蒜，是春夏时节乡村孩子最惬意快乐的事情。

春光淡宕，艳阳高照。迎着和煦的春风，孩子们肩背柳条筐，手挎小竹篮，去田野里采挖小根蒜。绿色的麦浪如潮水起伏，蝴蝶翩翩飞舞，云雀、青蛙在纵情歌唱。林下草丛中，小根蒜叶细长柔嫩，鳞茎深藏地下，需弯下腰用小铲子仔细挖掘。孩子们大多唱起儿歌，边挖边唱："蒜苗苗，一线线长，挖了一把大半晌。鸟儿鸟儿帮着挖，我吃蒜苗你啄香。蒜苗苗，一线线长，一把一把筐里装。蝴蝶蝴蝶帮着挖，我吃蒜苗你采香。蒜苗苗，一线线长，挖了一筐又一筐。小兔小兔帮着背，我吃蒜苗你闻香。"柳条筐里，装满了采挖的小根蒜苗，也装满了孩子们甜美的歌谣。

小根蒜清香鲜美而略带辣味，是孩子们喜食的野菜。根、叶洗净后可以做汤、炒食，或焯熟后凉拌。鳞茎也叫藠头，可炒着吃，也可腌制成酱菜、咸菜。在故乡，父母亲大都把孩子们采挖的小根蒜剁成馅，包包子、水饺、春卷或煎菜盒子吃。孩子们最爱吃小根蒜菜盒子。把鸡蛋、小根蒜、盐搅混在一起做馅，用擀好的面皮包成长形的小盒子，放在锅底用油煎熥，两面煎至金黄色即可出锅。

菜盒子内嫩外焦，色味俱佳。

小根蒜的鳞茎叫藠头，为我国一些地区爱食用的野菜。

上小学四年级时，语文老师常教我们课外背诵古诗词。有一次，老师教我们背诵曹操用乐府旧题所作的五言诗《薤露行》。老师讲解说，《薤露》《蒿里》，是古代的挽歌。薤露，是感叹人生短促，犹如薤菜叶上的露水一样，转瞬即干。“薤上露，何易晞！露晞明朝更复落，人死一去何时归！”薤菜即小根蒜，古代可作为祭祀死者的供品。古人就是通过薤叶上的露水来表达人生的短促无奈。听了老师的讲解，我们懂得了小根蒜不只是一味野菜，在古人的心中还是一种精神的寄托。小根蒜圆如枣子的白色鳞茎，还凝结着古人哀怨的泪水。

小根蒜具有药用、保健功能。它味辛、性温，具有温中去积、散瘀止痛的功效，可用于治疗积块、血瘕、食滞饱胀、痈肿、跌打损伤等病症。另外，小根蒜的钙、磷等无机盐含量较高，经常食用有利于强健筋骨，对于成长期的儿童和缺钙的老人有良好的营养价值。近年来，村民们已大面积种植小根蒜、荠菜等野菜，小根蒜已进入城市超市里销售。

马兰花开

马兰，又名马兰头、红梗菜、鸡儿肠、田边菊、紫菊等，常常生长在路边、林地、山坡、河岸上。马兰一般高三十到七十厘米，根状茎有匍枝，有时具直根。元代王磐《野菜谱》中记载的一首歌谣说："马兰头，拦路生，我为拔之容马行。只恐救荒人出城，骑马可到破柴荆。"歌谣对马兰的描写有些夸张，但道出了马兰旺盛的生命力。春天，马兰长出幼苗，六七月份开花。马兰花一般为紫色，花蕊鹅黄色，与雏菊非常相似。花朵小巧玲珑，艳丽芬芳。花谢后便结出细小的籽实。

微山湖地区的孩子，通过一种跳绳游戏很早就知道了马兰花。年幼的孩子聚在一起，一根细长绳子或皮筋的两头分别有一个孩子拉着，离地面十到二十厘米高。其他孩子站在绳子（皮筋）中间，一条腿直立，另一条腿贴住绳子（皮筋）上下跳动，两条腿不停地变换。边跳动边唱儿歌：

春天的马兰头翠绿而清香

小花猫，叫咪咪，马兰花开二十一。
二八二五六，二八二五七，二八二九三十一；
三八三五六，三八三五七，三八三九四十一；
四八四五六，四八四五七，四八四九五十一；
五八五五六，五八五五七，五八五九六十一；
六八六五六，六八六五七，六八六九七十一；
七八七五六，七八七五七，七八七九八十一；
八八八五六，八八八五七，八八八九九十一；
九八九五六，九八九五七，九八九九一百一。

孩子们唱着儿歌，不停地跳着、跳着，既学习了数数，也愉悦了身心。直跳得满身是汗，脸上乐开了花。

马兰含有丰富的营养成分，茎叶微甜，汁液黏滑，浸润着泥土和春天的芳香，是时鲜野菜。采摘嫩茎叶，主要在三四月份。马兰喜爱一片片、一簇簇地群聚生活。根状茎生出的匍枝有坚硬的尖儿，用手采摘，稍不留意就会扎手。孩童把小竹篮放在一边，弯下腰，一手轻撮马兰的茎叶，一手用剪刀剪割或用刀子割取。有的孩子会把叶片含在嘴里，吹出高亢或轻缓的哨声，引得附近觅食的鸟儿跟着一阵阵鸣叫。

马兰常族群相聚而生，白色或浅紫色的花朵散发出淡淡的清香。

《本草纲目》记载：“马兰，湖泽卑湿处甚多……

南人多晒干为蔬及馒馅。”其实，马兰作为食品的做法是很多的。主要有清炒、凉拌、蒸炖和做馅四大类。马兰用沸水焯熟后，与笋丝、豆腐干丝、粉丝或粉条等凉拌，色泽鲜亮，清香溢流。热炒，最常见的是与肉丝、猪肝或与大蒜、青椒、红萝卜等搭配，使荤素相融，清香与辛辣相谐相发。蒸炖，主要是春天将采摘的马兰焯后晒干储藏起来，秋冬用冷水浸泡柔软，加入油、肉煮食。做馅，是将剁碎的马兰和猪、牛肉泥等拌匀，包包子、团子或包水饺、馄饨。此外，把马兰用沸水焯一下，与鸡蛋拌在一起，外包面皮，煎蒸马兰鸡蛋饼，孩子们很爱吃，味道亦脆香迷人。

根据民间马兰花的传说故事，一九六〇年上海海燕电影制片厂把同名儿童话剧改编后摄制了童话故事片《马兰花》。二〇〇六年、二〇〇九年，中央电视台和上海电影制片厂分别制作了动画片和动画电影《马兰花》。童话剧、影片和动画片，都讲述了马兰花是一朵神奇的花，能够帮助勤劳善良的人实现愿望。仙人马郎与勤劳善良的小兰以马兰花为媒结下良缘，在小动物、树公公和人们的帮助下，战胜觊觎马兰花的老黑猫（动画电影中变为藤妖）的故事。话剧的演出，影片和动画片的放映，在广大少年儿童心中留下了深刻印象，使他们明白了一个道理，只要通过自己勤劳的双手努力奋斗，每个人都会实现自己的美好愿望。作为一种野草花，马兰花在孩子们心目中的知名度更高了，更加受到大家的喜爱。

挺立的芒草

说起芒草，乡亲们对其怀有既恨又爱的复杂感情。

恨的缘由，主要是生长的芒草侵占农田，影响农作物成长。在故乡的沟渠旁、田埂上、荒地里、树林边，都能见到一片片粗壮挺立的芒草。芒草的生命力、繁殖力非常强，对生长环境的要求极低。它线形的叶子像白茅草，秆丛立，能长一到三米高，似芦苇。春夏之间，芒草开花，花序繁茂。秋冬季果实成熟，种子数量繁多，种子上的白色短绒毛可使其随风飘飞。芒草极易扩散，经常强占农作物的地盘，所以农民必须经常割剪去除，以保护农作物的生长。

爱芒草，主要是因为它有益于人们的日常生活。村里的老人爱用芒草秆和花序穗子做成扫帚，打扫室内外卫生。用较粗的芒草秆子编制篱笆，或同树枝一起编制眉豆、黄瓜架。芒草的嫩叶晾晒后，用铡刀切碎可做牛羊的饲料。乡亲们讲，旧时村民们住的多是草房子，各家大多用芒草、茅草修葺屋顶。灾荒年，芒草刚长出的嫩芽还是人们救荒的蔬菜粮食。

在树林中坚强不屈、纵意生长的芒草

近年来，随着

乡村旅游业的兴起，手巧的村民把芒草秆和叶茎经水浸泡、软化处理后，分别制成凉席和草鞋、小篮子、小扫帚、小筐子等向游人出售，很受欢迎。

风景区里用芒草和茅草搭建的凉亭，已成为一道亮丽的风景。

春夏时节，芒草生长很快，草势挺立，叶茎翠绿。花序刚开的时候为粉红色，种子成熟后变成白色。深秋时节，秋风吹拂，芒草花穗纷披，远望如一片片芦花灿烂摇曳，如诗如画，引人驻足观望。如今，在新农村建设中，芒草已作为绿化草种在村民居住区的小花园里种植，向人们展现了成长中的另一种美丽。

芒草和芦苇，是外形长得非常相似的两种野草。粗略一看，很容易把芒草当作芦苇。其实，从生长习性、茎叶长势等方面仔细辨

秋风中摇曳的芒草，如诗如画。

别，不难发现两者有明显不同。芒草在原野里到处可见，芦苇择水而生；芒草的花儿线条分明，芦苇的花儿蓬松如絮；芒草的茎是实的，而芦苇的茎是中空的；芒草的叶子呈锯齿状，而芦苇没有。

田野里生长的芒草，既是一些动物的乐园，也是它们猎杀的战场。芒草是一些虫子滋生、栖息的地方，是一些小鸟爱做窝、捕食的地方，也是青蛙、老鼠、臭鼬、蛇经常光顾的地方。小鸟在芒草里易捉到食物哺育儿女，老鼠、臭鼬、蛇有时会穿行在芒草中偷吃鸟蛋，捕杀雏鸟。青蛙会捕食虫蛾享用。芒草里，形成了小动物们的一条条食物链。记得孩童时一个夏日的上午，我和几个小伙伴去大河边芒草地游玩，忽然看到在一丛芒草上，几十只鸟儿飞上飞下大声尖叫。我们屏神静气地走到芒草边一看，一条大花蛇把尾巴缠在草茎上，昂着头正要吞食鸟窝里几只胖嘟嘟的雏鸟。大家非常气愤，跺起脚大声威吓。但蛇却昂着头“嘶嘶”地吐着芯子，就是赖着不走。一位胆大的小伙伴捡起一根长木棍，猛地把大花蛇挑起来，疾步奔走，把其放到近百米外的河沟里。鸟儿也被我们的举动吓得纷纷飞到邻近的杨树上。为了让大鸟照顾好雏鸟，我们静静地离开鸟窝。一些鸟儿又陆续飞回来，叽叽喳喳地欢叫着，仿佛是对我们驱走大花蛇的举动表示赞美。

带着梦想飘飞的小蓟

乡亲们一般把小蓟叫作七七芽或刺儿菜，在田间、路旁、山坡、林中或荒地里，它是最常见的一种野草。小蓟是多年生草本植物，对土壤、气候条件要求不高，适应性较强。它根壮茎长，茎直立，可长到三十到八十厘米高。夏秋两季开花，叶子椭圆形，边缘有细密的针刺或刺齿。小蓟生命力的坚韧令人惊叹：夏秋季茎叶被收割后，很快便从根上长出嫩绿的芽儿。

五至九月份，小蓟的茎端长出头状花序，雌雄异株，总苞如钟的形状，花管状，淡紫色，像一束束喷射的彩色光线，娇艳夺目。蓟叶边缘的针刺也变得坚硬锋利了。这时，孩子们一般是不采摘小蓟花的，却惹得蝴蝶、蜜蜂们飞来飞去，描画香甜的生活路线。小蓟的种子成熟了，带着白色的茸毛和千年不变的梦想四处飘飞，有柳花的风采。

小蓟对生存条件要求较低，能扎下根的地方就会发芽生长。

孩子们感到好奇的是，身上长满了针刺的小蓟具有很高的药用价值。《本草纲目》等医学书籍记载，小蓟具有凉血止血、散瘀解毒消痈的功效。乡间的老中医常在夏秋季小蓟开花时采割其地上部分，洗净晒干后药用。孩童去田野里玩耍，有时手、腿被草木划破，或被镰刀割破流出了血，便按照大人的指点，掐一把刺儿菜捣烂成糊状，敷在伤口上。不一会儿，就能起到止血消痛的作用。

淡紫色的小蓟花显得素雅而美丽。上图为清·余省《百花鸟图》之《鹧鸪小蓟花图》。画面工笔精美，敷色艳丽。以静静开放的小蓟花和一丛翠竹，衬托了鹧鸪闲散的情态。

小蓟还是鲜嫩可口的野菜。春夏采摘幼嫩的全株，秋季采摘新萌生的茎叶。小蓟的吃法很多，可凉拌、熬粥、煎炒、烹炖、油炸、做馅。在故乡，乡亲们常吃凉拌小蓟菜。把小蓟洗净后，用开水焯一下，加入少量食盐、葱花、蒜泥和香油，调拌均匀，即可端上餐桌。或与豆腐拌在一起食用，味道清香爽滑。熬制小蓟菜菜粥的方法较为简单，把水烧开，把切细的小蓟放进开水里，加入面粉、豆腐或胡萝卜丁，熬成粥状即可食用。小蓟洗净后，可与鸡蛋调拌一起，用油煎炒着吃。也可与土豆、猪肉等一起烹

大蓟，也是一种中药材，药效与小蓟几乎相同。

炖着吃，但要掌握火候。先把土豆、猪肉等烹至八九成熟，而后把小蓟放锅里一起烹煮，使小蓟的清鲜味得以完整保存。把小蓟用开水焯一下，切碎，与鸡蛋或猪肉拌在一起，可包水饺、包包子或烙馅饼，制作过程稍微长一些。

故乡的原野上还生长着大蓟，每株的形状与小蓟相似，明显的区别只是叶子为矩圆形，花冠紫红色，全是筒状花。幼苗炒食，与小蓟的味道难分伯仲。作为草药，二者几乎有相同的效用。

蜜蜜罐地黄花

春末夏初，在田边、路旁、河岸等杂草丛生处，地黄会绽放一朵朵淡紫色的花儿，花形似罐，花蕊甜蜜，乡亲们为它起了一个可爱的绰号叫“蜜蜜罐”。地黄花开了，暗香浮动，引得蜂蝶飞来飞去。孩子们有时便同蜂蝶抢蜜喝，快乐地吸吮花朵中蕴藏的甜蜜汁液。采花食蜜，是乡村的孩子特有的一种天然的生活乐趣。

地黄，俗称“老婆子脚”“小鸡喝酒”等。为多年生草本植物，体高十到三十厘米。根茎肉质肥厚，鲜时黄色。花果期四至七月。秋季采挖根茎，是一种很好的中药材。新挖者为鲜地黄，性寒，味甘苦，有清热、凉血止血之功效；烘焙后为熟地黄，性微寒，味甘，有补肾阴、益精血之功效。

春天生长的地黄叶片碧绿，根茎肉质肥厚，鲜时为黄色。

故乡的两位老中医，常在春夏时节到田野里采挖地黄。他们每人携带一个红布袋，看到生长的地黄后，细致地用小铲子铲掉包围地黄的杂草和泥土，而后小心翼翼地挖出其根茎，轻轻放入布袋里。

孩子们看着，对地黄的认知增加了一分神秘和好奇。

下垂的地黄花形似小鸡喝酒，我国有些地区也称地黄为“小鸡喝酒”。

地黄可作为药草种植。乡亲们讲，地黄好种，但吸拔土地的养分太厉害。一年地黄，十年地荒。收过地黄后，土地就变得瘦弱贫瘠了。来年再种什么，都不会好好生长。如果再续种地黄，苗叶枯瘦单薄，根味苦，品性差，已不能入药。等到两三年后，土地歇过来了，土壤状况改善了，才能继续种地黄。地黄是吸吮了土地的养分和精髓长成的，所以人们才叫它地黄。

地黄的根叶也是清香可口的野菜。春夏时节，孩子们会采挖地黄根叶煮汤喝，炒着吃，凉拌着吃，或用其汁液做面食吃。把地黄鲜嫩的叶子洗净后，用沸水焯一下，撒点葱花、盐、香油，可凉拌着吃。挤出地黄叶子的汁液和面，可做成地黄饼子、面条。也可把地黄根切成丝、块、片，与猪肉、牛肉一起炒着吃。孩子们最爱吃的，是把地黄根切成片，与蜂蜜、姜汁或猪肝相配，做成地黄蜂蜜粥、姜汁地黄粥或猪肝地黄粥喝。既营养保健，又凸显了地黄清新甜美的味道。

乡村里，有的老人和孩童爱用小盆或瓶子养殖地黄，观赏其茎叶和花朵，增添生活乐趣。地黄初夏开花，淡紫色的花朵如长柄小钟儿挂在茎顶上，花朵大而多，细看如小鸡喝酒，所以我国有的地区也把地黄称为“小鸡喝酒”，具有较好的观赏价值。

油油的虾藻

故乡的小河、沟渠和池塘里，生长着蒲苇、莲荷和虾藻等水生植物。蒲苇、莲荷爱向水面以上的空间生长，张扬自己的生命活力。虾藻、菱芡等爱在水下或贴着水面生长，隐藏自己的行动轨迹。虾藻，又名虾草、菹草、眼子菜等，大都扎根泥沙，在水下拥挤地生长，只有开花时在水面伸出花穗。虾藻的生命周期不同于大多数水生植物。它秋季发芽，冬春生长，四至五月开花结果，六月后便逐渐衰残腐烂，同时形成鳞枝（冬芽）以度过不适应的环境。冬芽坚硬，边缘有齿，形如松果，在水温适宜时开始萌芽生长。虾藻喜欢群团生活，叶条形，无柄。茎上长满了叶子，有二三寸长，两两相对。一枝叶茎，看起来就像一只虾米的样子。

虾藻是一些鱼、虾和青蛙、蜻蜓、蜉蝣等小动物繁衍、生长的地方。虾藻是鱼虾的天然产房，草鱼、团头鲂、编鱼等常把卵附着在虾藻里。乌鱼、鲤鱼等体型较大的鱼类，爱把一团团黏糊糊的卵放养在虾藻中。青蛙、蜉蝣、蜻蜓等，也常

虾藻的叶茎，乍一看就像虾米的样子。

把卵排在虾藻里或通过虾藻寄养泥里。虾藻，是鱼儿捉迷藏的乐园，也是它们的美食。鱼儿在虾藻间追逐着游来游去，饿了便大口吞嚼虾藻的茎叶和隐藏在其中的螺、水蚯蚓、摇蚊幼虫等。炎热的夏天，虾藻也是蜻蜓幼虫走出水世界的梯子。它们抓着虾藻茎叶爬出水面，脱下包裹的外壳，而后展开美丽的双翅，开始飞翔的新生活。

虾藻丛里还是孩子们观鱼和摸鱼捞虾的好去处。夏秋季节，孩子们常三五成群下到小河沟里捉鱼。大家蹚着水，大声呼喊着，用长木棍击打水面，把鱼儿朝一块儿赶。鱼儿被赶进稠密的虾藻丛里后，紧贴着河沟底，从四周像卷铺盖一样把虾藻一圈圈朝里卷，构筑起严实的包围圈。最后把鱼儿困在一个小圆圈内，大家便俯下身子，用手捉拿。这种捉鱼方法，彰显了团队的力量，效果很好。每构筑一次包围圈，就能收获几斤鱼虾。上初中一年级时，我和几位小伙伴曾在故乡的小河边，运用这一方法一次捉住了三条大鲤鱼、两条大乌鱼。像打了一个大胜仗一样，我们每人抱着一条鱼，沿着小河岸奔跑呼号，引得在田间劳作的大人纷纷走到河岸上观看。

宋·佚名《群鱼戏藻图》(局部)。绘小鱼五尾，欢快地游于荇藻间。鱼身用没骨法墨染而成，光滑、细腻而质感富于弹性，线条圆浑流畅；黑脊与白肚之间过渡自然；口、眼、鳍、尾等刻画逼真且具立体感。鱼的游向各异，远近分明，荇藻轻灵而富于动感，构图生动活泼，是宋代画鱼的杰作。

虾藻也是一种美味可口的野菜。它对生存条件要求较高。在水质优美、清水长流的河流里，虾藻长得繁茂而肥壮。在污染的河流里，几乎见不到它的身影。夏初，虾藻长得绿油油的，茎肥叶嫩。打捞洗净后同黄豆一起炖着吃，清脆甘甜。还可用新鲜的虾藻做成虾藻汤，喝起来爽滑清香。

虾藻如今在养殖业方面也派上了大用场。因其对增加乳牛泌乳量、乳脂率、家禽产蛋率、孵化率及种蛋受精率方面都有明显效果，故乡的一些家畜家禽和鱼类养殖户常用晾干或新鲜的虾藻作为搭配饲料，来养殖牛、羊、鸡、鸭以及草鱼、鲤鱼、鲫鱼、青虾等。

故乡的人们更看重虾藻的药用价值。虾藻味甘，性寒、滑，无毒。主治暴热、热痢，有止渴功效。小孩患了赤白风疹，老中医常用晾干的虾藻捣烂后敷上，疗效显著。用虾藻治疗关节炎和胃炎患者，效果也很好。虾藻含有丰富的绿藻素和维生素 B12 等，对促进儿童的健康成长特别是体重和身高很有益处。而今在故乡的微山湖边，已经建起了一座综合利用虾藻的制药厂。

参差荇菜

上小学时，一个炎热的夏日，语文老师教我们班学生背诵唐代白居易的一首小诗《池上》：“小娃撑小艇，偷采白莲回。不解藏踪迹，浮萍一道开。”为了让大家形象直观地认识白莲和浮萍的形状、特性，老师把我们带到校外池塘边，指点着水中实物，详细地为大家讲解。老师还卷起裤腿，赤脚到水里采摘了一枝莲花、几只莲蓬和几朵浮萍，让我们嗅闻其清芬的气味，咀嚼甘甜的莲子和浮萍叶。大家开心地笑着，一起大声背诵《池上》，惊得树上栖息的白鹭扑棱棱乱飞。多少年过去了，每次看到白莲和浮萍，便不禁想起童年时那欢乐的场景。

上中学时，老师指导我们阅读了《诗经·关雎》。诗中写了先民捋取荇菜的情景：“参差荇菜，左右流（捋取）之。窈窕淑女，寤寐求之。”看着古人对“荇菜”的注释，对浮萍有了进一步认知。荇菜即水萍，亦名浮萍。圆叶细茎，随水浅深。凡水质清洁的地方都有荇菜，开黄花。水萍，又分为紫萍、青萍等

浮萍常拥挤地生长在一起

等。常见的浮萍表面绿色，背面浅黄色、绿白色或紫色。叶片以圆形、近圆形、倒卵形或倒卵状椭圆形居多。

在故乡的池塘、河流、小溪里，水萍常与水藻等为邻，它的根状茎匍匐在泥中，细长而柔软。春天到了，会发芽生长，长出长长的叶柄，叶柄顶端有四片小叶，十字形对生。乡亲们也把水萍叫“四叶草”“田字草”。

夏天连日暴雨，洪水横溢，池塘和河沟里生长着的水萍、莲荷便一时被囚在了水下。水萍总会倔强地破水而出，而一些莲荷却葬身水中。与莲荷相比，身子弱小的水萍战胜水压雨欺的能力似乎更加强大。它的这一特性，令孩子们感到惊奇。

水萍，也是草鱼、鲫鱼、鲤鱼等一些鱼儿爱吃的“零食”。从春天到秋天，鱼儿吃食水萍的唼喋声，是池塘里常听到的一种天籁之音。夏天，青蛙和蜻蜓常把水萍作为行旅的驿站。青蛙有时在水中游累了，便浮出水面悄悄地蹲在水萍上休憩。藏在水萍里的飞蛾和虫子不时会爬动，青蛙便猛地张开嘴吞食，打打牙祭。一只只飞翔的蜻蜓，偶尔会落在水萍上扭动圆圆的脑袋梳洗打扮一番，而后开始新的征程。

水鸟常悄无声息地站在芦苇等水草上，啄食浮萍下觅食的鱼儿。

水萍自古以来都是作为野菜食用的，咀嚼起来柔滑清香。春、夏、秋季，故乡的孩童有时会捋取水萍的嫩茎叶炒着吃，烧汤喝，或焯熟后凉拌，或和面蒸食。有时也晒干菜包包子吃。

水萍还是一味很好的中药。故乡的老中医讲，水萍味辛性寒，具有发汗、透疹、清热、利尿的功效。对感冒发热无汗、麻疹透发不畅、荨麻疹、水肿、小便不利等，都有一定的疗效。

采采卷耳

苍耳，古时称为卷耳。因苍耳子形如蜣螂（屎壳郎）的幼虫，乡亲们一般把卷耳叫作蜣子棵。在先秦时代，是我国人民的食蔬之一。《诗经·周南·卷耳》云："采采卷耳，不盈顷筐。"就写到了采摘卷耳的情景。随着社会、经济的发展和人们生活水平的提高，作为一种食蔬，苍耳早已退出了人们的餐桌，只是作为一种田间野草和中药材，落寞地生长。

苍耳的生命力极为旺盛，在沟边、田陌、村边旷地和贫瘠的荒地里都可发芽成长。叶子绿色，状如鼠耳。《尔雅·释草》："卷耳，苓耳。"东晋郭璞注说："《广雅》云枲耳也，亦云胡枲。江东呼常枲，或曰苓耳。形似鼠耳，丛生如盘。"苍耳八、九月结果实，比桑葚小且多刺，状如狼牙棒。苍耳子因长满细细的针刺，极易粘到各种动物的毛羽和行人的衣服上。这也是苍耳繁衍族裔的一种狡猾的手段。童年时，我和小伙伴秋日在田野里游玩，裤腿上常粘有苍耳子或鬼针草籽，刺得皮肤发痒，大家很讨厌它们的纠缠。

上小学三年级时，语文老师手拿一棵结满苍耳子的苍耳草，讲述了一个苍耳子启发人创造尼龙扣的故事，引起了我对苍耳草的敬畏。这种普普通通的野草，竟引发了一次科研创新。老师讲，儿童会走路后，父母亲可帮着系鞋带。父母亲不在身边，鞋带松了，该怎么办呢？人老了，行动不便，系鞋带也是一件令人苦恼的事。一九四八年以前，人们一直被这样一个看似很小的问题困扰着。瑞士一个名叫乔治·德·梅斯特拉尔的人就想帮助大家解决这个问题。

苍耳子长满细细的针刺，有时被乡间孩子用作恶作剧的工具。

他苦苦思索，希望能找到一种为行动不便的老人和小孩系鞋带的简便方法。一九四八年的一天，乔治同往常一样带着狗外出散步。回到家中，发现自己裤腿上和狗身上都粘满了带刺的苍耳，需要一定功夫才能把它们拉扯下来。乔治感到很奇怪，他用放大镜仔细观察，终于发现苍耳的纤维与狗毛是交叉在一起的，互相紧紧地抓钩在一起。乔治心里不由得高兴起来：如果采用这两种形状的结构不就可以发明一个鞋子上的搭扣了吗？鞋子上有了这种搭扣，不就非常省心了吗？想到这儿，乔治找来两条尼龙带，其中一条涂有涂层，上有类似芒刺的小钩，另外一条的上面则是数千个小环，钩与环能牢牢地固定在一起。就这样，世界上第一个尼龙扣在乔治的手上诞生了。一九五五年，乔治为自己发明的这种搭扣申请了发明专利，从此广泛运用于服装和鞋子上。听着老师讲的故事，我们全班学生很受启发和教育。大家纷纷表示，应该向乔治·德·梅斯特拉尔学习，细致观察，善于发现，努力用大自然的智慧改善我们的生活。

秋冬时节，乡村的孩子在原野上游玩，有时会把苍耳子当成恶作剧的工具。有的调皮的小男孩悄悄地采摘几粒苍耳子，偷偷粘到女孩子的长发上。女孩发觉后一副着急娇嗔的模样，小男孩便言不由衷地道歉并慢慢拽下苍耳子，引来伙伴们一阵阵欢声笑语。

苍耳以全草、根、花和带总苞的果实入药，是一种很好的中药材，具有祛风、散热、除湿、解毒等功效。童年时，我常看到村里的老中医李爷爷将鲜苍耳用凉水细细洗净，放在一只古老的铜钵里捣成糊状，再撒上一些青色的粉末等，免费治疗被蜈蚣、蝎子等毒虫蜇伤的孩子和成年人，疗效很好，治疗三五天便彻底痊愈。方圆几十里地十多个村庄的成年人、小孩，如有被毒虫蜇伤的，都到我们村里找李爷爷治疗。童年时，有一次我在李爷爷家里和其孙子一起玩耍，李爷爷便教我们两个捣磨鲜苍耳。我问李爷爷配制治疗被虫蜇的药共需要几种药材，李爷爷笑着说，你们太小，说了也记不住。等年纪大点认识一些中草药，说给你们就记住了。我上初中时，李爷爷却随儿子搬到了海南生活，后来便失去了联系。二十年过去了，向李爷爷询问的问题也一直没得到答案。掐指算来，李爷爷如健在，应该近百岁了吧。

路旁的车前草

每次读《诗经·周南·芣苢》"采采芣苢（车前草），薄言采之。采采芣苢，薄言有之"等诗句，总被诗中描写的先民们采捋车前草的情景所吸引、感动。清代学者方玉润解读此诗说："读者试平心静气，涵泳此诗，恍听田家妇女，三三五五，于平原绣野，风和日丽中群歌互答，余音袅袅，若远若近，忽断忽续，不知其情之何以移而神之何以旷。"（《诗经原始》卷一）方玉润认为此诗是乡村姑娘采捋车前草时的唱和歌。两千多年过去了，从春到秋，在微山湖西岸的平原上，有时仍可看到乡村的孩子或年轻的媳妇们唱着歌曲，款款采捋车前草，作为野菜食用，或作为中草药用于治疗小儿疾病。

因车前草的叶片前端长得肥大，后端突然收拢，成了一根细长的叶柄，形如牛舌头，乡亲们有时称车前草为牛舌头棵。车前草爱生长在乡间的路旁和车道间，在田间地头、沟边河岸上，也常能见到它们的身影。我年幼时，曾听村里的老人讲，车前草为何得名"车前"，主要有以下原因：车前草叶子翠绿肥厚，汁液较甜，是

生长在沟边路旁的车前草，叶子翠绿肥厚，汁液较甜，是家畜爱吃的野草。

马牛猪羊爱吃的野草。这些动物吃了以后，便把车前草的草籽——车前子排泄在路上，草籽便在路上发芽生长。成熟后黑褐色的车前子圆滑轻小，风一吹，便轻轻飞动。因田间道路路基较高，旧时运送货物或人们出行的主要工具是用牛马拉的木制大车，路上常被车压出一道道车辙。一些飞动的车前子便落在了路基上或车辙里。车前草成熟的穗子有粘连性，人们在田间地头或沟边河岸劳动时，如碰到穗子，一些蒴果便粘在裤腿上。在路上行走时，有的蒴果便落在了路基上。路边的车前草，因临近水沟，得到水的滋润，叶片长得格外肥大。夏天，常是癞蛤蟆的隐身处。童年时，我和小伙伴们挖野菜，一看到车前草下潜伏的癞蛤蟆，常常吓得撒腿就跑。

元·谢楚芳《乾坤生意图》（局部）。画面以车前草为中心，刻画了蝴蝶、蜻蜓、蚂蚁、蝗虫、癞蛤蟆等昆虫和爬行动物互相捕食的情景。

车前草的嫩叶可作为野菜食用。四五月间采摘鲜嫩的幼苗，用沸水烫后，可凉拌、炒食、做馅、做汤，或和面蒸食。童年时过春节，我曾吃过邻居李大爷用沸水轻焯晒干后的车前草制作的水煎包。在常吃肉类等肥腻食物的节日里，吃着清香甜润的车前草水煎包，令人胃口大开，神清气爽。

车前草又分为大车前、小车前、平车前、车前等多种。故乡的田野上生长的多是大车前和平车前。乡亲们最看重的还是车前草的药用功能。夏秋时节，襁褓中的婴儿常因湿气伤脾引起痢疾。老中医便指导年轻的父母采捋车前子，熬成汤药，让小儿服用，服用两三天后即有很好的疗效。

《本草纲目》等药物书记载，南朝陶弘景说车前子性冷，食车前草饼，能令人身轻，可跳跃岸谷，长生不老。妇人吃了车前草，容易怀上，多生男孩子。对于车前草的这些效用，乡村的老中医听了只是摇头微笑，认为这是人们对车前草的药物效用神化的结果。

老树上的木耳

夏秋时节，几场大雨过后，湖边茂密的树林里，年老的榆树、槐树等树干上裸露的伤疤处，或被风刮断的枯朽的树干枝丫上，常常会长出一簇簇暗褐色的肉乎乎的东西。在潮湿的环境中，这些东西长得很快，不几天就长成了胖乎乎的小耳朵，这便是木耳。这些木耳，仿佛是在偷听尘世的什么秘密。爱想象的孩子，采摘着这些木耳，有时便陷入沉思：这些像耳朵一样的食用菌，它们在倾听什么声音呢？是远去的风雨声？是林中鸟啼虫鸣？是附近村庄的鸡叫狗吠？还是孩子们的欢笑声？

采摘木耳，使孩子们直观地看到了自然造化的一种迷人现象：老枯的树木，在化成泥土之前会竭力将蕴藏的美好以另一种生命形态奉献给人们。造化的神奇令人惊叹，激发了孩子们认识自然、探索自然的兴趣。

湿润的老树干上，长出肉乎乎的像人耳一样的木耳。

采摘木耳的过程并不都是轻松愉快的。潮湿的树林里是蚊虫的滋生地，是蛇、老鹰、猞猁、野鸡等一些小动物的栖息地，也是野蜂的家园。我童年时，和小伙伴们去湖边的树林里采摘木耳，脸上、胳膊上常常被蚊虫、野蜂叮咬或蜇出一片片红肿斑点。记得有一次，夏日午后同两位小伙伴挎着小竹篮去老榆树林里采摘木耳，我们都已采满了篮子便放在地上，静静地观看两只野鸡拖儿带女地在草丛中玩耍。突然一只老鹰从树丛间隙飞了过来，凶狠地扑向野鸡群。我们奔跑着张开双臂大声呼喊，吓跑了掠食的老鹰，但却惊扰了趴在树枝上的一条绿色大蛇。这条蛇有两米多长，尾巴和身子缠绕在树枝上，伸着头吐着长长的芯子，树梢上的鸟儿吓得啾啾乱叫。这条蛇仿佛就是老人们传说的林中蛇精，吓得我们挎起篮子拼命地向林外奔跑。顾不得树枝阻拦、击打身体，气喘吁吁地跑出树林后，我们三人篮子里的木耳都已所剩无几。此后好多天，我们再也不敢去榆树林里采摘木耳了。

老人们讲，木耳的良毒由木性而定。榆耳、香椿耳无毒好吃，槐耳、杨耳次之，柳耳、桑耳毒性小可治病。柳耳能补胃理气，村里如有人出现反胃吐痰的病症，老中医常让孩子到树林里采摘柳耳，用几枚柳耳煎汤让患者服用。服后不久，患者即可痊愈。

而今，在故乡濒临微山湖的树林里生长的野生食用木耳已非常稀少。一些村民们在田野里建起了温室大棚，运用现代化养殖技术，一年四季大量养殖、出售价廉质美的木耳。木耳，正以另一种方式蓬勃生长，丰富着人们的饮食生活。

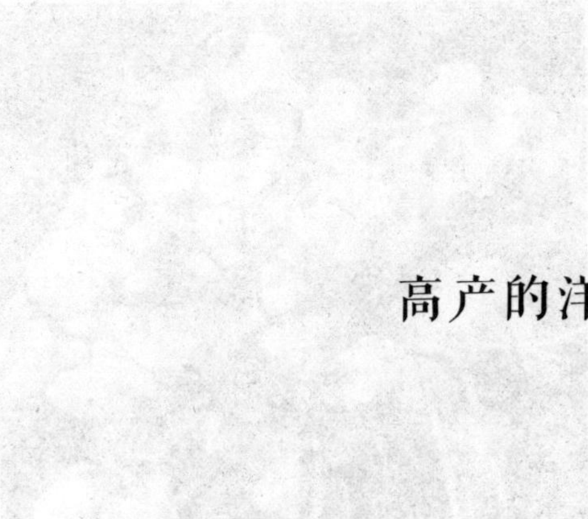

高产的洋姜

在童年的记忆里，洋姜是一种常见而低贱的草本植物。它生性顽强，对生存条件要求很低，有土就能扎根，在良田沃野或贫瘠的土地上，在河岸林边或房前屋后荒废的角落，都能自然发芽、成长、开花，结出地下块茎。洋姜的植株很像向日葵，但地上的茎、叶、花比向日葵要瘦小很多。从春到秋，洋姜可长到二到三米高，茎干和枝叶上布满了毛刺。夏天，洋姜会开出金黄色圆形的小花，引得蜂蝶前来采蜜吸香。秋天洋姜叶子变成黄色，一片片掉落下来。地下块茎往往长得纵横交错，互相叠压。一棵洋姜能收获一千克到两千克块茎。在故乡的河岸上，洋姜像被人遗忘的野草一样，一年年纵情恣肆地生长。因块茎产量高，价格非常低廉。秋去冬来，只有孩子们常常挖取它的块茎，回家食用。

洋姜开黄花的时候，故乡的老人常给孩子们讲洋姜凄美的传说故事。据说古时候一个心地善良的小伙子，因家境贫寒一直娶不上妻子。一次小伙子去河边放牛，一位白发苍苍的仙人送给他一个瓷碗，里面放着一块晶莹剔透的心形宝石，并告诉他说，到河水里洗一洗宝石，就能娶上美丽的妻子。小伙子洗了宝石后，宝石瞬间变成了一位美丽的姑娘，于是两人就结婚成了家。但小伙子的嫂子却心如蛇蝎，认为宝石姑娘是妖怪，决心拆散他们俩。趁小伙子下地劳动，嫂子故意打碎了盛放心形宝石的瓷碗，并把宝石摔碎埋在了房后的井台上。当天夜里姑娘托梦给小伙子，说她已经幻化成洋姜，每年开出黄花的时候在井台上与他相会。天明后小伙子走到井台上，果然看见密密麻麻的洋姜。于是每年洋姜开黄花的时节都到井台上与妻子相会。收获洋姜时，小伙子总不肯挖完，让它明年再生根发芽，盼望着和妻子再次重逢相见。洋姜原产北美洲，十七世纪后引种到我国，其家族快速在长江南北地区繁衍。这一外来物种本土化后，产生了中国化的爱情传说故事。乡村的孩子们听了，总觉得甜脆的洋姜里蕴含着痛苦的泪水。

地下生长的洋姜块茎，常常是一团团一堆堆地积聚在一起。

因洋姜的地下茎块富含淀粉、菊糖等果糖多聚物，可以煮食，熬粥，腌制咸菜，晒制洋姜干，制取淀粉和酒精原料。地上茎可加工饲料。其茎块茎叶还是一味中药，具有利水除湿、清热凉血、益胃和中之功效。童年时，每年深秋我常扛着铁锨到河岸上挖洋姜，让母亲腌制咸菜，作为严冬的菜蔬。洋姜腌制的过程比较简单，把完好无损的洋姜洗净晾干后放进干净的坛子里，加入蒜、辣椒、生姜和花椒等佐料，盖好坛子放上十天左右的时间，便可食用。原本黑黝发蔫的洋姜经过腌制，变成了鲜脆爽口的下饭菜。母亲在腌制洋姜时，有时会放进一把桂花，使腌制的洋姜多了一分清香。几十年过去了，母亲腌制的洋姜一直是我记忆中严冬里最美的菜肴。

近年来，由于生活观念发生了变化，提倡绿色饮食，野生洋姜又为大家所青睐。故乡的大河岸上，一片片野生洋姜已有人专门管护。在乡亲们的餐桌上，野生洋姜已成为一道绿色甜美的时蔬。

酸甜的野樱桃

故乡西边的大河岸旁，有一座明代兴建的佛教西方寺。寺后，绵延的山岗上，生长着三十多株野樱桃，长得树皮如莽，枝叶婆娑。老人们讲，这些樱桃大都有五六十年的树龄了。每年冬天，寺庙的僧人都要给它们浇水、剪枝、施肥。春夏之交，来寺庙上香的善男信女都能吃上樱桃果。樱桃在寺庙僧人传播佛教的过程中似乎也起到了一定作用。

樱桃，古人称为“莺桃”“含桃”。《说文解字》云：“莺桃，莺鸟所含食，故又名含桃。”樱桃在我国已有三千多年的栽培史，是古代祭祀祖先的珍品。《礼记·月令》记载：“是月（仲夏之月）也，天子乃以雏尝黍，羞以含桃，先荐寝庙。”随着社会的发展，樱桃在祭祀方面的作用已经消失。而今，樱桃树只是作为一种既可赏花又可吃果的树种被人们所喜爱。樱桃树具有凌寒的风骨，是庞大的树木家族中最早的报春使者之一。腊月将尽，大地春回，微山湖地区还

野樱桃花，是微山湖地区春天最早开放的花儿之一。

山岗上满树的野樱桃熟了，逗引得孩子们馋涎欲滴。

残留着寒意。梅花刚刚凋落，故乡山岗上生长的樱桃便绽开了一树树繁花，如云如雪，婀娜动人，常引得人们驻足观赏。宋代词人赵师侠《樱桃花》中的词句云："梅花谢后樱桃绽，浅浅匀红。试手天工，百卉千葩一信通。余寒未许开舒妥，怨雨愁风。"写的便是樱桃开花后的娇艳风韵。

春天即将远去，成熟的樱桃果缀满了枝条，圆润晶莹，如玉珠，如星星。乡亲们讲，樱桃果分红白两种，一般说来白色的多为野生。故乡土岗上的樱桃树大多结的是白色而略泛红色的樱桃，核较大，果柄短，比红樱桃肉汁少，但吃起来同样酸甜诱人。我童年时，曾多次和小伙伴一起跟着大人逛庙会。大人烧香拜佛，我们这些小孩并不感兴趣。大家最感兴趣的是，爬上樱桃树驱赶着争食的鸟儿，小心翼翼地采摘一颗颗樱桃果，品尝其酸甜芳香。

俗话说，"樱桃好吃树难栽"，为什么说樱桃树难栽呢？我小时候曾和两位小伙伴一起，问过寺庙里一位正在给樱桃树施肥的八十多岁的僧人。这位僧人十岁就跟着师父在庙里出家修行。老和尚笑着说，樱桃树对生长环境要求高，既怕太冷和太热的天气，也怕旱怕涝。它生长较慢，一般三五年才能结果，十多年才长得有成年人的大腿那么粗。这些山岗上的樱桃树，庙里年年都要浇水、施肥、修剪，是方圆几百里地最大的樱桃树。没有细心的管护，哪有那么多樱桃供人采摘呢？"樱桃好吃树难栽"，说出了樱桃树生长和管护的不容易，也有勉励人们只有知难而进，持之以恒，才能做好一件事情的意思。老和尚以一个普通人的经历和实践诠释了这句俗语的含义，使我们受到了教育。

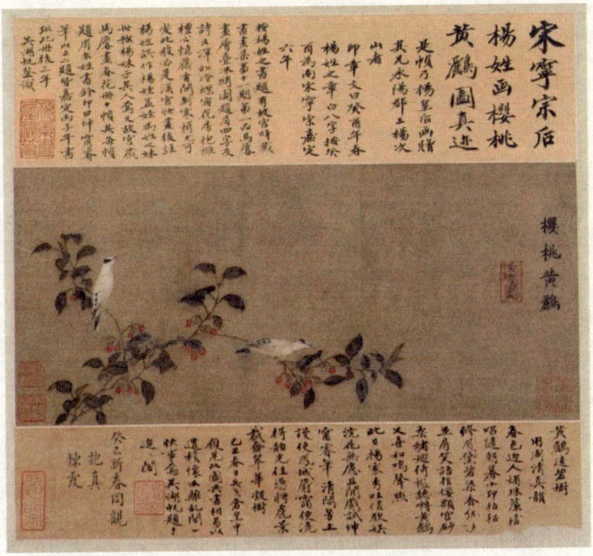

南宋·佚名《樱桃黄鹂图》。画面上，两只黄鹂栖于樱桃树枝上。一昂首态度傲慢，似在鸣啭；一俯视似在觅食樱桃。鸟儿的两种状态，各具风姿。同时，刻画了黄鹂栖身树枝的细微变化，显示了画家勾勒功力的深厚和渲染技巧的高明。

上小学三年级时，一次老师带领着我们全班同学春游，到故乡西边的山岗上看樱桃花。望着盛开的樱桃花，老师讲了犹太人与十八颗樱桃果的故事，教育人做事不要好高骛远，眼高手低。开始时不做小事，以后便会在更小的事情上操劳。故事的大致情节是：一个犹太人与儿子结伴远行，在路上犹太人看到一块铁，便让儿子捡起来。儿子懒得弯腰，装作没听见。父亲自己便默默地把铁块捡了起来，路过城镇时用铁块换了三文钱，又用钱买了十八颗樱桃。父子俩穿越荒野，儿子又渴又饿。父亲故意从兜里掏出一颗樱桃丢在儿子面前，儿子却不怕弯腰慌忙捡起来吃掉了。父亲边走边丢，儿子弯了十八次腰，吃完了十八颗樱桃，滋润了肺腑，增添了精神，终于到达了目的地。听了这一故事后，我忽然认识到，小小的樱桃果，还包蕴着犹太人的智慧呢！

柿子红了

弯弯曲曲的万福河，水光潋滟地向东方的微山湖流去。两岸茂密的树林里，间或生长着一棵棵挺拔的野柿子树。童年的记忆中，柿子树仿佛是一个性格腼腆的孩子，总是躲藏在其他树木中生长。它夏日枝叶浓郁如伞，秋天霜染后柿叶如丹，颇有唐代诗人李益诗句“柿叶翻红霜秋景”的景致。

深秋后，野柿子树的叶子已全部凋落，只剩下熟透的橙红色的果实，像一盏盏红艳的小灯笼悬挂在枝丫上，逗引着孩童。因树干高大，树枝长得细长，孩子们攀爬不上去，只能站在树下用土块投掷。为了接住熟透的柿子，往往由一个孩子脱下上衣，让其他孩子扯开站在树下，在上面铺上一层软软的枯草。为了吃到柿子，扯开的上衣常被落下的柿子染得斑斑驳驳。因野柿子个头小，熟透后手指一触就烂，成年人是不愿上树摘取它们的，太费力费时。冬天来临了，树梢上悬挂的柿子一任太阳的照晒，有的成了小鸟的口粮，

与高大的树干、树冠相比，柿子花显得黄嫩娇小，但自有一种幽姿逸韵。

满树成熟的柿子，如悬挂的千万颗小太阳闪亮，吸引着孩子们的目光。

有的变成了黑黢黢的柿饼干儿。

上小学五年级时，语文老师带领我们班到万福河秋游。大河转弯处坐落着一座古老的道观，院里生长着挺拔的柿子树，结满了柿子。迎着道观悠扬的钟磬声，老师带着我们走了进去。看到孩子们，须髯飘飘的老道人非常高兴，笑逐颜开地为老师和我们这些孩子讲解道观的历史，讲解道观曾经出现的仙家奇事。老道人说，这座道观建于宋代，清朝有一位学问精深、修炼有成的真人，在此炼成了使人长寿的仙丹，受到了到此游览的乾隆皇帝的赏赐。大殿前的古碑就记载了此事。这位真人还把炼的一些仙丹藏在道观里，让后人寻找。看着字迹漫漶的古碑，大家低头沉思。老道人离开后，老师对我们说："哪有使人长寿的仙丹呢？这是道家为宣扬其学说编写的故事。姑妄言之，姑妄听之，我们一起在道观里找找看吧。"老师领着我们仔细查看了每间殿堂，里面除了一尊尊表情严肃的石雕塑像，还有很多仙人腾云驾雾的壁画。地面上裸露着早已断裂的一截截石碑。走到院子最后，五棵高大粗壮的柿子树吸引了大家的目光。红艳的柿子挂满枝头，一群群小鸟吵闹着啄食，地面落满了鸟儿弄掉的熟烂的柿子。看着满树柿子，老师突然大声地对我们说："同学们看看，这树上悬挂的是不是传说中的那位真人藏着的仙丹？"大家开心地笑着，连连点头表示赞同。小鸟欢快地在树上鸣叫，应和着大家的笑声。

在故乡，柿子树是一种吉祥树，寓意"事事如意"。有的人家常在房前院子里栽种两棵柿子树，寓意"好事成双"，会有好运气。把柿子树和杏树临近栽在一起，寓意"事事幸福如意"。传说家中栽种一棵柿子树，然后在下面拴上一条狗，寓意"有权（犬）有势（柿）"。孩子们觉得这样栽树，更像是玩猜灯谜游戏。旧时，故乡还流行事事如意和事事平安吉祥图。前者由柿子和如意组成，后者由柿子、苹果、狮子和花瓶组成，表达了人们对美好生活的期盼。

唐朝段成式《酉阳杂俎》记载，柿树有"七绝"："一多寿，二多阴，三无鸟巢，四无虫蠹，五霜叶可玩，六嘉实可吃，七落叶肥大，可以临书。"在落叶上写字，那是古人的雅兴。乡村的孩子感兴趣的还是吃着柿子，听红艳的柿子树在秋风中摇曳作响，它们仿佛在叙说秋天的红艳，秋天的丰收，秋天的甜蜜，和孩子们秋天的快乐。

深秋的柿子树叶红艳如花，是其飘落前留给人世的美丽景观。

寂寞的癞葡萄

在故乡大河岸上的灌木丛中，零零落落地生长着癞葡萄。从春到秋，癞葡萄细长的蔓秧常常攀爬着其他植物的枝条生长。因癞葡萄结的瓜形如小纺锤而肉汁苦，很少有人采食。癞葡萄的一生都是寂寞的，就连瓜儿成熟后也是寂寞地变黄开裂，黑色的籽儿寂寞地掉在地上。偶尔，馋嘴的孩子会寻找癞葡萄开裂的瓜瓤（包衣）吃。红红的瓜瓤沾满孩子的嘴唇，齿颊间流淌着淡淡的甘美清香。

癞葡萄又叫苦瓜、锦荔枝。果实纺锤形的，一般被称为锦荔枝。果实圆柱形的，常被称作苦瓜。据史料记载，癞葡萄早已成为中国人餐桌上的一道菜蔬。明嘉靖年间朱橚《救荒本草》中说锦荔枝又名癞葡萄，救饥时采黄熟者食瓤。明天启年间王象晋编撰的《群芳

常见的癞葡萄，有纺锤形和长条形。纺锤形的锦荔枝，在宋代还被作为水果食用。传说吃锦荔枝可使人多生贵子。

谱》中，对癞葡萄叙述得更为详尽，已经出现了“苦瓜”的名称和不同的形状：“锦荔支（枝），一名癞葡萄，元时名红姑娘，即《诗》所云苦瓜也。出南番，今闵广江南皆有之。蔓生叶如葡萄，有微刺，蔓上有须，茎叶皆柔。七八月开小黄花五瓣，如椀（碗）形，结瓜有长短两种。色青绿，熟则黄皮，皮上有磥砢（众多危积貌，实为瘤皱）。架作屏，斑斑如锦，红绿陆离，最为可玩。瓜味微苦，小熟之，调以姜醋，可为蔬，清痰火。和肉煮食亦佳，其中肉赤如血，味甘美。”明代人除了食用锦荔枝外，还把其瓜果枝蔓作为美化生活的插屏艺术进行欣赏。

锦荔枝红艳的瓜瓤，是乡间孩童爱吃的一种美味。

癞葡萄虽是一种较为普通的野果野菜，但古籍上记载的与之有关的故事，却常被后人提及。《群芳谱》中有录自《本草》的一则故事，说宋仁宗时，在朝为官的陈尧佐的母亲入宫，仁宗赏赐锦荔枝，她连皮一块儿吃了，宫里的人都笑话她。她从容地说：“前些年梦中这样吃了锦荔枝，生了儿子陈尧佐；后来又做了这

明宣宗朱瞻基《苦瓜鼠图》。作者调动多种笔墨语言刻画了田鼠、苦瓜、杂草、石块等形象，营造了浓淡虚实对比得当的意境，透露出自然之情趣。朱瞻基绘此图是祈祝、庆贺宣德二年（1427年）自己得子，或祈祝皇后顺产。

样一个梦，生了儿子陈尧叟。”当时，仁宗正愁没有儿子。皇后及宫人听后大吃锦荔枝，而且都把皮一起吃掉，仁宗果然有了两个儿子。陈尧叟、陈尧佐都是北宋的重要官员，只不过《本草》把兄弟俩出生的次序弄颠倒了。这一故事似乎说明，吃锦荔枝还有让人多生贵子的功能呢。明末小说《金瓶梅》中曾写道，西门庆为求房术之药，将庙里装神弄鬼的胡僧请来，百般讨好，变着花样请胡僧吃喝，且有时令水果相佐——“又是两样艳物与胡僧下酒：一碟子癞葡萄，一碟流心红李子”。“艳物”锦荔枝，似乎还具有催情的作用。

而今药食保健的健康新理念正改变着人们的饮食习惯，野生的癞葡萄在故乡已身价倍增。乡亲们有时会到微山湖西岸的树林里采摘野生的癞葡萄，凉拌、热炒或炖着吃，使生活增添了新的滋味。

神秘的蘑菇

春天插稻秧和夏天割麦子的时节，也是野蘑菇蓬勃生长的时候。村里的老人讲，春秋季各有一两个月的时间，是采摘野蘑菇的最佳时间。阴雨霏霏，为树林里各种菌类提供了良好的生长环境。特别是“东边日出西边雨”的天气，更有助于蘑菇等各种菌类的生长。雨停歇了，大地上弥漫着薄薄的雾岚，太阳在东天边露出了红红的脸蛋。唱着儿歌：“采蘑菇的小姑娘，背着一个大竹筐。清晨光着小脚丫，走遍森林和山岗……”故乡的孩子有时会三五成群，到村南的大树林里采摘野蘑菇。

村前的大树林占地五百多亩，东西南三面紧靠着小河，明朝万历年间的一位户部官员曾在此建有家庙、道观和墓地。庙宇巍

齐白石泼墨写意画《蘑菇图》。白石老人一生喜食蘑菇，绘有多幅蘑菇图。该图造型简练，意境醇厚朴实，笔墨雄浑滋润，色彩浓艳明快，展现了浓烈的生活情趣。

峨，古树森森。一九三八年日寇侵占微山湖地区，家庙、道观和墓地都被日寇的炮火摧毁了。劫后便只剩下生长着的松柏、榆树、槐树、梨树等各种树木和野草了。春秋季，经过雨水滋润，大树林里各种蘑菇钻出了地面，多姿多彩，如梦如幻。有的大如巴掌，有的小如树叶、豆粒，有长柄的，有短柄的，有白色的、灰色的、黑色的、红色的，有的一片片拥抱在一起，有的孤零零地站在一旁。在孩子们看来，蘑菇的生长蕴藏着神秘：借着夜色的掩护，烟雾袅袅中它悄悄地从地面撑起一把把色彩各异的小伞，仿佛是为传说中森林里的小精灵遮风挡雨。阳光从树木的枝叶间洒在蘑菇上，凝结的水珠如一只只小眼睛闪烁。鸟儿站在蘑菇边叽叽喳喳，似乎在叙说蘑菇世界发生的事情。蘑菇的小伞下，覆盖着孩子们多少奇异的想象啊。

采蘑菇的过程，充满了快乐、疼痛和惊吓。雨后的树林里，落叶和小草搅在一起湿漉漉的，孩子们虽然卷起裤腿，但裤子还是会被露水浸湿。蘑菇喜欢群聚，一旦发现一朵蘑菇，只要在四周耐心寻找，往往会发现许多。有时会发现一大簇蘑菇，三五朵挤在一起，紧紧抱成一团，又大又肥，散发着淡淡的香气。但蘑菇大都藏在堆积的树叶下和草丛中，为了采到蘑菇，孩子们弓着腰用小木棍扒开树叶草丛仔细搜寻，两眼一眨不眨地盯着地面。一旦发现一朵蘑菇，就会惊喜地叫喊，让同伴分享自己收获的喜悦。然后蹲下来小心翼翼地捏住根部，轻轻地拔出来或用小铲子挖出来，拍掉泥土，小心地放进小篮子里。

树下草丛中，也是毛毛虫、老鼠、蛇、猹猁、野兔等小动物的

蘑菇的形状千姿百态，伞形只是常见的一种。上图从左至右依次为：竹荪、羊肚菌、猴头、马勃菌。

领地。秋天采摘蘑菇时，在纵横交错的树枝间，常常会无意中触碰到毛毛虫。但毛毛虫非常不友善，总是用身上的刺蜇得人疼痛难忍。有时用小木棍一扒拉树叶、草丛，会突然蹿出一只老鼠或大花蛇，吓得孩子们挎起小篮子飞跑。如果蹿出的是一只猞猁或小兔子，常常引得孩子们追着奔跑，大喊大叫，直累得满头大汗气喘吁吁才作罢。

蘑菇的种类极多，世界上的蘑菇大约有三千多种，可食用的有两千多种。我国已发现可食用的蘑菇有一千多种，有毒蘑菇四百多种，含剧毒的蘑菇四十多种。而生活中较为常见的可食用蘑菇主要有平菇、香菇、红菇、鸡腿菇、杏鲍菇、金针菇等。可食用的蘑菇一般呈白色、黄色或茶褐色，是营养丰富的食用品、药材和保健品，但有些颜色鲜艳的如金黄色、粉红色、黑色、绿色包括部分白色的蘑菇却毒性很大，人一旦误食，会危及生命和健康。采摘蘑菇时，村里有经验的老人会教孩子们如何辨别无毒和有毒蘑菇。采摘蘑菇也使乡村的孩子们明白了一个道理：在漂亮迷人的外衣里，包裹的并不都是美好，还暗藏着丑恶和危险。

辛香的蒌蒿

蒌蒿，亦名芦蒿，古人称之为蘩、蔏蒌等，叶子长得似艾叶，茎青白色或淡紫色，气味清香。在我国古代，很早就被作为蔬菜食用。《诗经·召南·采蘩》篇云：“于以采蘩？于沼于沚。于以用之？公侯之事。于以采蘩？于涧之中。”《诗经·小雅·出车》亦言：“春日迟迟，卉木萋萋。仓庚喈喈，采蘩祁祁。”记叙的便是古人采摘蒌蒿的事情。三国陆机在《毛诗草木鸟兽鱼虫疏》里说：“蒌蒿，生食之，香而脆美，其叶又可蒸以为茹。”汉代以后，我国很多诗人如宋代的苏轼、明代的王磐、清代的朱彝尊等，都写了诗歌对蒌蒿这种野菜进行咏赞。几千年来，蒌蒿的香气在人们的舌尖上缭绕。

新春惊蛰的雷声炸响后，微山湖地区的各种植物迅速萌发生长，生命的绿色像潮水一样在黄土地上涌流。蒌蒿、白蒿、茼蒿、艾蒿等野菜，也在河边、路旁和贫瘠的荒地里快速成长起来。在故乡的河岸沟边，蒌蒿常常是族群聚在一起，大片大片地生长。春风中晃

在河边、路旁和荒地里，蒌蒿常成片生长在一起。

动着碧绿鲜嫩的茎叶，散发着一股浓郁的菊香。乡亲们大多采食春天的蒌蒿，把新采的蒌蒿在开水里焯一下可凉拌着吃，炒着吃，或做汤喝，和馅做包子，咀嚼起来外脆里糯，清甜生津。

每年春天，故乡的菜馆里都会做时令蔬菜蒌蒿炒肉丝或蒌蒿炒豆腐干。把切好的肉丝或豆腐干丝放在锅里，放少许盐、姜、豆油，与蒌蒿一起烹炒。使蒌蒿特有的鲜脆，蕴含的早春的清芬与肉丝和豆腐干的香气融为一体，咀嚼着齿颊流香。

上小学三年级时，一次语文老师组织全班学生踏青、野炊。走到长满蒌蒿的小河边，老师教我们背诵宋代苏东坡的诗句："竹外桃花三两枝，春江水暖鸭先知。蒌蒿满地芦芽短，正是河豚欲上时。"（《惠崇〈春江晚景〉》）老师解释说："蒌蒿，是江南人爱吃的一种野菜。河豚肉里有毒，而蒌蒿、芦芽则是解河豚之毒的佳品。我是江苏扬州人，老家的人在吃河豚时常一并吃芦芽或蒌蒿。北方不产河豚，但蒌蒿也是很好吃的野菜。"老师发动全班同学一起采摘蒌蒿，用自带的汽油炉子和小锅先把水煮沸，而后把蒌蒿轻轻一焯，捞出后切碎浇上熟豆油，凉拌了一盆。从背兜里掏出购买的一大摞烧饼，让同学们用烧饼夹着蒌蒿吃。大家你争我夺，大口大口地吞咽，不一会儿一盆就被吃光了。老师坐在一旁看着，静静地微笑。为了满足同学们的食兴，老师又亲自洗、焯、拌蒌蒿，做了第二盆、第三盆菜。一些贪吃的同学，直吃得打起了饱嗝。十几年过去了，后来也曾多次吃过蒌蒿，但总觉得语文老师这次拌的蒌蒿菜是最香甜的，也是最好吃的。

我国江南地区大面积种植的蒌蒿菜

纵意生长的葛藤葛根

夏秋之交，在故乡北边大河堤岸上茂密的树林里，为了捉住翩翩飞舞的蝴蝶和蜻蜓，孩子们有时会长时间悄无声息地追随它们。盼着它们飞行累了，停在树枝、藤蔓上或草丛中小憩，便从后边轻轻捏住翅膀捉取。蜻蜓、蝴蝶飞行的路线，不时有肆意生长的葛藤挡住孩子们的去路。葛藤四处攀爬，有六七米长，绽放着一串串紫红色的花穗随风摇曳。花穗上结出一些紫色的似小黄豆的荚角。有些大嗓门的蝈蝈，有时会藏在葛藤下纵情歌唱。捉不住蜻蜓、蝴蝶，孩子们兴之所至，有时会忽然去捉蝈蝈，或挖取葛藤的地下块根——葛根带回家食用。葛根长得比较肥厚，外形似山药，经水浸泡后可制成葛粉，蒸着吃或烧汤喝，柔嫩滑爽，飘出淡淡的清香。

在我国古代，葛的用途很广。葛藤是很早就被人们利用的纤维植物。古人每年夏天采它的蔓茎，用热水煮烂或用石块碾烂，在流水中捶洗出较为粗长的纤维，晒干后用来纺织葛布。《诗经·王风·采葛》中的诗句“彼采葛兮，一日不见，如

在树林和田野里，葛藤总是恣意攀爬、生长，渴望阳光的照射。

葛根藏在泥土里，挖取较为费力。

三月兮”写了年轻的小伙子对一位采葛姑娘思恋的心曲。采葛的姑娘，采的就是葛藤。古人常用葛布制作衣裳、佩巾和鞋子。古代上自天子、下至黎民百姓都穿葛衣，但有粗细之分。富贵人家穿的细葛衣称为绨，黎民百姓穿的粗葛衣称为绤。冬季，富贵人家会在葛衣外再套上裘皮大衣，黎民百姓则在单薄的葛衣里面填充丝絮（古人称为缊）来保暖。明朝文学家宋濂在《送东阳马生序》中谈到了自己年幼时家境贫穷，寒冬腊月求学的情景。同学舍的求学者都衣着锦绣，戴着饰有珠穗、珍宝的帽子，腰间挂着白玉环，左边戴着佩刀，右边佩有香囊，光彩鲜明，如同神人。而宋濂则“缊袍蔽衣处其间，略无慕艳意”，一心一意刻苦读书。因细葛纱价格不菲，《燕京岁时记》中记载，皇帝有时还赐给王公大臣葛纱：“内廷王公大臣至端阳时，皆得恩赐葛纱及画扇。”

用葛布制成的头巾叫葛巾，戴葛巾是古代较为流行的装束，不论富贵贫贱都可以戴，尤其受到文人的欢迎。葛巾几乎成了一些古代文人的标配。东晋末著名诗人陶渊明喜欢戴葛巾，一次他正在酿酒，忽然郡将前来探望。适值酒熟，陶渊明便顺手取下头上的葛巾过滤酒上面浮起的酒渣（色微绿，细如蚁，古人称为绿蚁）。过滤完酒渣，仍将葛巾罩在头上，然后接待郡将。陶渊明这种率真的性情，千百年来受到文人雅士的称赞。

故乡老中医刘爷爷很偏爱葛藤的药用价值。进入冬季，万木叶落。刘爷爷有时会带领孩子们到野外割取攀绕在树上或其他植物上的葛藤，晒干后研成粉末，以备药用。有时谁家孩子的咽喉肿痛了，他知道后便包一包送去。每天以开水冲煎喝下，三五天后孩子的咽喉便消肿了，有很好的疗效。

葛花还是解酒佳品。吃生炒的葛花，能解除醉酒者的痛苦。唐代诗人韩翃在《送王少府归杭州》诗中也写道：“葛花满把能消酒。”童年时，我亲眼看到老中医刘爷爷在夏秋季一遍遍晾晒葛花。村里举办红白喜事，有的人喝醉了酒，刘爷爷便煎制一碗葛花茶，让其喝下，半个小时后醉酒者便解酒了，效果较好。

葛花生炒后，是一剂解人醉酒的良药。图为清·余省工笔花鸟画《百花鸟图》之《金翅葛花图》。刻画了金翅鸟啄食葛花的情形，敷色艳丽，形神毕现。

药食皆宜的薏苡

乘船在广西漓江上游览，导游指着岸边的伏波山，娓娓谈起山名的来历：东汉大将军马援南征交趾（相当于今广东和广西的大部分，越南的北部和中部）时，身先士卒，冲破刀丛剑林英勇杀敌。因南方湿热蒸郁，瘴气流行，便经常食用薏苡仁强身防病。班师回朝时，他装了一车薏苡仁，欲作为种子引种栽培。却不料此举被一些居心叵测之人利用，反诬马援搜刮了“明珠文犀”。为此，马援当众将这一车薏苡仁倒入漓江，谣言遂不攻自破。当地人民热爱这位廉洁为国、功勋卓著的将领，便将漓江边的群山取名“伏波山”，将薏苡仁称为“薏珠子”。“漓江长流，伏波山长青，在无声地赞美着马援的功业和精神。”导游动情地结束了他的讲解。旅游归

明·文俶《金石昆虫草木状》之《薏苡图》。文俶，为“明四家”文徵明的玄孙女，擅长工笔类绘画，喜画蜂蝶植物花卉，在配色和着色方面非常细腻，为中国古代女画家的代表人物。《金石昆虫草木状》是文俶对明代宫廷药物学专著《本草品汇精要》药物彩图的摹本，凡27卷12册，彩图1316幅。

来，查阅了《汉书·马援传》，看到导游讲解的马援“薏苡明珠之谤”的事情，虽与史实有出入，但也歌颂了马援忠心报国、马革裹尸的精神。遥望南天，不由得向马援将军三鞠躬。

马援将军当年作为药物食用的薏苡仁，如今看来并不是难得的名贵之物。在微山湖西边的原野上，在沟边、林中，岁岁年年仍野生着一些薏苡。深秋时节，淡褐色的薏苡籽寂寞地掉落在地上，明年春天又生根发芽，蓬勃生长。

李时珍《本草纲目》记载：“薏苡人多种之。二三月宿根自生，叶如初生芭蕉，五六月抽茎开花结实。有两种：一种黏牙者，尖而壳薄，即薏苡也。其米白色如糯米，可作粥饭及磨面食，亦可同米酿酒。一种圆而壳厚坚硬者，即菩提子也。其米少，即粳也。但可穿作念经数珠，故人亦呼为念珠云。”故乡原野上生长的薏苡，大多是后者，是薏苡的野生种。从春到秋，薏苡与野草为伍，默默地生长。盛夏时节植株便长成一米多高，开出一朵朵淡红而泛白色的小花，而后结出一颗颗如珍珠一样的圆形籽实。秋天到来后，薏苡实的外壳不再稚嫩柔软，有的变得褐色斑驳，有的变成了黑色，坚硬光滑。中间有天然孔道，便于用线串起来。白发婆娑的老奶奶常用竹篮子摘取薏苡实，放在秋阳下晒些时日，等籽儿完全干了，用丝线为小孩子串制手镯，或制作念珠、门帘子。上小学三年级时，笔者曾戴过邻居王奶奶给制作的手镯。

乡间大面积种植的薏苡

薏苡仁也称薏米，形如白色的芡实，是我国传统的药食兼用的谷物资源，其营养价值丰富兼具药理作用。宋代陆游曾写《薏苡》诗述说自己对薏米的喜爱：“初游唐安饭薏米，炊成不减雕胡美。大如芡实白如玉，滑欲流匙香满屋。”薏米可做成粥、饭及各种面食，也可酿酒。童年时，我曾吃过邻居王奶奶用芝麻、红豆和薏米制作的薏米糕，甘甜酥软，清香扑鼻。薏米亦是一味很好的中药，具有健脾、祛湿、利尿等功效。而今在微山湖西边的原野上，可看到人们种植的一片片药用薏苡。

被污名化的稗子

稗草，又名稗子，为禾本科植物，喜欢在稻田、水沟、沼泽和低洼荒地中生长。因稗实细小如黍米，又非谷物，且危害水稻的生长，古往今来，稗子被污名化了。《左传·定公十年》记载，鲁定公十年的夏天，鲁定公和齐景公在夹谷相会。举行盟誓后，齐景公却没有设享礼款待鲁定公。孔子斥责齐国大臣说，不按规制即使凑合着备齐了礼具，也是抛弃了礼仪；如果这些礼具不备齐，那就像用秕稗来款待，这是国君的耻辱。孔子对稗子的看法很有代表性。后世衍生出来的词语，如“稗人”“稗官”“稗政”“稗官野史”“稗官小说”等，更是对稗子卑微、败坏和不良等含义的延伸和注解。说起稗子，人们想到的是一种轻贱的野草，是对卑微事情或官职的指称，是对品质卑下的坏人的指代。据说，汉语中的“败家子”一词，就是由稗子演变来的。

混迹于水稻中的稗子，如没吐穗，同水稻很难区别。稗子成熟时，谷穗呈咖啡色，秆比水稻要长得高些。

不仅中国人卑视稗子，西方人也同样认为稗子是一种害草。《圣经》中耶稣将天国之子喻为好种，将恶者之子喻为稗子，主张“当收割时我要对收割的人说，先将稗子薅出来，捆成捆，留着烧；唯有麦子，要收在仓里”。

稗草似乎爱同水稻发生纠葛，常扎根在水稻中间，植株茎叶与水稻很难分辨。农谚云：“好种出好稻，坏种出稗草；稗草拔光，稻谷满仓。”稗草生长力极强，能长得比水稻还高，极力同水稻争夺阳光和养分，影响水稻的生长和收成。在稻田里拔除稗草，是一件很辛苦的事情。记得童年时一个炎热的夏日，我去田野地里玩耍，看到母亲在稻田里弯腰拔稗子，便想帮着母亲干点活。我弯腰站在绿油油的稻田里，遇到的第一个问题就是分辨不出哪是稻秧哪是稗子，只得向母亲请教。母亲拔出一棵稗子说，区分稻秧和稗子要先看它们的外形再看分叶处。稻秧的叶子聚拢在一起，稗子的叶子比稻子的叶子尖长且向外分开。稻秧在分叶的根部是毛茸茸的，稗草根部却比较光滑。我抓住一棵稗子的根部尽力朝上拔，结果把与其纠缠的几棵水稻也拔了出来。因弯腰过猛，稗子的梢头扎进了鼻孔里，流出了鲜血。在母亲的劝说下，我只得捂着鼻子回到田边的小路上，去追捉飞翔的蜻蜓。

当代农民诗人余秀华在《我爱你》一诗中写道：

如果给你寄一本书
我不会寄给你诗歌
我要给你一本关于植物，关于庄稼的
告诉你稻子和稗子的区别
告诉你一棵稗子提心吊胆的春天

诗人余秀华是残疾人，在爱人面前把自己写成是一棵卑微的稗子，但又是一棵倔强的野草。就农民在田里种植庄稼来说，野草严重危害庄稼生长，所以必须除掉。一棵稗子在春天乃至在夏秋季节，都会是“提心吊胆”的。

稗子适应性强，生长旺盛，营养价值较高，是马牛羊和鸭鹅等家畜家禽喜欢吃的青草。童年时，我常和小伙伴一起到沟渠里割取长出禾穗的稗草，用畚箕子背回家，喂鸭子、鹅和山羊。带着谷粒的稗子，剁碎后鸭、鹅、山羊都抢着吃，一大盆一会儿便被吃光。鸭、鹅似乎总是吃不饱，爱大摇大摆地跟在身后吵嚷索要，我有时不得不摊开双手笑着呵斥它们。用稗子养草鱼，鱼儿生长得快，肉味鲜美。上小学三年级时，父亲承包了一条小河作为养鱼池，养起了草鱼、鲤鱼和鲢鱼。下午放学后，我有时便到小水沟里割稗子，捆绑住拉运到河边。用铡刀把稗草铡碎后投放到河边，一群群鱼儿便急速地浮上来，跳跃着、争抢着大口咀嚼，发出啪啪啦啦的响声。在岸边闭目养神的青蛙，有时被吓得哇的一声跳进河里。

清·马荃《花鸟册页》十二开之三。描绘了一片野草上，一只蚂蚱沿一棵穗粒饱满下垂的稗子小心翼翼地下去，一只蚂蚱沿一棵伸展翘起的干草茎高傲地上去的神态。野菊、茅草等起到烘托作用。体现了马荃花鸟画精工勾染，以花草为辅，草虫为主，色彩丰富多变，无媚俗气的特点，有宋代花鸟小品的风韵。

稗子虽产量低、谷粒小，却是酿酒的好原料。用稗子酿出的酒，比用玉米、高粱酿的醇厚甘甜，气味清香。童年时，村东头的刘爷爷会酿稗子菊花酒，每年重阳节他都从家里抱出一坛子酒让乡亲们品尝。一些老爷爷品酌着，嚼着油炸花生米，激动地捋着花白的胡须连连称赞。小孩子们是不准品酌的，我们只能站在一旁好奇地观看。几十年过去了，村里老人们品酌稗子菊花酒时的音容笑貌，仍在脑海里清晰地浮现。

甘露子：藏在地下的甘脆

甘露子，又名宝塔菜、地蚕、草石蚕、土人参、方梗泽兰根、地笋等，属唇形科多年生宿根植物。地下根茎呈螺旋形，像螺蛳又像蚕虫。它没有蒲公英的飞扬夺目，没有薄荷的清香四溢，没有鸡冠花的红艳招摇。春天，甘露子像凝结的甘露那样，静静地在河堤、沟渠、田边地头上发芽，长出茎叶；夏天到了，它们开出白色或粉红色的花儿，连采粉采蜜的蜂蝶儿都很少顾盼；秋天，它们把生长的块茎静静地储藏在地下。

在微山湖地区，流传着甘露子的神话传说故事。据说甘露子是神仙的食物。远古时，神仙们天上地下来回飞翔，一日三餐，在天上可饮霞餐云，在地上的饮食却很难打理。因神仙像鸟一样不停地飞，要求吃的食物重量轻，营养丰富，不能携带。为了解决这一问题，不让肚皮饿着，神仙们跑遍三山五岳、五湖四海到处寻找，也没找到理想的食

甘露子也叫泽兰或方梗泽兰，是一种香草。古时，还是相爱的青年男女互赠的礼物。地下块茎可食用，亦是一味中药材。

夏天，开着粉红色花朵的甘露子。

物。一次，众仙人路过微山湖看到湖边盛开的一片片荷花中，蜜蜂、蝴蝶和一群群五颜六色的鸟儿吵吵嚷嚷，争抢着吸吮花蕊中的露珠儿。仙人们受到启发，便用法术让甘甜的露水在地下凝结、生长，这才有了甘露子。露水也能在地下凝结、生长，这一传说引起了孩子们对甘露子的好奇。

甘露子的嫩叶和块茎富含营养，皆可食用。春夏季，可把嫩叶摘下来炒着吃、煮汤喝，或做成凉菜，清脆可口。甘露子的地下茎块肥大，脆嫩无纤维，可作为水果吃，也可制成酱渍、腌渍食品，与荤食材搭配烹饪味道更佳。南宋诗人杨万里写有《甘露子一名地蚕》一诗，语言浅近明白，清新自然，充满了幽默情趣。从中可看出当时人们食用甘露子的情况同现代人差不多：既可作为蔬菜食用，也可当作瓜果吃。原诗说：“甘露子，甘露子，唤作地蚕亦良似。不食柘桑不食丝，何须走入地底藏。不能作茧不上簇，如何也蒙赐汤沐。呼我果，谓之果。呼我蔌（野菜），谓之蔌。唐林晁错莫逢他，高阳酒徒咀尔不摇牙。”童年时，我在河沟边挖了甘露子后，都是让父母亲把它同洋姜一起腌制成咸菜。腌制的过程非常简单，用清水把甘露子洗净后放入洁净的坛子里，而后按比例放入凉开水、醋、盐、姜片和少许白酒、白糖，搅拌在一起，然后密封好坛子。腌制一个星期后，甘露子即可享用，味道清脆甘甜。故乡离济宁市不远，市里的老字号玉堂酱园生产的甘露子酱菜久负盛名，味道酱香浓郁，甜中蕴咸，脆嫩爽口。清朝时，每年作为贡品送进皇宫。每到新春佳节，故乡的老年人都会让年轻后生到玉堂酱园购买甘露子酱菜和什锦萝卜，作为礼品馈赠给亲朋好友。

甘露子还是一种常用的中药，味甘、微辛、性平，具有祛风清热、活血散瘀、利湿等功效，对调理人的身体有很好的效果。可用于治疗风热感冒、湿热黄疸、小便短涩等疾病。外用亦可治疗疮痈肿毒、毒蛇咬伤。夏秋季，故乡的老中医常采摘甘露子的根茎及全草，鲜用或晒干，用于防治风热感冒等疾病。

甘露子的茎块形如宝塔，因此也叫宝塔菜。

《诗经·郑风·溱洧》：“溱与洧，方涣涣兮。士与女，方秉蕑兮（溱水和洧水已涨满，波光潋滟。小伙子和姑娘，方才拿着兰草啊）。”两千五百多年前，《诗经》提到的在黄河中下游地区的这种兰草，是指方梗泽兰（甘露子）和佩兰（一般为圆梗）。泽兰是香草类植物，但并不是兰科，叶子和花茎有微弱的香味，不如山兰香味浓烈。据现代植物学家研究，我国唐代以前史料中提到的兰大多是泽兰，它的香味在古时被看作国香。宫殿、亭台楼阁常用兰做名字，如汉武帝时有猗兰殿、晋王羲之有兰亭等。兰，有高雅、芳洁、美丽的寓意，如指称朋友的居室为兰室，美好的姻缘叫兰姻等等。古时，黄河中下游地区相爱的青年男女，常把泽兰作为圣洁的礼物互相赠送，以表爱达情。《诗经·郑风·溱洧》描画的就是此种景况。而今，乡亲们有时会把晒干的泽兰藏在衣物或书柜里，防止蛀虫的蚀咬，或在蒸菜饼时放一把泽兰叶子，品尝其清香。

桑葚：挂在枝丫上的甜蜜

“田园经雨水，乡国忆桑耕。”种桑养蚕，在我国古代是一项关乎国计民生的重要的农业活动。考古发现，我国是世界上最早种桑养蚕的国家。早在五千年前的新石器时代，黄河和长江流域的先民就已经通过种桑养蚕，用蚕丝制作丝线、编织丝带和简单的丝织品。商周时期，已用蚕丝织制绫、罗、纨、纱、绉、绮、锦、绣等精美的丝制品。《白虎通》记载，古代天子和诸侯都有自己的桑田，每年春天皇后要亲自举行蚕桑仪式，皇帝亲自耕种，皇后亲自蚕桑，为老百姓的农业生产起到示范引领作用。到了周代，种桑养蚕已在我国广大地区蓬勃发展起来。古代著名的诗歌总集《诗经》中就有多首诗歌写到桑蚕之事。早在西汉以前，我国的丝绸就已销往国外。张骞出使西域后，开辟了中西商品、文化交流的更为广阔的道路，由此形成了震古烁今的丝绸之路。

在微山湖西边的平原上，生长着一些树龄在三四百年以上的古桑树。

在故乡的河岸上、沟渠旁，桑树大多是野生的，已逐渐失去养蚕的功用，人们更多地在意其食用和药用价值。也许是民俗使然吧，因“桑”与

“丧”谐音，为了避讳乡亲们一般不在房前屋后栽种桑树。做柜子、椅子、桌子等家具，也不用桑木。因桑树木质坚硬，不易腐烂，童年时偶尔可见到乡亲们用桑木做乡间传统的运输工具——地排车的车体，或用桑树长长的细枝丫，烤制晒扬小麦、水稻等谷物用的桑叉。因砍伐使用较少，桑树大多生长得粗壮高大，枝繁叶茂，有的树龄已达上百年。

南宋·佚名《桑果山鸟图》。此图有宋代宫廷画院的工丽之风，但也有几分粗犷率真之气。画面取一斜伸桑枝，在一细劲的枝条上站立一只山鸟，憨态可掬，嘴里叼着桑葚，表情有几分稚趣。

野生的桑葚，是夏季大自然馈赠给乡村孩子的最好的零食之一。成熟后的桑葚，酥软而饱含香甜的汁液。五至七月份，紫红色或乳白色的桑葚像一串串黑珍珠或晶莹剔透的水晶坠满枝头，令人垂涎欲滴。孩子们便爬上桑树采摘，大口吞咽。采食紫红色的桑葚，往往把孩子们穿的白色衣服染得斑斑驳驳，连嘴唇也染得像抹了鲜艳的口红。结乳白色桑葚的桑树较为稀少，但这种桑葚汁液更多，更甜嫩香美。乳白色的桑葚还有一种功效，孩子们穿的白色衣服如被紫红色桑葚染上了斑点，滴上乳白色的桑葚汁液，不一会儿两者就发生化学反应，便被中和了，不留下一丝痕迹。为了采食更多的桑葚，童年时我常和五六位小伙伴一起，先到水塘边采摘几十柄大莲叶铺到桑树下，而后采取多种方法，使桑葚从树枝上掉下来。有站在树上用力摇晃的，有用长杆子敲打的，有用土块投掷的，有助威呐喊的。在欢声笑语中，几十分钟的时间便可收获一树桑葚。

中医认为，桑树的果实、叶、枝、根、皮、菌等均可入药，能补肝肾不足和血虚精亏带来的头晕目眩、腰酸耳鸣、须发早白、失眠多梦等症状。故乡的一些老年人爱炒（蒸）食桑叶，用桑叶和菊花制作桑叶茶，或用桑葚做酒。村里的李爷爷九十多岁了，身板硬朗，满头黑发，每天仍坚持在房前屋后养花种菜。人们问他长寿的秘诀，老爷爷总是笑嘻嘻地回答，他有用桑葚桑叶养生的秘方。李爷爷每年夏天都酿制一大坛子桑葚酒，经常邀同村的几位老人谈天说地，小酌一杯。春天至秋天，他每天中午都在饭前小酌一杯桑葚酒，并常吃桑叶菜团子。几十年了，已成为他养生保健的一个秘诀。

薄荷清香

薄荷属于芳香植物，是青草家族成员中人们较为喜爱的一种草儿。在乡亲们的菜园旁或小溪边，薄荷总是一片片静静地生长。它对环境条件适应能力很强，根茎能宿存越冬。冬天即使叶片全部枯萎了，春天还能萌发出新的叶芽。

薄荷既可作为观绿植物，又可做菜吃，做茶喝。薄荷茎叶生长得簇簇碧绿，散发着香气。孩子们常从野外采挖几棵薄荷，种在小盆里，放在室内窗台上观赏。用手一摸，满手都是清爽好闻的薄荷香。有时，有的孩子也随便掐取野薄荷的一节茎叶，回家放在水瓶里浸泡，等两三天生根后，再栽种在盆里。新鲜的薄荷茎叶摘下来洗净后，可凉拌着吃，也可切碎炒鸡蛋吃。薄荷炒鸡蛋，是乡亲们常做的一道美味。把四五枚鸡蛋的蛋清和蛋黄，同切碎的薄荷茎叶均匀地搅拌在一起，然后撒上一些葱花、食盐，等锅里的油热了倒进去翻炒。鸡蛋蕴

春天生长的薄荷清脆多汁，散发着浓郁的清香。

七至九月，薄荷开出粉红、蓝白色或白色的花朵。

含的蛋白质和脂肪浸满了薄荷的清香，令人咀嚼着齿颊留香。炎热的夏天，孩子们看书或嬉戏疲劳了，口干舌燥，奶奶爷爷便掐一把薄荷叶，熬制薄荷茶。把鲜嫩的薄荷叶放在锅里熬，水沸后，放适量的蜂蜜或冰糖，让孩子们喝了消暑提神。

薄荷也是一种很受欢迎的配菜和调味品。春夏秋季，乡亲们做各种凉拌菜，如凉拌黄瓜、豆角、茄子等，大多要撒上薄荷叶。炒煮猪牛羊肉、熬制鱼汤时，也要放上薄荷叶、生姜，以去除肉类的膻腥味。

薄荷还有驱蚊虫、净化空气的作用。夏夜月明如水，水塘边的大树下荷香袭人，是村民们乘凉聊天的场所，也是孩子们玩丢手绢游戏的地方。为了防止蚊虫叮咬，父母亲常把薄荷搓出汁，抹在孩子的手上或腿上。蚊虫闻到薄荷味，便绕道逃跑了。夏天家里非常闷热，厨房里会出现异味。父母亲便摘一些薄荷叶，切碎后用沸水煮一煮，然后滤出液体，装到喷雾器里喷洒，使屋里充满了薄荷清香的味道。

薄荷还是一种很好的中草药，具有发汗解热、消炎镇痛、疏肝理痛、止痒治湿、提神醒脑的功效。可用于风热感冒、咽喉肿痛、皮肤瘙痒、肝气郁结、胸闷、精神萎靡等病症。有的孩子的胸腹部胀满，或消化不良，故乡的老中医往往把白萝卜丝和薄荷凉拌在一起，让孩子食用，使病症消除。

欧洲一些国家流传着一个有关薄荷的传说。故事大概情节是：冥王哈迪斯爱上了一位美丽的精灵曼茜，引起了冥王的妻子佩瑟芬妮的嫉妒。为了使冥王忘记曼茜，佩瑟芬妮将曼茜变成了一株不起眼的小草，长在路边任人践踏。可是内心坚强善良的曼茜变成小草后，身上却拥有一股清凉迷人的芬芳，越是被摧折践踏就越浓烈。虽然变成了小

乡间种植的药用薄荷

草，她却被越来越多的人喜爱。人们便把这种草叫作薄荷，并标明薄荷的花语是“愿与你再次相逢”“再爱我一次”，或是“有德之人”。看来，薄荷这种平凡的小草，因有独特的功效，也受到了欧洲人的喜爱。

藜菜香涩

藜，古代称为“莱”，又叫作“灰菜”或“灰藋”。乡亲们大都叫它“灰条菜”或“灰灰菜”。藜菜茎直立粗壮，具条棱及绿色或紫红色色条，多分枝，枝条斜生或开展。藜对自己的生存环境似乎不那么挑剔，在沟边路旁、盐碱地中或废弃的老宅院里，总是尽力伸展茎叶，形成一个个族群，摩肩接踵，堆翠叠绿，展示生命的自信和坚强。春天到来了，藜细小的叶芽冒出地面。暮春时节，藜已在主干旁分蘖出枝杈来，长得有一二尺高，茎叶纷披。从夏天到秋天，可长到一两米高。藜叶向阳的一面平滑细腻，背面长满了灰色的细细的茸毛。抖抖叶子，会掉下来灰色的粉末。这也许就是乡亲们把藜称为灰灰菜的缘由。

灰灰菜是春末的一种野菜，吃着清香嫩滑，略带苦涩。三春将过，荠菜、蒌蒿、茵陈等野菜已变得茎叶苍老了，灰灰菜便成了接

春天来了，藜碎小的叶芽一片片冒出地面。常见的藜有叶茎绿色和叶茎中心呈粉红色等两种。

替的食用野菜。孩子们常摘取灰灰菜鲜嫩的叶茎，用水焯后凉拌着吃，或炒着吃。或把灰灰菜拌上白面蒸熟，撒上香油和食盐，调上醋、蒜泥，做蒸饭吃。童年时，吃过母亲做的灰灰菜煎饼。母亲把灰灰菜焯水后拌上盐和豆油，夹在用擀面杖擀出的两大块面皮之间，揉捏一下切成一个个圆饼，用铁鏊子慢慢烤煎。煎出的菜饼两面酥脆，内里柔嫩，清香扑鼻。

据村里的老人讲，灰灰菜食用量一次不宜过多，要因人的体质而定。体质过敏的人一般不要食用。食后在阳光下晒数小时，会出现皮肤红肿、发亮，浑身刺痛、刺痒等症状。少数严重过敏者可产生水疱，甚至并发感染和溃烂，出现低热、头痛、胸闷及食欲不振等症状。

灰灰菜也是猪牛羊等家畜喜欢吃的野草。仲夏到来，灰灰菜变得茎叶粗涩了，只能作为牛羊吃的野草。乡村的孩子有时会用镰刀割取灰灰菜，做猪牛羊的饲料。六月过后，灰灰菜便长成了像小树一样高而老的野草，呈现出灰蒙蒙的颜色，牲畜也嫌老不食。

藜根通气性能好，有的外形长得似鸟似龙，非常美观。秋末灰灰菜干枯后，家乡抽烟的老人有时会挖取藜根制作烟斗。此外，苍老的藜茎干不仅质地轻，而且造型优美，可以做成拐杖，即藜杖，涂上一层清油更是经久耐用。南宋志南和尚写了一首广为人们传诵的诗：“古木阴中系短篷，杖藜扶我过桥东。沾衣欲湿杏花雨，吹面不寒杨柳风。”其中的藜杖就是用

明·沈周《杖藜远眺图》。是一幅充满诗意的小景之作。画中人物杖藜登高远眺，意境引入青山尽头，白云深处。表现了画家疏朗的心神，也寄寓了对人生的思索和追求。

藜的茎干制作的拐杖。寒冷的冬天，老人们拄着轻便的藜杖缓步前行，踏实了道路，击退了风雪的侵扰。

灰灰菜也是一味中药。性味甘、平，有微毒。可清热，治痢疾、腹泻、湿疮痒疹、毒虫咬伤。村里的小孩有时拉肚子，身上长疹子，或被毒虫咬起疱，老中医便把焯水后的灰灰菜让孩子服食，或揉碎抹到患处，都有很好的疗效。

葵花倾日

“绚烂之极，必归平淡。”这句话，仿佛就是冬葵生命的谶语。冬葵，也叫冬寒菜、冬苋菜、滑菜，是我国一种古老的食用蔬菜。早在两千五百多年前，《诗经·豳风·七月》一诗中就有“七月烹葵及菽”的诗句，表明当时冬葵就被作为蔬菜食用。古时冬葵被誉为“百菜之王”，在人们的餐桌上很是风光了一番。元代王祯《农书》载：“葵为百菜之主，备四时之馔。本丰而耐旱，味甘而无毒。供食之余，可为菹腊（咸干菜）。枯枿之遗，可为榜簇。子若根则能疗疾。”但从明代以后，随着蔬菜种植种类的增加，葵菜在蔬菜中的地位便下降了。到了清代，已很少有人栽培和食用，逐渐被产量高、营养更为丰富、耐储存的大白菜取代了。

冬葵，为一年生草本植物，它的生命力很强，喜欢冷凉湿润的气候，不耐高温，耐低温轻霜。冬葵的采收期相当长，一般九、十月份萌芽生长，苗期可采摘嫩茎叶食用，采摘后会继续长出新茎叶。等到春节前后，冬葵就可大量上市。春去草老，

冬末春初，冬葵已长得叶茎翠绿，可大量上市。

冬葵的花期为六至九月

一般到了明年抽薹开花的时候，冬葵便涩老如柴不可食用了。冬葵含多种营养成分，食用方式多样。能炒食、凉拌，也可用来做汤、包包子。冬葵做熟后肥嫩滑腻，味道和口感较好，男女老少皆宜。古代由于受种植技术和储藏手段的限制，特别是黄河流域进入冬季后可食用的新鲜蔬菜较少，所以在我国很长的一段历史岁月里，冬葵一直作为人们的主要食用蔬菜。

冬葵因茎叶黏液比较多，古代还有滑润肠胃的功效。有人不小心吃了有毒或危险的东西，可以煮冬葵汁喝下去，使吃下的东西排泄出来。儿童玩耍时不小心把铜钱吞进肚子里，用冬葵煮汁喝，可使马上吐出来。但古人谈论最多的，还是葵花倾日，即冬葵喜阳，葵花跟随太阳的转动而倾移。冬葵，成为忠诚的象征。古人对这一象征意义多有颂赞。《淮南子》说："圣人之于道，犹葵之于日也。"以葵花倾日，喻指圣人对于真理的追求和坚持。宋代秦醇小说《谭意歌传》中，书生张正字家境孤苦，与被卖为长沙名妓的谭意歌相爱，二人私订终身。张后来为官外调，被家里人逼迫娶官宦人家的女儿成婚。意歌过了两年才得知这一信息，便托人给张捎信说："宴尔方初，宜君子之多喜。拔葵在地，徒向日之有心。自兹弃废，莫敢凭高。思入白云，魂游天外。幽怀蕴积，不能穷极。"谭意歌以葵花向阳，喻指自己对爱情的忠贞和渴望。

童年时，故乡北边的万福河河岸上，可见到倔强地生长着的一些冬葵，翠绿的茎叶挺立于马唐草之上。隆冬时节，雪花飘飞，孩子们偶尔会采摘冬葵的茎叶，让大人焯水后凉拌着吃，或炒着吃，品尝一下冬日河岸上生长的嫩绿和清香。

白云苍狗，世事无常。真是应了三十年河东三十年河西这句老话，而今随着人们生活水平的提高，葵菜又回到了餐桌上。清炒葵菜，已成为故乡一些红白喜事宴席上的招牌菜。野生葵菜已成了紧俏的绿色蔬菜。每年春节前后，野生葵菜在菜市场上一斤可卖到十多元钱。

清代“扬州八怪”之一李鱓《冬葵图》。李鱓以破笔泼墨描绘了冬葵、山石、小草，凸显了画家任意挥洒，“水墨融成奇趣”的独特风格。

岁月塑造的乡村地标——古槐

童年时，行走在微山湖西岸的一些村庄里，不时会看到一株株古槐树凤枝虬干，高标自立，树叶稠密碧绿，鸟儿飞进飞出。这些槐树大都有几百年的树龄，历尽沧桑，成为岁月在乡间塑造的地标。

上小学四年级时，暑假里一个炎热的午后，我和几个小伙伴同大人在村边的几棵古槐树下乘凉。凉风拂面，槐香沁脾。邻居田爷爷出身书香世家，既是一位老中医，也是一位古诗词爱好者。他高兴地教我们几个小孩背诵清代朱景素的《樵夫词》："白云堆里捡青槐，惯入深林鸟不猜。无意带将花数朵，竟挑蝴蝶下山来。"田爷爷边教我们背诵诗句，边讲解诗意。他凝望着槐树碧绿的枝叶和绽放的花朵，深情地说，樵夫经常进入深山在白云中捡拾青槐枝，鸟儿都不起疑心。无意间槐花飘落身上，蝴蝶闻香落在樵夫的肩膀上，竟被他用肩膀挑下了山。孩子们，你们闻闻槐花多么芳香！我们村里这几棵生长了一百五十多年的老槐树历经风吹雨打，它的树冠多像一柄柄美丽的大罗伞啊！背诵着《樵夫词》，听着田爷爷的讲解，我们几个小孩不停地眨巴着眼睛仰望古槐树，纷纷投去赞叹的目光。

槐树，也称国槐、黑槐，是我国特产的树种，树形高大，其羽状复叶和从国外引种的刺槐相似，乡亲们多称其为家槐或青槐。古往今来，槐树是我国人民普遍喜爱栽种的一种树木，中华大地上到处飘溢着迷人的槐香。

近来翻阅多种史料，看到自古及今人们都把槐树视为吉祥树，对槐树蕴藏的丰富的文化内涵有了一些了解。

传说槐树能给子孙带来福祉。《花镜》云：“人多庭前植之，一取其荫，一取三槐吉兆，期许子孙三公之一。”槐树象征三公之位。《周礼·秋官》记载：“朝士掌建邦外朝之法，面三槐，三公位焉。”所谓“三公”，就是在皇宫外种植三棵槐树，代表司马、司徒、司空三公的品位。所以，后人便用三槐隐喻三公。旧时，从朝廷到民间都栽种槐树。“家里有槐，福气常在。”“院里有槐，招宝进财。”故乡很多人家的院里或院外，都栽种一棵槐树，希望将来子孙事业有成，生活幸福美满。

乡间古槐树，已成为岁月塑造的地标。

据史料记载，汉唐朝廷办的学宫、学舍院子里及其外边的街道上，都大量种植槐树，以便于读书人聚会交流和买卖东西。古代，常以槐指代科考。科考的年头称槐秋，举子赴考称踏槐，考试的月份称槐黄。唐代李淖《秦中岁时记》载：“进士下第，当年七月复献新文，求拔解，曰‘槐花黄，举子忙’。”是说唐代京城长安，落第的举子们六月不出京城闭门苦读，创作新的诗赋文章，请人出题私试。当槐花泛黄时，将诗赋文章投献给有关官员以求荐拔。古代还流传有许多槐树为科第吉兆的传说故事。《说苑》载：“吕蒙正方应举，就舍建隆观，缘干入洛，锁室而去。自冬涉春方回，启户视之，床前槐枝丛生，高二三尺，蒙茸合抱。是年登科，十月作相。”槐，本就象征三公之位，举仕有望。且“槐”“魁”相近，古人便相信槐树能保佑子孙后代得魁星神佑而登科入第。

槐树于人有多种益处。除了其浓绿的树冠供人们乘凉外，槐花为淡黄色，可烹调食用，也可做中药或染料。未开的槐花俗称槐米，

国槐槐花和花落后结的荚角。槐花含苞欲放时称为槐米，为中药材。

是一种中药。槐花期在夏末，和其他树种花期不同，是一种很好的蜜源植物。花和荚果入药，有清凉收敛、止血降压作用，亦可治疗疮毒；叶和根皮有清热解毒作用，可治疗疮毒；皮、枝叶、花蕾、花及种子皆可入药；种仁含淀粉，可供酿酒或做牲畜饲料。木材可供建筑和做家具使用。

槐树是神灵的象征。槐树自古就被人们视为神树而崇拜，产生了许多有关槐树的神话传说。在微山湖西边的平原上，一些树龄有六七百年的老槐树下，常建有小庙，内供槐树神，峨冠博带，脸色方正，眉宇间一抹黄色，唇露微笑，手持一枝槐花。有时会看到一些老人对其烧香膜拜。传说槐树神能帮人公正断案，帮人缔结良好姻缘。故乡有的老人讲，黄梅戏《天仙配》中老槐树开口说话，劝董永莫错过天赐良缘，便是槐树神帮人缔结姻缘。

槐树是怀祖寄托的载体。鲁西南和微山湖地区一直流传着这样的民谣："问我祖先在何处，山西洪洞大槐树。问我老家在哪里，大槐树下老鹳窝。"说的是明朝洪武、永乐年间山西移民的历史。据一些家谱和史料记载，明朝初期一些山西移民举家迁到了微山湖地区和徐州地区生活。所以一些古槐树就被移民的后裔们视为祖先，希望通过祭拜槐树，获得精神上的安慰和寄托。

夏天在槐树下乘凉和采摘槐米，是乡间孩童难忘而美好的记忆。七八月份，正是槐花盛开的时节。槐花初开时明黄色，细长的枝丫上挂着一簇簇的蓓蕾。继而花瓣爆炸式地挂满全树。树下和四周的空气中弥漫着淡淡的清香。这时从槐树下走过的人，都会情不自禁地凝眸观望，呼吸槐香，脸上漾起甜蜜的微笑。乡村的天空，仿佛被槐花映照得更加洁白蔚蓝，空气变得更加纯洁芳香。槐树树叶稠密，树冠铺展，夏天，大槐树下是人们乘凉的好去处。炎热的午后或夜晚，故乡的孩子有时会把席子铺在槐树下，听着蝉唱和鸟儿的鸣叫，同大人坐在一起乘凉。

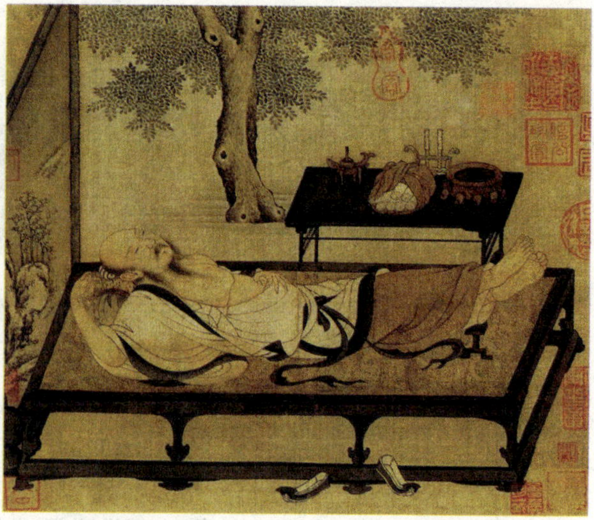

南宋·佚名《槐荫消夏图》。图中人物、床榻、条案、文房清玩刻画入微，极富艺术表现力。在笔墨上，行笔飘逸柔美，气韵清新优雅，人物和大槐树等背景勾勒细致，烘染细腻，体现了画家细致的观察力和深厚的绘画功底。

采摘槐米做药用，是乡村孩子特有的生活情趣。采摘槐米，需要细心和耐心，孩子们采摘槐米时，大多在一根长竹竿的一端绑上铁钩或镰刀，举到槐树枝丫间拉拽或割取。不会爬树的孩子，常常用土块或脱下鞋子投掷。有时，鞋子便被挂在高高的树枝上，孩子们便开始了一场用土块投掷槐米和鞋子的战斗。槐米落了一地，鞋子才从树枝上被投下来。此时，孩子已是筋疲力尽，大汗淋漓。采摘槐米的过程，充满了欢笑和快乐。采摘槐米后，小伙伴们常把它交给村里的老中医田爷爷做药用。田爷爷总小心翼翼地把槐米平摊在白色的棉布上，放在阴凉处让其自然晾干。田爷爷说，这样阴干的槐米比太阳晒干的槐米药效更好。

槐米，还满足了孩子们的味蕾。乡亲们用槐米可做出多种食品，如槐米鸡蛋汤、槐米团子、槐米炒面等。采摘的鲜槐米，孩子们偶尔也咀嚼一把，但只是为了品尝一下夏天馈赠的芳香和甜美。

乡亲们讲，槐树对离开家乡的远行人来说还寓有怀念亲人、怀念故土之意。槐树，生长着人们的乡情乡恋。离开山东老家，辗转在国内外油气田工作已经二十多个年头了。盛夏时节，漫步在长城外自己工作的小镇里，蝉噪声如雨，烟花轻扬。看着喜鹊在几棵大槐树上“喳喳”地叫着，不禁想起在故乡快速发展的进程中，村边那几棵老槐树是否依然枝叶婆娑，飘着淡淡的花香？

小鸟休憩的扫帚苗

扫帚苗，一名地肤子，大多生长在野外荒地、田边、路旁。对生存条件要求较低，常常挤在牛筋草、马唐草、狗牙根草中间生长。扫帚苗春天萌生后茎直立，多分枝，叶长条形互生，呈淡绿色或浅红色。夏天，是扫帚苗生命的爆发期。几场雨过后，瘦弱的扫帚苗便长成了枝叶繁茂的“扫帚树”。它的花期较长，从六月份一直开到九月份，八至十月为结果期。深秋过后，霜风吹拂下便与其他野草一起枯萎衰老了。

明·文俶工笔画《金石昆虫草木状》之《密州地肤子图》。体现了画家笔墨细秀、风格娟丽的特点。

夏天，扫帚苗长高后如一棵棵小树，或如一个个玲珑的宝塔，是蜻蜓等一些飞虫觅食乘凉的地方，也是流莺、麻雀等小鸟们游玩小憩的驿站。烈日下，孩子们有时捡取马尾巴上长长的马毛，做成捉蜻蜓的套子，蹑手蹑脚地放在扫帚苗的枝叶上。大家屏住呼吸，远远地躲在草丛里，盼着飞行的蜻蜓落上去被套住。一只蜻蜓落上去了，孩子们暗自心喜。忽然，在扫帚苗里小憩的小鸟嗅到了食物的气味，猛地蹿

夏秋季是扫帚苗生命的爆发期，瘦弱的扫帚苗长成了枝叶纷披的“扫帚树”。

了出来，吓跑了蜻蜓，用马尾毛做的套子也被小鸟带走了。看着飞向云天的小鸟，大家满脸不高兴。深秋时节，夜色来临了，孩子们常用捉鸟的网子轻轻围住干枯的扫帚苗。猛一摇晃，在里面寄宿的麻雀等小鸟便吓得飞了出来，黏在了网上。捉住的麻雀爱生气，总耷拉着脑袋不吃不喝，孩子们只得把它们放飞天空。

扫帚苗长高后既可以观赏，也可以食用，还是一味中药。即使衰老干枯了，也可捆绑成扫帚使用，是一种受村民们喜爱的益草。

故乡流传着一个扫帚精的民间故事，也从一个侧面说明人们对扫帚苗的喜爱。据说古时有一个小伙子名叫双喜，十岁时失去双亲，一个人独自过日子。他勤快厚道，心灵手巧，能编筐织席扎扫帚。平时一有空，就为年近八十的孤寡老人王奶奶打扫屋内外卫生，做饭洗脚，干家务活。一次，他去湖边捉鱼，发现一棵扫帚苗长得有两米多高，就挖回来扎成一把大扫帚。第二天一早，便扛着扫帚到王奶奶家干家务活。回来后把扫帚放在灶房里，怀揣咸菜和凉馒头急匆匆下地干活去了。双喜走后，扫帚变成一位漂亮的姑娘，打开屋门向天空的云彩挥了挥手，只见一只凤凰衔着一个精美的食品盒，落在双喜的院子里。盒子里装着鸡鱼肉蛋等四样菜和几个白面馒头，姑娘把盒子放在锅里，又变回扫帚。天黑了，双喜干活回来，揭开锅盖，饭菜香气扑鼻。是谁做的呢？他找遍屋里屋外不见一个人影，只好自己吃了。一连三天，天天如此。双喜便把自己家里出现的情况告诉了王奶奶。第四天双喜下地干活后，王奶奶便拄着拐杖悄悄来到双喜屋前，躲到草垛后察看动静。当看到一位漂亮的姑娘从屋内走出，挥手招来衔着食品盒的凤凰落下，王奶奶不禁惊叫了一声。姑娘怔住了，从食品盒里取出饭菜，挥手让凤凰飞走了。招呼王奶奶近前坐下，说自己原是仙女，因非常喜爱双喜勤劳肯干、忠厚为人，便变成扫帚精照料他的生活。如被人看到了，就再也不能变回扫帚精，只有割断同仙界的一切联系。王奶奶听着姑娘诚恳的诉说，微笑着对姑娘说，双喜这孩子身材、人品都好，至今还未成家。我老婆子今天做一回媒人，你们两人成家过日子可好？姑娘羞涩地点点头答应了。双喜干活回来后，经王奶奶撮合，便同扫帚变成的姑娘结成夫妻。从此以后，两人辛勤劳动，恩恩爱爱，过上了幸福的生活。

因生长周期较长，从春天到初秋可采摘扫帚苗的嫩叶炒着吃，做汤喝，和面蒸着吃，或做馅包饺子、包包子吃，也可凉拌着吃，口感柔嫩清香。

甜甜的楮树花

楮树又名构树、谷树等，因楮树结果成熟干枯后如土色的桃子，乡亲们也把楮树叫作“土桃子树”。谷树之名，早在两千多年前就有了。《诗经》中多次提到的“穀”，大多指的就是谷树。如《小雅·黄鸟》中的诗句“黄鸟黄鸟，无集于穀，无啄我粟”，其中的“无集于穀”，就是祈求黄鸟不要聚在楮树上。《山海经》也多次写到穀树。如“众兽之山，山上多玉，山下多檀树、构树，多黄金。”“莱山，山上多檀树、构树，有罗罗鸟，吃人。”楮树分雌雄两种，雌的树皮发白无斑纹，叶子有枝杈。雄的树皮粗糙有斑纹，叶子无枝杈。雌、雄树一般三月份开花，但雄树开花状如柳穗，不结果。雌树结果，宛如杨梅、野桃子。

楮树四处伸展碧绿的枝叶，默默无闻地生长。

楮树的外形同桑树相像，古代有的文人便拿楮树同桑树做比较。因桑蚕是人们衣食的来源，楮树的经济价值相对较小。同时，也喜欢拿松桂梅等名木同楮树做比较。通过比较，

红艳的楮树花，是乡间孩童与鸟儿争食的美味。

他们便给楮树贴上了恶木的标签。古往今来，楮树一直处于自生自灭的状态。因没人垂青，没人关注，楮树便放浪形骸，犷悍不羁，仿佛是植物界一个野性十足的流浪者。它不受地域和环境条件限制，不择场合，不讲秩序，藐视人们划定的界限，处处为家。在我国长江南北广袤的土地上，到处都能看到楮树聚族而居、蓬勃生长的身影。它或长在山顶涧边，或长在河岸沟旁，或长在鸢飞鱼跃的沼泽中，或长在野花灿烂的草原上，或长在人们的房前屋后，或偷偷长在农田里和城市的公园中，或见缝插针地长到小路边、石桥旁。受生长空间的影响，有的楮树可长成十米多高的乔木，有的只能长成低矮的灌木丛，有的刚发芽便被人铲除了。

其实，楮树也是一种满身是宝的树木。我国古代的农学家、医学家对楮树的看法与一些文人是有很大差别的。北魏贾思勰《齐民要术》记载，楮是一种速生的树木，三年便可以获利。如果种三十亩，每年砍伐十亩，三年轮遍，可以“岁收绢百匹”。裴渊《广州记言》说，南方的少数民族用楮树皮做毡子，保温性能很好。南朝

雄性楮树的花穗可蒸、炒着吃，焯水后凉拌着吃，味道甜柔清香。

老子的出生地鹿邑县太清宫生长的一棵楮树，成了人们心目中的“神树”。

的陶弘景也说，武陵人以楮树皮做榖皮衣，“甚坚好”。楮树皮捣碎了，可以做纸，光洁柔韧。皮纤维也可以织成布，且不易朽烂。楮树的嫩芽和雄性楮树的花穗可以做菜蔬，焯水后可凉拌着吃或烧汤喝。楮树果可以入药、染色、美容，半熟时亦可用沸水焯一下，做成蜜饯。楮树蕴含的白色乳汁叫构胶，道家用来团丹砂，佛家用来粘经书，中医用来治疗人身上的皮癣。

摘吃甜蜜红艳的楮树花，是我童年时一件很惬意的事。夏天，当蜻蜓躲在草叶下乘凉的时候，我便和小伙伴们一起爬上楮树，咀嚼聚花果喷射的甜蜜。楮树果的籽儿外包着“糖衣”，呈淡红色，长在果外，吃起来甜蜜清香。孩子们爱吃，鸟儿也爱吃。结满果实的楮树上，有时会出现孩子同小鸟抢吃花果的情形。

去年夏天，去河南鹿邑老子故里太清宫游览，看到一棵挺拔的楮树被作为神树用石栏护卫着，果实累累，吐籽艳红。导游说太清宫原有老子手植的一棵楮树，至北宋时枯死。由陈抟老祖补栽了一棵，一九三八年日寇侵占鹿邑时死去。现在生长的一棵为后人补种，每年三月十五日是老子母亲寿辰日，楮树树冠便冒出缕缕轻烟，煞是灵验。听着导游的介绍，游人报以微笑。望着满树红艳艳的聚花果，我不禁想到，伟大的哲人老子孩童时也许也曾偷偷地爬上楮树，吃过甜蜜的楮树花呢。

甘苦相融的益母草

益母草，又名茺蔚、蓷、九重楼等，喜温暖湿润的环境，喜阳光。它植株直立高大，一般能长到五十到八十厘米，有些植株甚至长到一百二十厘米高。它的叶子长得像艾草叶，叶片修长，边缘呈不规则状，摸起来有粗糙感。花朵淡紫色，十分娇小，闻起来别有一番清香。每一层都有绿叶及香花长出，一层一层叠积，形如一座高楼。夏天，在故乡的河沟边、小路旁和田埂上，常可见到它特立的身影。

益母草，根、茎、花、叶、实，皆可入药，具有活血调经、利尿消肿、清热解毒的功效。中医常用其治疗月经不调、痛经闭经、恶露不尽、水肿尿少、疮疡肿毒等病症。《本草纲目》载："此草及子皆充盛密蔚，故名茺蔚。其功宜于妇人及明目益精，故有益母、益明之称。"童年的一个夏天，骄阳似火，蝉噪声如雨。我和两位小伙伴游玩时曾帮助村里的老中医刘爷爷，在河岸上用镰刀割取成熟的益母草。益母草连片生长，有一米多高，

益母草植株直立，一层层长出绿叶和花儿，形如高楼，也被人称为九重楼。

引得一只只蜂蝶翩飞着采粉吸香。驱赶着蜂蝶、蚊虫和乘凉的水蛇，用了两个多小时的时间，我们就帮助刘爷爷采割了一地排车。

采割着益母草，刘爷爷给我们讲了益母草的传说故事。益母草的种子叫茺蔚子，源于一个年轻人的名字。古时，有一个叫茺蔚的年轻人，他的母亲在生他时得了“月子病”，多年不愈，卧床不起。年幼的茺蔚懂事后眼看母亲的病越来越重，便暗下决心，一定要为母亲治好病。他千辛万苦外出为母亲问病求药，十多年过去了却未能如愿。一天，借宿古庙，庙内老僧见他一片孝心，就送给他四句诗，让他去找一种草药。诗云：“草茎方方似麻黄，花生节间节生花。三棱黑子叶似艾，能医母疾效可夸。”茺蔚沿河岸去寻找，终于找到了诗中描写的那种植物。母亲服用后，不久就痊愈了。由于这种草是茺蔚为医治母亲而找到的，有益于妇女，于是后人就把它取名为益母草，它的种子便被称为茺蔚子。

刘爷爷还讲到，益母草还是一味养颜美容的草药。“据说，女皇武则天到了七八十岁的年纪，仍常年用益母草炼制的膏药涂养双手和面容，依然润泽如年轻女子漂亮动人。有一本医书叫《外台秘要》，记载了武则天用益母草美容的秘方。我家里有我太爷爷传下来的这本书，你们上高中后就能看懂了。”听了刘爷爷讲的有关益母草的故事，我们对益母草的药效有了进一步了解，不由得惊叹中草药的神奇和奥秘。

唐·王焘在《外台秘要》中记载了武则天用益母草养颜美容的秘方。

故乡是一个只有一百多户人家的小村庄，村里哪一家添丁添口了，常到刘爷爷家里要几包益母草，洗净熬水让产妇喝，使产妇的身体及时得到调理。刘爷爷自己会配制一种益母草膏，用来治疗年轻人脸上长出的粉刺或黑斑。我上高中时，脸上长满了青春痘，曾向刘爷爷要过一瓶益母草膏，涂抹十几天后痘痘就消肿或变小了，有一定疗效。

益母草初春生苗，采摘后用沸水烫一下可掺面蒸着吃，包包子吃或凉拌着吃，也可与鸡或豆腐等炖汤喝，味道清香而甘美。

临水生长的野菠菜

小河弯弯向微山湖流去，河边野菠菜簇立着，仿佛在凝神静气地倾听水声，与小河进行秘密交谈。偶尔，一只只蜻蜓飞过来，落在野菠菜上小憩。一阵微风吹过，蜻蜓又开始了长途旅行，野菠菜摇曳着身姿与蜻蜓惜别。突然几只馋嘴的鱼儿跃出水面，叼食野菠菜的茎叶和籽儿，打破了映在水面上的野菠菜的倩影……在童年的记忆中，野菠菜似乎爱听水声，常在河沟水渠边一片片生长。

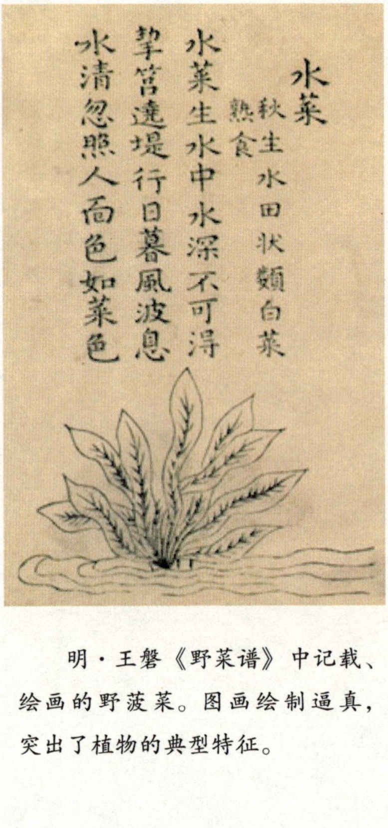

明·王磐《野菜谱》中记载、绘画的野菠菜。图画绘制逼真，突出了植物的典型特征。

野菠菜又叫酸模、水苦菜、水菠菜、连明子、谢婆菜等。茎直立，叶子较大，茎、叶形如菠菜，一般可长到四十到一百厘米高。五至七月开花，六至八月结果。春夏之交，故乡的孩童在河沟边玩耍，有时会随手采摘野菠菜的嫩茎叶咀嚼着玩，入口酸溜溜的，留在舌尖上的只是一种爽滑惬意的感觉。有时，也采摘野菠菜鲜嫩的茎叶，回家后用开水烫一下凉拌或炒着吃，有菠菜的柔滑清香。

故乡的老人们传说，野菠菜是

一位仙姑送给人间的仙草。古时微山湖地区连年发生旱灾，湖底干得尘土飞扬，地上一片焦枯。而天上却经常突降大火，湖边生长的野草都被烧成了灰，老百姓只得背井离乡四处讨饭，饿殍遍野。一位从东海到昆仑山为西王母送信的仙女看到人间遭受的苦难十分难过，便化为一位姓谢的慈眉善目的婆婆来到微山湖边。她用宝剑斩杀了囚禁雨神的妖怪，让雨神下雨灌满了微山湖，并把一朵朵云彩揉碎后撒在湖、河岸边，变为一簇簇野菜让人们采食。同时，这种野菜还是一种能解毒、凉血、杀虫、通便的中药。人们便把这种野菜称为谢婆菜，成为救饥的菜蔬和治病的草药。

五至六月，为野菠菜的开花期。

野菠菜似乎是一位无国籍居民，在欧美地区也有生长。英美等国家把野菠菜称为酸模，赋予它一种神灵的特性。酸模的古名为rumex，是“吸吮”的意思。古时西方人在行旅途中以吸吮其叶子作为解渴的方法之一，因此西方占卜术给野菠菜的花语是“体贴”。受到这种花祝福而生的人，如果是女性，一定充满母爱，温柔又善解人意，就像圣母玛利亚一样。当然，一旦恋爱就会无悔地付出，让对方感受到浓浓的爱意。西方人对野菠菜的认知同中国相比，似乎少了生活的烟火味，多了一些柔情。

但西方有的人对野菠菜（酸模）的看法却很平实，只是把它作为一种野草看待。如美国文学家理查德·萨蒙在《办公室里的垂钓者》一文中写道：“有一天，我在树林里看到一只长着黑色斑点的英国种塞特猎犬，几根酸模芒刺缠在它的尾巴上。……这一次我突然意识到，这只活蹦乱跳的猎狗身负着一个艰巨的使命：将芒刺播撒到某个地方，这个道理就像司机让陌生人搭顺风车一样。芳草花会在风儿的帮助下离开故土，飘向新的家园；而这几根芒刺依靠的就是猎犬的尾巴。”野菠菜触动了萨蒙的思绪，使他认识到无论何时都要像在溪边垂钓时一样，静下心来体会世间万物的伟大，诸如那几根芒刺，或是那些遥远的星辰，努力妥善地做好一切事情。“这样做，不仅有着无穷的乐趣，而且能够带给我幸福、满足以及内心的宁静。”

中国的母亲花萱草

萱草，又叫金针、宜男草、忘忧草等。萱草全株光滑无毛，根茎短，叶自根基丛生，狭长呈线形。萱草花梃由叶丛抽出，上部分枝，呈圆锥形花序，数朵花生于顶端，花呈橙黄色或白色、紫色。花瓣类似百合花瓣，艳丽柔美，花香逼人。花果期为五至七月。在故乡的湖边河畔和稀疏的树林中，间可看到萱草的身影。

萱草是母爱的象征，是我国的母亲花。旧时，母亲住的房子称为北堂，也叫萱堂。元代朱公迁《诗经疏义》称："北堂幽暗，可以种萱。"萱草花纯朴、温婉、芬芳、美丽，代表了母亲的品格和形象。后常以萱或萱草花指代母亲或母亲的住处。孟郊《游子》诗云："萱草生堂阶，游子行天涯。慈亲倚堂门，不见萱草花。"元代王冕《今朝》亦说："今朝风日好，堂前萱草花。持杯为母寿，所喜无喧哗。"孟郊和王冕都是以萱草花喻指母亲和善良无私的母爱。

萱草花纯朴、温婉、芬芳、美丽。五至七月，为萱草的花果期。

俗传佩戴或服用萱草花可生男孩，萱草也被称为

清·余樨《花鸟图册》之《萱花蛱蝶》。余樨为清代宫廷画家，所作花鸟画用笔工整，设色艳丽，表现出来的质感和动感栩栩如生。上图体现了余樨绘画精致工笔、典雅明丽的艺术特点。2016年9月，在杭州召开的二十国集团领导人峰会期间，各国领导人的夫人曾在西子湖畔学画余省的《萱花蛱蝶图》。

宜男草。古人传说已婚的女子佩戴或服用萱草的花朵，可以如愿生下男孩。曹植《宜男花颂》说："妇人服食萱花求得男。"周处《风土记》亦记载："怀妊妇人佩其花，则宜男，故名宜男。"因之，萱草又被人们叫作宜男草。

萱草在我国已有几千年的栽培历史，古人还赋予其"忘忧"等文化内涵，所以萱草也叫忘忧草。萱草又叫谖草，"谖"就是"忘"的意思。《诗经·卫风·伯兮》说："焉得谖草，言树之背。"朱熹注曰："谖草，令人忘忧；背，北堂也。"西晋张华《博物志》亦载："萱草，食之令人好欢乐，忘忧思，故曰忘忧草。"古代一些诗文提到萱草时，总是和种种忧愁联系在一起。如白居易《酬梦得比萱草见赠》诗中说："杜康能散闷，萱草解忘忧。借问萱逢杜，何如白见刘？"贯休"故人久不来，萱草何离离"（《闲居拟齐梁四首》）等诗句，都是以萱草喻指自己与故人久别的忧愁别绪。

萱草与黄花菜花形相近，但不等同于黄花菜。萱草有上百个品种，黄花菜是萱草属植物的一种，除黄花菜外，萱草属植物多半不可食用。黄花菜花朵比较瘦长，花瓣较窄，花色嫩黄。萱草的花朵则接近于漏斗状的百合花，花色一般呈橙黄色，有的甚至接近红色。

盛夏，萱草花艳丽绽放，一只花箭上有十几朵至几十朵花苞。这朵谢了那朵又接着开放，一代新花不停地取代旧花。故乡的孩童到微山湖边的树林下游玩，有时会采摘一把萱草花插在花瓶里放在室内，以美化生活。

红蓼，水上的火焰

红蓼，又名荭草、大红蓼、游龙、狗尾巴花等，为一年生草本植物，多生长在沟渠边、水塘里、河滩湿地和田埂上。它枝茎细长错落，叶片扶疏，枝节处泛淡红色，长出的花穗色彩红艳，如霞如火，故又被人称为水上的火焰。红蓼花期五至九月，果期八至十月，结出的籽实细小如芝麻，是一味很好的中药材。

在小学三年级的暑假里，我常到村边的大榆树下听村里一位老中医田爷爷讲《水浒传》的故事。大榆树紧临荷塘，塘边生长着一大片水草，垂挂着红红的花穗子。老爷爷指着这种水草说，这就叫红蓼，开的花就叫蓼花。古代梁山泊地区大水茫茫，水草茂盛，生长着很多红蓼。《水浒传》里多次写到红蓼花，如第七十二回写宋江去东京私会李师师，曾即兴赋写《念奴娇》词一首，其中就有“想芦叶滩头，蓼花汀畔，皓月空凝碧”的词句，表达了宋江不满足于做山大王，一心想被朝廷招安的心情。《水浒传》最后写到朝廷封宋江等官职后，蔡京、高俅一帮奸臣心怀嫉恨，在御酒中放进毒药，宋江、李逵饮毒酒而死，葬在了楚州一处形似梁山泊的地方——蓼儿洼。这里是水天一色，红瑟瑟满目蓼花，绿依依一洲芦叶。后来吴用、花荣亦在此自缢而死。听着老爷爷讲的《水浒》故事，第一次认识了红蓼这种野草。但把此草与梁山好汉联系起来，似乎觉得它浸透了梁山好汉失败的血泪。

河沟边的红蓼丛，是孩童捉鱼的乐园。热风阵阵，小河边各种水草拥挤着向上生长。红蓼摇摆着浅红色的花穗，逗引得一只只豆娘起起落落。蹲在红蓼下的青蛙静静地望着，想着如何采取行动，才能把豆娘作为美餐。而近在咫尺，一条条乌鱼从水藻间露出头来，也在盘算如何才能把青蛙变为腹中物。这时，孩子们便静静地把裹着饵食的钓钩放在乌鱼嘴边。乌鱼嗅到饵食后猛地吞食，经过一阵跳跃，便被孩子们钓出水面。大家往往拔掉一枝红蓼穗子，高举起来表达喜悦。艳丽的红蓼，简直成了孩子们钓乌鱼时高举的胜利旗帜。

夏秋季，蓼花的花穗如火焰燃烧。

夏天，孩子们有时将红蓼收割回家，晒干后用来驱赶蚊蝇。炎热的夏夜，孩子们跟着大人坐在大树下乘凉，常点燃晒干的红蓼或蒿草驱熏蚊蝇。红蓼的气味辛辣，熏蚊蝇时间久了，眼睛会流泪。红蓼的茎节燃烧得噼里啪啦，大家谈论着天南地北的话题，一些蛾子也飞来探听什么秘密。一阵阵热风吹来，回荡着人们欢快的笑声。

秋天，河沟边的红蓼娇美如画，常引得孩童驻足观赏。古往今来，一些诗人用优美的诗句，如“秋波红蓼水，夕照青芜岸”（白居易《曲江早秋》）、“老作渔翁犹喜事，树枝红蓼醉清秋”（陆游《蓼花》）等，对秋日的红蓼景色进行赞美和描画，令人神往。秋风吹拂下，莲荷败了，香蒲枯了，菱角落了，芦花白了，各种野草都衰老了。这时，红蓼却倔强地生长着，优雅而自然地变老，凸显迷人的风姿逸韵：叶子红了，茎红了，花穗红了。一穗穗蓼花喷溅着红色，仿佛整个秋天的红艳，都凝聚在蓼花上了。孩子们观赏着蓼花，看到了一个如火焰燃烧的秋天，一个激荡心志的秋天。

养生延寿的枸杞

邻居上初中三年级的孩子小青爱读古文，周日上午忽然敲门来我家，拿着复印的唐代陆龟蒙和宋代张耒的《杞菊赋》以及苏轼的《后杞菊赋》等三篇古文，向我请教其中不明白的字句。并笑问："古人为何爱吃枸杞和菊花，并写了这么多赞美它们的文章?""杞菊有养生使人延年益寿的作用，这大概就是古人爱吃，并写文章赞美它的缘故。"给小青讲解着三篇古文的字句，我不由得想起自己童年时采食野生枸杞的那些欢乐场景。如今在城市里长大的孩子，是不会有那样的生活体验了。

枸杞，又名苟起子、地骨子、枸杞果、枸地芽子等，是一种多刺的灌木。故乡的枸杞都是野生的。它枝条细长柔弱，长满了短刺，常几棵挤成一堆在沟渠边、田埂上、坟地里生长。李时珍《本草纲目》记载，枸杞为补肾养肝、清火明目、强身健体、延缓衰老的良药。"春采枸杞叶，名天精草；夏采花，名长生草；秋采子，名枸

春天生长的枸杞头

杞子；冬采根，名地骨皮。”在故乡，人们较看重枸杞的，是它嫩芽叶的食用价值和花、子、根的药用价值。

四月初，是采摘枸杞头的最佳时间。因沟渠边、田埂上生长的枸杞影响庄稼生长和田间劳动，每年冬天乡亲们都会砍除掉，或用火烧掉。清明节前后，风清日丽，气温回升。在春雨的滋润下，去年被铲除或烧的枸杞根部便萌发出一堆堆翠绿的嫩芽，一些存活下来的枸杞老的枝条上也抽出细小的茎叶，乡亲们叫它“枸杞头”，一般有五到十厘米长，是上佳的野生菜蔬，营养丰富，味道清香甘甜。一上午的时间，一个孩童便可采摘十多斤。鲜嫩的枸杞头可焯水后凉拌着吃，可热炒、煮粥、熬汤，或包水饺、包包子，也可晒干后当茶喝。

五至十月为枸杞的花果期。枸杞的枝条上绿叶稠密，不断开出淡紫色漏斗状花朵，散发着幽香，引得蝶飞蜂鸣。结出的果实叫枸杞子，如豆粒碎小，如珊瑚点点，红艳艳，亮晶晶。夏秋季，孩子们在田野里游玩时常采摘枸杞子当零食吃。上小学时，我和几个小伙伴曾多次跟着老中医田爷爷到沟渠上采摘枸杞子。采摘时稍不留意，胳臂或手指就会被枝条上的刺扎着。田爷爷教我们几个孩子分成两组，一组用小棍抬着枝条，一组慢慢采摘。每次采摘活动结束后，田爷爷都会给大家买连环画册看。田爷爷把枸杞子小心翼翼地放在箩筐里，上面蒙上一层白纱布晾晒，待其阴干后贮

秋天成熟的枸杞子红艳如火

作药用。

枸杞树形千姿百态，尤其是老桩枝干虬曲，小枝凌云纵横，叶翠绿，花淡紫，果鲜红，雅致美观，是制作盆景的绝好植物。深秋或初冬时节，枸杞制作的盆景“多有态若天然，雪中枝叶青郁，红子扶疏，点点若缀，时有雪压珊瑚之号，亦多山林风致”（《考槃余事》）。故乡李爷爷是制作枸杞盆景的高手，每年都在河岸上和沟渠旁选择一些枸杞老桩，移植到自家院里，细心修剪、培育成造型各异的盆景，拉到济宁市销售，销路很好，受到人们的喜爱。

北宋·徐崇嗣《翠筠丹实图》。画家以没骨画法，描绘了夕阳西下，四野无风，红艳艳的枸杞子垂挂枝丫上，翠竹静静伸展，鸟儿栖息在枸杞枝上，营造了静谧温馨的气氛，表现了画家宁静恬美的心境。

枸杞有很高的药用价值，多食能延年益寿。菊花是中国名花，也是长寿花。《太平广记》记载：“菊能轻身益气，令人久寿有征。”乡间一直流行“枸杞延年”吉祥图案，绘有菊花、枸杞合成的装饰纹样。常雕刻在家具上，绣在各种刺绣制品上，或绘在寿联、寿幛上，有祝人长寿之意。

小河边的莲荷

故乡濒临微山湖西岸，河流四绕，分布着大大小小几十个水塘，多菱荷鱼虾之美。每次看到宋代词人“燎沉香，消溽暑。鸟雀呼晴，侵晓窥檐语。叶上初阳干宿雨，水面清圆，一一风荷举”（周邦彦《苏幕遮》）和“高柳垂荫，老鱼吹浪，留我花间住。田田多少，几回沙际归路”（姜夔《念奴娇》）等辞章，便不由得想起童年在河边采莲时的嬉戏、观看荷丛下小动物的惊喜和冬天挖藕时的快乐，以及莲荷在乡间民俗中展现的摇曳多姿的风采。

荷花，也叫莲、芙蕖、水芙蓉、菡萏、藕花等，属睡莲科多年生草本植物。地下茎长而肥厚，有长节，称为藕。叶盾圆形。花期六至九月，单生于花梗顶端，花瓣多数，嵌生在花托穴内，有红、粉红、白、紫等颜色。坚果椭圆形，种子卵形。故乡的河边水塘里，生长着红色和白色的荷花，从春到秋，随意舒展花叶，结着莲子和莲藕。

微山河边夏日盛开的荷花

古诗词中，大多描写江南的采莲女摇着木兰舟，驶入藕花深处，采摘清如水的莲子或香气四溢的莲花。唐皇甫松《采莲子》词云：“菡萏香连十顷陂，小姑贪戏采莲迟。晚来弄水船头湿，更脱红裙裹鸭儿。船动湖光滟滟秋，贪看年少信船流。无端隔水抛莲子，遥被人知半日羞。”将采莲少女的活泼顽皮和含蓄温婉描摹得历历如画。同江南地区的采莲女相比，微山湖地区采莲孩童的行为似乎显得更加泼辣粗犷。炎天流火，蝉噪声如雨。河边，一队队红色的黑色的蜻蜓，追逐着烟云轻轻飞翔，一片片白色、粉红色的莲花暗送缕缕芳香，一枝枝成熟的莲蓬随风摇曳。为了避暑，故乡的孩童便结伴戏水采莲。他们身着短裤游进荷花丛中，不怕荷茎上尖刺的碰扎和水虫的叮咬，一边嗅着荷香，一边采摘莲蓬，吃着甜脆的莲子。大家常到深水里比赛扎猛子，谁潜水时间长谁就是冠军。冠军的奖品，便是由潜水时间最短的孩子送上一枝红莲花和几只莲蓬。

孩子们有时正采摘着莲蓬，天空忽然下起阵雨，雨打荷叶嘭嘭作响，大家便游到田田的荷叶下避雨。每人采摘一片荷叶顶在头上，咀嚼着莲子，静静地观看一些小动物在水中的表演。一只只水蜘蛛如舰艇一样来来往往，仿佛在传播什么消息；乌鱼和鲤鱼妈妈常带着成百上千的儿女，密匝匝一片，碰着莲茎慢慢游动；红嘴的水鸡有时会潜在水下偷偷捕食，气得乌鱼和鲤鱼妈妈蹦跳着驱赶；苇莺和翠鸟在莲荷的茎叶间轻轻挪动，叼啄游动的小鱼和荷叶下的飞虫；苍鹭和白鹭静静地站在贴近水面的荷叶上，瞪大眼睛看着水面，不时伸长脖颈啄食游动的小鱼虾；草鱼有时露出大嘴巴咬食鲜嫩的荷叶，却被一旁觅食的水鹳突然叼住；蹲在浮萍上的青蛙看到了，惊叫着急速跳进水中。大家正饶有兴致地观看小动

一团团莲蓬，常引得乡间孩童下水采摘。

物的表演，不知从何处突然蹿出一只毛茸茸的水老鼠或臭鼬，吓得大家吵嚷着欢笑着快速游向河边。

冬天来了，朔风阵阵，干枯的荷枝荷叶僵卧在松软潮湿的河边泥土上，下面长满了莲藕。孩子们放学回家后，常扛起铁锨去河边挖藕。挖藕需要力气，更需要耐心。用力过猛，铁锨会把藕挖烂或挖断。大家只得小心翼翼地挖掘，用手抠扒泥土，然后慢慢用力拽出整支莲藕，仿佛挖出了一件由季节和泥巴雕塑的玉雪晶莹的艺术品。挖藕时，也会挖出冬眠的青蛙。青蛙双目圆睁，爱生气，肚子一鼓一鼓的，像是埋怨孩子们打破了它的白日梦。为了保护好青蛙，大家把它放回原处，静静地用泥土掩盖好，并说上几句祝愿的话，愿它不要生气，在地下美美地过一个冬天。冰冷的河边，回荡着孩子们收获莲藕后的快乐笑声。

在微山湖地区的乡间民俗中，莲荷的形象一直蕴含着美好的祝愿，是吉利祥瑞的象征。“莲”隐喻“怜”，“藕”隐喻“偶”，“丝”隐喻“相思、思念”，“莲子”隐喻“连生贵子”。莲荷的形象，被广泛应用于乡间婚庆用品、节日祝贺和人们对亲朋好友生活、事业的祝福中。男女结婚时，亲朋好友常送的生活用品如被面、床单、帐子、枕头上，都会绣上并蒂莲，或放上用红纸剪的并蒂莲，表达对一对新人双宿双飞、恩恩爱爱生活的美好祝愿。新春佳节为亲朋好友送礼品时，会用红纸剪出莲花、鲤鱼图盖在上面，表示“连年有余”。在一些明清古民居或古祠堂中，还用传统的“福寿三多”吉祥图，装饰窗子或门楣。“福寿三多”的典故源于《庄子·外篇》：“尧观于华封，华封人祝曰：‘使圣人寿，使圣人福，使圣人多男子。’”福寿三多，即祝福人多福多寿多男丁。吉祥图一般有一蝙蝠（寓意“福”）、一寿桃（寓意“寿”）、一结满莲子的莲蓬或石榴（寓意“多子”）组成，表达了人们的美好愿望。

菱芰飘香

菱角，亦名芰、水菱、乌菱、水栗等，为一年生草本植物菱的果实。因菱的叶子如菱形，所结果实便被称为菱角。菱有许多种类，果实有两个角的叫作菱，有三个或四个角的叫作芰。在故乡，菱芰与莲荷仿佛是一对孪生姊妹，在湖边、小河或水塘里，菱芰常陪伴在莲荷的左右。

菱角生命的色彩，随四季的变化而变化。大地春回，草长柳绿，沉睡了一冬的小河渐渐有了生机。野菱便从水中长出细小嫩绿的叶子，随波摇漾。春天向前走去，野菱、莲荷等积聚的生命力快速爆发，争先恐后地吐露茎叶。莲荷的茎叶粗壮高大，水上水下需要的空间大，野菱只得躲开莲荷，一片片相拥相偎地生长。此时，菱花绽放了，白色的小花藏在绿叶丛中，如星星点点闪烁，显得淡雅而朴实。炎热的夏天，菱叶变得密集旋叠，形成莲座状的菱盘浮于水面，像堆积的一层闪亮的绿云。菱花持续绽放，并结出绿色的带角刺的果实——菱角。微山湖地区生长的菱角，大多是两个角

河面上长出的野菱角秧子

或三个角的野菱。金风送爽，艳阳高照，一个个菱盘上结满了青里透红的像小元宝一样的菱角。放在嘴里轻轻一咬，白色的菱肉便露了出来。进入秋季，菱芰的茎叶变成了艳丽的红色，熟透的菱角变成了深绿色直至黑色。这是菱角衰亡时留给世界的最后色彩。冬天河面快要结冰了，一些菱角在河水的浸泡下逐渐坠落河底泥中，为家族的繁衍壮大播下希望的种子。

“七菱八落”，七月份菱角就成熟了。

“采菱人语隔秋烟，波静如横练。入手风光莫流转。共流连，画船一笑春风面。”（元·王恽《平湖乐》）江南地区的孩童，都是乘船或划着木盆采菱。七八月份，微山湖地区的孩童大多是以莲荷为裳，在小河里游泳采菱，这需要有很好的踩水技巧。菱角垂挂在菱盘上，需扒开密集的菱叶或翻起菱盘采摘。摘下的菱角扎手，不便捧拿，大家常把脱下的长裤扎上裤腿，作为盛放菱角的袋子。采菱时，大家随意哼着儿歌，边哼边摘。这歌声虽不同于江南采莲女的菱歌，但自有一种韵律和情趣。

寒冬腊月，冰封河面，一些漂浮的野菱角被冻在了冰面上。故乡的孩子常到小河里滑冰，滑累了大家便用滑冰板（木板做成鞋底状，底下包着白铁片或铜片）在冰上砸捡菱角。经过河水长时间浸泡，菱角的外皮已变成黑褐色。双手抓住砸出的菱角猛地一掰，就可掰出白白的菱肉。大家吃着菱角，便踏着滑冰板向小河中间飞速滑动。河面上，回荡着冰裂声和孩子们开心的笑声。

菱角和菱角的茎叶是很好的食材，也是中药材。夏、秋季，孩子们有时采摘菱角肥大的茎叶烧汤喝，或焯水后凉拌着吃。《本草纲目》中说，菱角能补脾胃，强股膝，健力益气，消除百病。孩子们常把采摘的两个角的大菱角当水果吃，或煮着吃；把三个角的菱角去皮后剁成细粒，做粥喝或炒着吃，味道甘甜。

仙女的帽缨子——缨缨菜

朝天委陵菜，也叫野香菜、野金梅草、仰卧委陵菜等，因其茎叶长得与胡萝卜缨子相似，乡亲们习惯把它叫作缨缨菜。

朝天委陵菜也许是生性最低调的一种野草。它在路边沟旁、田间地头和墙角院边都可成活。行人踩也踩不死，太阳晒也晒不死，薅也薅不净。有一点阳光雨露，它就能活泛地成长，并长得茎叶碧绿。它总是低伏地面，连众多的分枝也是铺展下垂。以最低的姿态蔓延着，生长着，什么时间看见它，都是安静谦卑的。它的花瓣细小而不张扬，藏在茎叶间东一朵西一朵，显现淡淡的黄色。与其相临生长的大多是牛筋草、蒿草、马唐草等，它们总是抱成一团，大肆攻掠地盘，四处张扬茎叶。朝天委陵菜的茎叶与它们相比显得短小、内敛和低矮。

朝天委陵菜常柔顺而拥挤地生长在一起

村里的老人们讲，缨缨菜是由一位仙女的帽缨子变成的，是仙女爱心的凝结。传说很久以前，微山湖里有一条毒龙危害百姓，常常故意行云播雨淹没村庄和农田。有一位仙女下凡来到微山湖地区游览，刚好看到毒龙逞凶，便以柔弱的身躯与之搏斗。她与毒龙苦战了三天三夜，终于抽出发簪刺进毒龙的喉咙，杀死了毒龙，使微山湖地区的老百姓过上了太平生活。在与毒龙搏斗的过程中，仙女被扯断的帽缨子落在了地上。为了救治百姓疾苦，仙女便把帽缨子变成了缨缨菜，既可食用也可药用。听过老人们讲的故事，看着茎叶青绿的缨缨菜，孩子们对为民除害的仙女不由得肃然起敬。

三至十月，为朝天委陵菜的花果期。

朝天委陵菜含有植物蛋白和多种矿物质，是一种营养价值较高的野菜，嫩茎叶和块根都可食用。春夏季，乡亲们有时采摘它的茎叶炒着吃或做汤、煮稀饭。深秋时节，有的老人爱挖取其根块泡酒喝。童年时我采摘朝天委陵菜后，母亲常把它拌上面做蒸菜吃，或包包子、包菜馍馍吃，味道香甜。

朝天委陵菜全草入药，具有滋补强身、清热解毒、止咳化痰、消炎止泻的功效。可治疗感冒发热、血热及各种出血、肠炎、热毒泻痢、痢疾等病症。鲜品，可外用于疮毒痈肿及蛇虫咬伤。腹泻和痢疾是夏季人们的多发病，多因肠道功能紊乱和肠道炎症引起。邻居刘爷爷是老中医，村里如有人患了上述疾病，他常熬制朝天委陵菜、紫花地丁药汤让其服用，疗效很好。童年时一个夏天的晚上，我和邻居的孩子结伴去树林里捉知了，不小心右脚被蚰蜒爬咬，脚面上起了一串疱疹，刺痛难忍。我到刘爷爷家里后，刘爷爷在院墙边找了一棵生长着的朝天委陵菜和几棵马齿苋，洗净捣成糊状敷在我脚面上，用棉纱布包裹好，一个多小时后就消除了疼痛，第二天一早，蚰蜒爬咬的肿痛也消失了。

夏天为虫子们支起凉棚的苕子

在万紫千红的植物世界里，作为一种蔓生植物，苕子给乡村孩子的印象是美丽迷人的。它是一种形象娇美的野草，是蜜蜂采蜜的蜜源，是一种有药用价值的草药，是一种营养丰富的菜食，是一种家畜喜爱的饲料，还是一种改良土壤的绿肥。

苕子生长过程中呈现的景色令人陶醉。苕子，也叫野豌豆、大巢菜、薇菜等，为一年或越年生豆科草本植物。它的叶子、果实和豌豆十分相似，叶子细长，果实像缩小版的豌豆，荚果里包裹了很多小豆粒。每年春天，苕子在田野里静静地萌发、生长。有的成片成片地长在沟渠旁，铺展着像一块块绿色的丝绸；有的一簇簇长在小路边，沿着芦苇草茎或灌木的枝叶向上攀爬；有的长在麦垄上，在长长的麦垄间不停地壮大家族；有的偷偷挤进麦子中间，肆意招摇细长的茎叶。特别是四五月苕子开花的时节，每一棵苕子的茎蔓上都有几串紫色的花，每一串上又有十多只像风铃一样的花儿整齐地朝着一个方向绽放。踏青的孩子随手摘下几片花

野生的苕子

苕子夏天结出的荚角，如袖珍版的豌豆角。

瓣，放在嘴里咀嚼，淡淡的清香和甘甜在唇齿间流淌。花儿结出的豆荚由绿色变成棕黑色后，掏出豆粒，用手指甲掐去一头，放在嘴边吹，会发出动听的哨子声，音调婉转悠扬，比柳笛发出的声音更加迷人。

夏天，苕子的枝茎和花叶形成的绿荫下是青蛙、蟋蟀、蚂蚱、蛾子等小动物们爱去的地方。青蛙常佯装在苕子下闭目休憩，等到小虫子爬到嘴边时，突然把它们吞进腹中，而后高兴地大喊大叫。但苕子的绿荫下，也是水蛇逞凶的地方。长长的水蛇经常偷偷地向休憩的青蛙和觅食路过的田鼠进攻，上演杀戮的惨剧。

苕子花开的时候，也是蜜蜂忙碌的时节。它们从四面八方飞来，在花瓣和花蕊间时而驻足，时而嬉戏，时而采蜜，时而歌唱，汇成一曲流动的田园交响曲，为田野增添了动人的音韵。苕子甘甜的汁液喂养了蜜蜂，蜜蜂为人们酿制了甜蜜。童年时，每当故乡苕子花开的时候，江浙一带的养蜂人就会用汽车拉着一箱箱蜜蜂来我们村住下，让蜜蜂采一个多月的花蜜。我们小孩子好奇地围着观看，养蜂人便用杯子从蜜桶里舀一杯鲜蜜让大家喝。大家喝着，香甜溢满

南宋·李唐《采薇图》。刻画了商末孤竹国君的两个儿子伯夷、叔齐隐逸首阳山，耻食周粟，采薇而食的情景。古代诗文中写到薇，大多涉及伯夷、叔齐采薇而食的典故。

了心间。

苕子是一种美味野菜，也是药效很好的草药。苕子鲜嫩的茎叶可以焯水后凉拌着吃，也可以炒着吃，烧汤喝，味道甘美。苕子有解热、理气、止痛、利尿的功效，对治疗头晕、浮肿、胃痛、咳痰、气喘等病症，均有一定的疗效。外用可治疗疔疮。

苕子的一生都在奉献。鲜草和收割后晒干的苕子，蛋白质含量高，营养价值高，是马牛羊等牲畜喜欢吃的饲料。夏天水稻插秧前，人们把田间种植的苕子用铁犁翻土掩埋，放水淹沤，使之成为绿肥，改良了土壤，增加了土壤肥力。腐烂后的苕子，变成了飘香的稻花和金灿灿的稻谷。

苕子还是优良的观赏植物。夏季可观花，用于城市园林绿化和造景。农村也可做农家院落的花墙和绿篱，美化人们的生活。

同水稻争夺地盘的三棱草

三棱草，多年生草本植物，也叫大三方草、三棱马尾、仙鹤草等。在故乡，人们习惯于把莎草科杂草都称为三棱草。三棱草植株细长直立，一般高二十到四十厘米，叶片线形，花朵长在叶簇的末端，花期在夏季和秋季，可结出褐色的果实。三棱草匍匐的根状茎较长，先端具肥大的纺锤形块茎，外皮紫褐色，有棕色或黑褐色的毛状物。

在故乡的田野里，三棱草是乡亲们非常厌恶的一种野草。从春到秋，它总爱在稻田里胡乱生长，与水稻争夺阳光、水分和土壤养分。春天，在播撒稻种的秧田地里拔三棱草，是件费时费力的活儿。三棱草柔嫩的芽叶混在成畦的稻秧中间，不仔细辨认很难区别出来。拔三棱草时，需弯着腰把根茎慢慢地一同拔出。用力稍大，三棱草的茎就会被拔断，根块就在泥土里继续生长。夏天，三棱草在稻田里疯狂地生长，人们稍一放松田间管理，成片的三棱草便把稻苗压迫得见不到阳光。近年来，随着除草剂的使用，三棱草在稻田间已变得较为稀少，水沟或田埂已

微山湖边生长的三棱草

成为其家族栖息繁衍的地方。

三棱草新鲜的茎叶坚硬苦涩，牛羊等家畜不喜欢吃，夏秋季收割晒干粉碎后，才能作为家畜的饲料。三棱草地下块茎膨大，乡亲们称之为“毛地粒”。夏天，孩子们跟着父母亲在稻田地拔草，有时会抠出三棱草的地下块茎嚼着吃，味道甘甜。

三棱草为人们所喜爱，主要因为其地下膨大的茎块是一味草药，具有行气开郁、祛风止痒、宽胸利痰、消积止痛的功效。宋代刘翰、马志《开宝本草》记载，三棱草可治疗症瘕痞块、痛经、瘀血经闭、胸痹心痛、食积胀痛等病症。民间流传的一则故事，也说明了三棱草的药效。传说古代鲁班有一位技艺高超的弟子，肚子里长了个瘤子，偶尔会发作疼痛。因忙着为皇帝建造宫殿，一直拖着没去治疗，最后瘤子越长越大，已无药可救。临终前他交代家人，在他死后一定要把瘤子取出再下葬。不久工匠就去世了，家人按照他的遗嘱，请人在他肚子里取出一个比拳头还大的瘤子，质地坚硬，表面有一层层的纹理，呈现五彩颜色。家人惊讶之余决定把它做成一把祖传宝刀的刀柄，以做纪念。几年过去了，工匠的儿子奉命上山为皇帝建造行宫，便带上了这把刀。上山的路上，野草树木丛生，他拔刀奋力砍除。在砍到一株三棱草的根部时，根皮擦过刀柄，坚硬的刀柄被刮出一道深深的沟痕。他感到很奇怪，就继续砍除野草树木。刀柄却逐渐软化，不一会儿工夫竟化成了一摊水。工匠的儿子忽

清·居廉《花鸟图》。刻画了一双蝴蝶在三棱草上悠闲翩飞的情景。笔法工整，设色艳丽，所画形象造型准确，生动逼真。

然明白了，原来三棱草能消融肿瘤。从此人们一传十、十传百，都知道了三棱草是消除腹内肿块的良药。

莎草家族支系庞杂，人丁兴旺，三棱草只是其中的一员。莎草的根茎圆球形，外表紫褐色或黑褐色，名叫“香附子”，味道微甜，是一种常用的中药。三棱草和莎草，在田间是被人们必欲除之而后快的一种杂草，但它们生命衰亡后却把根茎奉献给人类，成了一味治病救人的良药。

善于自我保护的芡实

在微山湖地区的水生草本植物中，只有芡同莲一样有叶大如圆盾状的叶片。芡叶平贴水面，面青背紫，茎潜藏于水中。夏季芡茎顶端长出花苞，绽放紫色娇艳的花朵，受精后花苞便静静地缩入水中孕育新生命的种子。七至十月芡实成熟，结果如鸡头，剥开其坚硬的黄色果壳，有一层红色薄膜般的外衣，里面包裹着一颗颗珍珠般的黄色种子。再次打开种子的外壳，有像大米一样洁白的仁儿。芡的茎、叶、果实，都长着硬刺。芡结的果实叫芡实，又叫鸡头米、水生鸡头、刺莲蓬等。芡实是很会自我保护的植物果实。

观赏芡叶、芡花，可以看到小动物们表演的“螳螂捕蝉，黄雀在后”的把戏。进入夏季，故乡小河边生长的芡叶直径可达五十厘米到一百三十厘米，厚圆的叶面上布满浓绿的皱褶，有很强的浮载能力。青蛙爱趴在芡叶上晒太阳，旅行的蜻蜓、飞蛾有时也停在芡叶边上休息。乌鱼、鲤鱼等鱼儿有时会突然从水下发起进攻，把

芡叶大如圆盾，也是一种可供观赏的水上植物。

芡叶边上的蜻蜓、飞蛾吞进口中。躲在水草中的水鸡和草鹭，有时会突然扑向叶面上的青蛙。青蛙晒太阳时也是其捕食时，它常常会扑杀芡叶上飞落的虫子，但却忽略了草丛中还有捕食它的水鸡和草鹭等鸟儿。只要被水鸡和草鹭盯上了，芡叶上的青蛙大多逃不出灭亡的命运。紫色的芡花如鸡冠露在水面上，味道甘甜，是一些鱼儿爱吃的食物。草鱼、鲢鱼等鱼儿，有时在芡叶下游动着撕咬芡花，水鸡和草鹭常趁机捕食。有的孩童看到游动的鱼儿，便把手握的鱼叉猛地投掷过去，一条活蹦乱跳的鱼儿便被叉上来了。

芡的嫩茎、花朵是美味的野菜，去皮后的嫩茎和花朵可炒着吃或做汤喝。夏初，故乡的孩童常到小河边采摘。这是一项冒险刺激的活动，稍不注意，双手和身上便被芡刺扎伤，疼痛难忍。大家先用柔韧的野草编织一条条细长的草辫，一手拉着，一手用棍棒拨开覆盖在水面上的芡叶，小心翼翼地蹚到纵横交错的芡茎边。而后用草辫捆住芡茎底部和花柄，慢慢拉断。即使这样，孩童的双手和身上仍常被芡刺扎伤。大家并不在意疼痛，呼喊着、微笑着把芡茎叶和芡花拉到河岸上。孩子们嗅着芡花的芳香，双手高高举起，展示少年永不服输的力量。

药食同源，芡实是食材也是常用的中药材。秋天，村里的孩童常采摘芡实让父母亲熬粥喝，或磨碎后与红豆、大米一起做甜糕吃。《神农本草经》记载：“鸡头实，味甘平。主湿痹腰脊膝痛，补中，除暴疾；益精气，强志，令耳目聪明；久服轻身不饥，耐老神仙。”芡实具有防止衰老、益肾固精、补脾止泻、除湿止带等功效，

芡七至八月开花，八至九月结果。果实形如鸡头，故又称鸡头米。

常用于治疗遗精滑精、遗尿尿频、脾虚久泻、白浊带下等疾病。每年秋天，村里的老中医刘爷爷都收购晾晒干的芡实，磨碎后做药用。医者仁心，刘爷爷为村里的孩子看病大多是免费的。孩子们采摘了芡实，总是留一些送给刘爷爷。老中医用自己的仁心和大爱，为乡间淳朴善良民风的传承贡献着力量。

生性低调的紫花地丁

惊蛰过后，微山湖地区各种野花爆炸式地绽放，竞相凸显自己的亮丽，芳菲四溢，令人目醉神迷。梅花、桃花、杏花等传递着红色的花信，梨花、樱桃花、玉兰花等传递着白色的花信，迎春花、连翘、榆钱等传递着黄色的花信，紫花地丁、诸葛菜、苕子等传递着紫色和蓝色的花信……赤橙黄绿青蓝紫，野花绚烂的色彩，彻底改变了冬天带给山河大地的灰蒙蒙的扮相。

紫花地丁，又名野堇菜、光瓣堇菜等，为多年生草本植物，是故乡常见的一种野菜。它从不挑剔生存环境，不怕干旱，不怕寒冷，不择土壤，无论在田间、路旁、河岸还是树林边，都可生长。它植株矮小，没有地上茎，一般高五到十厘米，叶和花蕾几乎同时绽开，叶片翠绿狭长，每个叶柄托着由五片花瓣组成的一朵花，呈深紫色或蓝紫色。在个头高挑的野草和树林边，它总是伏在地面皱缩成团，一棵棵、一簇

紫花地丁的花果期四至九月。一些城市的公园里种植紫花地丁作为早春的观赏花卉。

簇、一片片地生长，从早春到初秋，默默地绽放花朵。紫花地丁的一生，不爱风流高格调，显得实在、淡泊、宁静。

紫花地丁的一则传说故事，也彰显了它低调和不事张扬的性格。故乡的老中医讲，紫花地丁为花神小女儿的精魂所化。古时，有一年初春，天下爆发了瘟疫，瘴气弥漫，人们都全身肿痛，发烧不止，很多人因此失去了生命。花神的小女儿紫花陪花神巡视天下，看到百花争艳，蝴蝶翩飞，很多人却躺在花下被瘟疫折磨得痛苦呻吟。她非常着急，便偷走了花神的药囊，化装成一个乡下郎中，在土地公公那里办理了户籍，自称是大地之子（地丁），走街串巷为老百姓治病。花神药囊里的药用完了，紫花便历尽千辛万苦四处求药，最后累倒在寻药的路上，化为亿万棵紫花地丁。被瘟疫折磨的人们食用紫花地丁后，都消除了病痛折磨。土地公公把紫花精魂所化的花草叫紫花地丁，并把花神女儿紫花舍身救人的事迹向天下传扬。

其实，世界上很多国家都喜爱紫花地丁，认为它是一种尊贵的花。在我国，紫色代表尊贵和祥瑞。如老子骑青牛要西出函谷关，关令尹喜便看到“紫气东来”，预见到有圣人出关。古代的日本人认为，紫色象征变化和幻觉，是很美的颜色。日本的皇室也尊崇紫色。古往今来，我国和日本的文学家写了很多赞美紫花地丁的诗文。在法国，紫花地丁是尊贵和英雄主义的象征。法国的拿破仑喜爱紫花地丁，他的追随者便以此花作为党派徽记。拿破仑被流放厄尔巴岛时，发誓要在紫花地丁开花时返回巴黎。一八一五年三月，巴黎的女人们身着堇色华服，把紫色地丁花撒向皇帝的必经之路，以迎接拿破仑。在今日法国的图卢兹市，每年二月都举办“紫地丁节”。希腊神话中，紫花地丁还是尊贵、美丽和怀念的象征。传说河川之神伊尔美丽迷人，连美神都不禁为之侧目。但众神之王宙斯说什么也不肯割爱。美神小声地呼唤伊尔，两人经常在草地上快乐地游玩谈天。不巧，有一次被宙斯之妻赫拉看到了，伊尔便匆忙变成小牛躲了起来。宙斯为了让小牛吃草，便创造出紫花地丁这种草。但是，当赫拉从宙斯那儿知道事情的真相后，就生气地把伊尔变成了星星。悲伤的宙斯为了怀念伊尔的美，又在草地上增加了一种美丽的花朵，那便是紫花地丁的花朵。

紫花地丁既可食用亦可药用。春末夏初，我曾和小伙伴一起到河岸上采摘紫花地丁的嫩叶、花朵，让父母亲烧汤喝，或包包子、做菜饼吃，味道清香甘甜。紫花地丁有清热解毒、凉血消肿的功效，可治疗疔毒痈肿、湿热泻痢、黄疸、目赤肿痛、喉痹、毒伤咬伤等病症，具有很好的疗效。

娇媚的青葙

青葙，又叫野鸡冠花、狗尾草等，为一年生草本植物。茎直立，有分枝，高可达一米，叶互生，披针形。花常在夏秋季开放，穗子直立，像鸡冠花，又似狗尾巴。在故乡的小河边、沟渠旁和田间小路上，都可看到它的身影。青葙引起乡间孩子关注的，是它的穗子从夏天到秋天，不停地进行颜色革命：初为粉红色或白色顶端带红色，籽实成熟后变成白色。深秋后，青葙随百草干枯死亡。

青葙，本是野草家族中极普通的一种野草，但因其与中国历史上一位沉迷酒色、醉生梦死的皇帝有了关联，便被后世称为“亡国之花”，承载了过多的屈辱。南朝最后一个王朝是陈朝。陈朝皇帝陈叔宝即位后把国家的生死存亡寄托于长江天险，不思进取，不理朝政，生活奢靡，大建宫室，日夜与嫔妃、文臣游宴，制作艳词。隋军兵临建康城下，陈后主仍令宫人广植青葙于后宫庭院中，美其名曰“后庭花”或“玉树后庭花”，并制作《玉树后庭花》艳曲，让宫人日夜吟唱，有宠妃张丽华、孔贵嫔等陪伴左右。公元五八九年，隋兵攻入建康，陈后主被

春天生长的青葙

俘，后死于洛阳。两百多年后，唐朝诗人杜牧夜泊秦淮河，想起陈后主的亡国史实，借古喻今，写下了名诗《泊秦淮》：“烟笼寒水月笼沙，夜泊秦淮近酒家。商女不知亡国恨，隔江犹唱后庭花。”杜牧这首诗产生了巨大影响，后世遂称《玉树后庭花》为亡国之音，青葙花为“亡国之花”。北宋苏辙有诗句云“后庭花草盛，怜汝系兴亡”，自加注“或言矮鸡冠即玉树后庭花”。南宋王灼《碧鸡漫志》记载：“吴蜀鸡冠花有一种小者，高不过五六寸。或红，或浅红，或白，或浅白，世目曰后庭花。”苏辙和王灼进一步坐实了青葙花就是后庭花。

在陈叔宝喜爱的《玉树后庭花》中，青葙已成了一种娇媚误国的花草，后世民间便演绎出新的故事。李时珍《本草纲目》记载，有一种神草叫“桃朱术”，妇人佩之能“娇媚妖娆，以悦夫君”。青葙与其近似。古时每年七月也称葙月，青葙花繁果满时中原地区的女子会收集青葙黑色的种子，装在随身佩戴的荷包里，以博夫君喜爱。

故乡的孩童对青葙承载的屈辱是不太明了的，他们在意的是青葙花在钓鳝鱼时的逗引作用。盛夏的中午，太阳流金铄石，挥汗成雨。故乡的男孩子常结伴到小河边和沟渠里钓鳝鱼。鳝鱼大多躲在弯曲的小洞中，一边休闲养神，一边捕食路过洞口的青蛙、小鱼等动物。为了把鳝鱼引到洞口，使其吞食钓饵，孩子们常采摘一棵青葙花在洞口前摇晃逗引。鳝鱼被逗惹急了，突然伸出头张开大嘴猛吞钓饵。经过一番力量和意志的较量，不一会儿孩子便把鳝鱼从洞中

青葙夏秋季开花，穗子直立，形如鸡冠花，但比鸡冠花显得娇小妩媚。

钓出。青葙花成了孩子们嬉戏和钓鳝鱼时的辅助工具，承载着他们的欢笑和快乐。

夏秋季，青葙的嫩茎叶焯水后可凉拌或烧汤喝，柔滑清香。青葙花和子皆可入药，具有清肝除湿、明目退翳的功效。故乡的老中医常采摘青葙花、籽晒干后作为药用。

麦子虚伪的朋友麦瓶草

野草的世界里充满了虚伪狡诈，充满了丰取刻与和瘠人肥己。一些与农作物比邻而居或生长在一起的野草，并不是农作物的朋友，相反却是背后捅刀的敌人。麦瓶草就是野草家族中一个充满心机、狡诈阴险的骗子。

麦瓶草也叫面条菜、米瓦罐、香炉草、梅花瓶等，为一年生或越年生草本植物，因叶子长条形如面条，乡亲们叫它面条棵子。在故乡的田野里，麦瓶草大多混进麦田中与麦子一同生长。茎直立，春天可长到十五到五十厘米高，开出粉红色的小花，婀娜的身姿和娇艳的花朵在麦丛中尤其亮眼。花开后它的基部逐渐膨大，上部狭缩为瓶口状，恰好能使种子一粒粒倒出，果实的样子极像瓦罐，因此麦瓶草又叫“米瓦罐”。麦瓶草开花的时候，细看好像插在瓶中盛开的梅花，“瓶身”摸着有点黏手的感觉。麦瓶草盘算着自己的生长和成熟时间，与麦子同时开花，却又比麦子早熟。它抓住时机孕育保存下种子，等待来年春天繁衍家族。麦瓶草一生陪伴麦子，让人们误认为它比麦子还可爱，实际上却暗地里与麦子争夺营养，戕害麦子。麦瓶草的健壮和美丽，是作践麦子的结果。

我童年时，农村的机械化耕作程度还比较低，除草剂还没有大规模使用，麦田里的野草主要靠人们用双手拔除。春天，我和小伙伴们一起常跟着父母亲去麦田里拔除危害麦子的杂草，而后集中堆放在地头上沤绿肥。一上午时间，一个成年人就能拔除二三十斤麦瓶草、播娘蒿和马唐草。一直弯腰在麦丛中分辨、拔除杂草，沿着麦垄不停地前去，是很累人的活儿。孩子们往往拔一会儿草就结伴去田间的小路上玩耍，有时会采摘麦瓶草粉红色的花朵咀嚼，味道清甜。有时会用麦瓶草、播娘蒿编成花环戴在脖子上，嗅闻春天的气息，追捕一片片飞舞的蝴蝶。绿野风烟中，留下了孩子们欢乐的笑声。

混在麦子中生长的麦瓶草

麦瓶草既可以食用，亦可作药用。春天采摘麦瓶草的幼苗和嫩茎叶，用清水洗净后，用开水焯一下，可凉拌、炖汤、炒食、煮食、蒸食或做馅包包子。粉蒸麦瓶草，是乡亲们爱吃的一道野菜。将采摘的麦瓶草洗净沥干水分，加少许油，轻揉几下，加上面粉调拌，蒸十分钟左右即可出锅。而后根据自己的喜好，放入事先烹制好的盐、葱、姜末、芝麻末、蒜泥等调料，拌均匀即可食用，口感清香细腻。炎夏麦瓶草成草后味道苦涩，坚韧难嚼，便不能食用了。

麦瓶草全草及茎叶均可入药，具有润肺止咳、止血、清热解毒的功效。主治吐血、衄血、虚劳咳嗽、咯血、尿血、月经不调等疾病。可鲜用，亦可干用。另外，麦瓶草含有大量的膳食纤维，食用后能促进肠道蠕动，可治疗便秘等病症。故乡的老中医常在春夏季采摘麦瓶草，洗净晒干，于阴凉处贮存，以备药用。

繁缕：洒满大地的星芒

春寒料峭，残雪消融，草木正在复苏。此时，繁缕已在田边路旁和树木稀疏的林间四处伸展嫩绿细脆的茎枝，绽放一片片白色碎小的花朵——如洒满大地的星芒，装点着早春的世界。繁缕花没有大多数植物花朵的丰盈和芳香，在微山湖地区它和荠菜花仿佛是草本植物中的一对小伙伴，一起泄露着早春来临的信息。

繁缕具有百折不挠、坚强不屈的性格。繁缕，别名鹅肠菜、鸡儿肠、和尚菜等，一年生或二年生草本植物。它对环境的适应能力很强，不计较土地肥沃和贫瘠，不在意烈日炎炎的煎熬和狂风骤雨的摧残，都能尽力生长。即使今天把它的茎叶扯掉了，只要残留一点根儿，过几天又会发芽、开花、结子。

早春的繁缕

繁缕具有独特的生命特征。它个头低矮，一般高十到三十厘米。茎枝细长，平卧在地上。茎里的微管束具有弹性，把它的茎折断，中间的微管束仍然相连。李时珍《本草纲目》记载："此草茎蔓

洁白明丽的繁缕花

甚繁，中有一缕，故名。”说的就是繁缕茎中间的组织。繁缕花很小，乍一看好像有十个花瓣，其实它只有五个花瓣。但每个花瓣中间有一个深深的缺口，几乎把花瓣劈成两半，变成了一对“兔子耳朵”的形状，在植物学上叫作“二深裂”。它的果实是蒴果，包裹着圆形的小种子，种子的直径虽只有一毫米，但是把它放在放大镜下观察，可以看到极为复杂的表面纹饰。

繁缕不同于木本植物可以常年不断地生长，它选择了更为“低调的活法”。前一年藏于地下的种子到了第二年正月开始发芽，三四月份就开花结果。等到种子落地后，全株就逐渐消亡，生命周期也就完成了。匆匆而来匆匆而去，繁缕以这样的节律延续着生命和族群。植物学中将生长周期短的植物叫“短命植物”，相比于能存活数百年乃至上千年而不凋零的银杏、槐树等，繁缕可算是转瞬即逝。不过这样的生存策略其实是另一种成功，更容易积累变异，适应变化莫测的环境。

繁缕的茎叶翠绿，味道微甘，很早就被人们食用。高中的同学小王大学毕业后调到浙江衢州地区工作。他讲每年的农历正月初七“人日”时，根据传统习惯，当地人这一天要为新的一年祈求平安兴旺。衢州地区老百姓的祈福方法就是吃七菜粥（也叫七草粥），繁缕就是七草粥里的一种食材。在微山湖地区，不见“人日”吃七菜粥的习俗。每年初春，孩童会采摘繁缕的嫩茎叶焯水后与荠菜一起烧汤喝或凉拌着吃，只是把它作为一种野菜品尝享用。

繁缕还是鸡、鸭、鹅等家禽和猪、牛、羊等家畜爱吃的野草。春天，在故乡每家每户的院墙旁或池塘边，常可看到鸡、鸭、鹅等家禽啄食繁缕、铁苋等野草的情景。童年时，我曾多次到村后的菜园里为家里养的猪采薅繁缕。繁缕平卧地面株株相牵，很容易采薅，不一会儿就可薅满一筐子。回家后用开水一烫，撒上一把麸子面或炒豆面，猪大口吞咽，不到十分钟就能吃掉一筐子繁缕。

祥瑞之草艾蒿

艾草，也叫艾蒿、野艾、灸草等，为多年生草本植物。茎单生，高达八十到一百五十厘米。叶厚纸质，上面被灰白色短茸毛，并有白色的腺点和小凹点。从春到秋，在故乡弯曲的河岸上和茂密的树林里，艾草总是散发着浓烈的香气，与马唐、野茼争夺着生存空间，一片片直立着生长。艾草本是一种很普通的野草，但因其蕴含着丰富的文化和民俗内涵，在故乡已成了人们祈求生活美满平安、寄托美好愿望的一种祥瑞之草。

艾草是辟邪禳毒的瑞草。古时，农历五月俗称“毒月”，农历的五月五日叫“阳极之月”“天中节”或“端午节”。每到端午节时，我国北方家家户户都要用艾草编成人形或虎形，或用艾叶或彩布剪成人形和虎形，称为“艾人”“艾虎”，悬挂或插在门上。孩童则用五彩线绑在手臂上，称为“长命缕”，以起辟邪作用。这一习俗流传至今，一些做法已有所改变。在故乡每逢过端午节，有的人家仍把艾草、菖蒲（香蒲）插于门旁，以禳除不

初夏生长的艾蒿

祥。有的人家用碧绿的艾草烹茶吃或煮汤喝，以祛除体内毒气。有的人家则把艾草和菖蒲（香蒲）、雄黄、花椒等装在小布袋内做成香囊用彩线系着，挂在小孩子的身上，祈求平安健康。

清·徐扬《端午故事图》中《悬艾人》。画面用笔细致入微，色彩鲜艳饱满，凸显了画家一贯秉持的写实风格。

艾草是一种可治疗多种疾病的中药。它全草入药，有温经、祛湿、散寒、止血、消炎、平喘、止咳、安胎、抗过敏、杀虫、预防瘟疫等作用。故乡的老中医常用艾草为患者针灸，或用艾草治疗感冒、冻疮。灸用艾草，一般以越陈越好，故有“三年之病，求七年之艾”（《孟子》）的说法。邻居田爷爷出身中医世家，擅长用艾草针灸治疗面瘫病人。他将艾叶搓成艾条、艾柱，用生姜片垫在患者面部，上置艾条、艾柱烧灼并辅以针灸治疗。我上小学三年级时，曾看田爷爷为患者针灸，艾叶慢慢燃烧，烟雾弥散，艾香缭绕，感到很神奇。田爷爷的针灸效果很好，一般两周的时间就能治好面瘫病人。四里八乡的患者常到田爷爷家里寻医问诊。村里如有人风寒感冒了，田爷爷便送给一包晒干的艾叶让其熬茶喝，连续喝上几天，感冒症状便减轻了。寒冷的冬天，村里哪家孩子的脚上或耳朵生了冻疮，田爷爷便给其父母亲一些晒干的艾草，让他们熬艾草水给孩子泡洗。并送一小瓶配制的冻疮膏涂抹，不几天就可治好孩子的冻疮。

盛夏的夜晚，酷热难耐。故乡的老人爱坐在屋外荷塘边乘凉，有时便点燃晒干的艾草熏驱蚊虫。烟气四散，蚊虫闻到后便展翅逃走。茫茫夜色，是掩护孩子玩捉迷藏游戏的最好幕布。孩子们在玩游戏时身上被蚊虫叮咬了，痛痒不止，老人便采摘几片艾叶，把艾汁涂到孩子的身上，不一会儿就能消痛止痒。

艾草的嫩茎叶可作菜蔬。春天，乡亲们有时采摘艾草的嫩茎叶与豆腐或鱼一起炖汤喝，寓意“都富汤”或“有余汤”。可理气血，逐湿寒，强健身体，同时也寄托着人们对明天美好生活的祈盼。

沉默的苘麻

逝者如斯，不舍昼夜。随着季节的更替，在故乡的沟边路旁和荒地里，苘麻静静地发芽、生长、成熟、衰亡，默无声息地留下生命的轨迹。

苘麻，又名青麻、野苎麻、磨盘草等，为一年生亚灌木状草本植物。春天，苘麻纤弱的幼苗在春阳春雨的抚慰下，与狗牙根、牛筋草等野草较着劲生长，植株流溢着绿色，叶子生出白细的茸毛，闪着亮亮的柔光。夏天，苘麻的植株贪婪地吸吮着土壤中的养分，施展与生俱来的生存本领，一节节地拔高，不停地壮大自己的身躯。并在叶腋下萌发出一个个小花蕾，承受着灼热的阳光，绽放一朵朵黄色的小花，五个娇艳的花瓣围着粉嫩的黄色花蕊，常引得蜂蝶采粉吸香，充当了传粉的媒人。花瓣脱落后，一个个漂亮的半球状的小房子便形成了，形如精致的磨盘。房子分成了很多间，每间里都有正在发育的小胎儿。如果你好奇地掰开一个小房子，就会发现里面一个个胎儿是那么小巧，像洁白的芝麻粒，散

春天田野里生长的苘麻

深秋即将枯死的苘麻

发着淡淡的馨香。秋天，苘麻的个头可长到一两米高，它在专心养育自己的种子。随着秋风渐渐变凉，苘麻的一个个育婴房逐渐变黑、变硬、变干，叶子也逐渐飘落，苘麻的枝干上悬挂着一个个黑色的小房子。冬天来临了，苘麻干枯的干茎顽强地站立着，把成熟的种子默默地撒向大地，为族群的繁衍做着最后的努力。

苘麻的花、叶，承载着乡村孩童嬉戏的笑声。炎热的夏天，孩子们去田野里玩耍，路旁沟边苘麻一簇簇黄色的花朵和葱绿的心形叶片，常引起大家的注意。孩子们常拔掉几棵苘麻编织成圆圆的大帽子戴在头上，以遮挡阳光的暴晒。苘麻的叶子圆薄而平展，大如桐叶。大家有时会采摘一把把苘麻叶子，玩“拍响叶”游戏。一只手握成空拳，把一片叶子覆在上面，另一只手平展巴掌向叶子猛拍下去，啪的一声，苘麻叶子会被气流震出一个边缘不整齐的小洞。一片叶子，可拍出几个响儿。有时孩子们还把苘麻叶子卷成口哨，一起吹奏夏天进行曲，声调粗犷而激昂。

苘麻结出的果实，蕴藏着童年难忘的味道。夏天，苘麻结出的果实嫩小无味。秋意渐浓，苘麻果实一天天接近成熟。等到种子青白色，苘麻纯正的味道才能极好地释放出来。不嫩不老，果粒饱满，咀嚼着满口浆汁，甜滑清香而略带苦涩。苘麻成熟后的果实，还是孩子们投掷比赛的器材。深秋时节，在放学回家的路上，大家常奋力投出苘麻一个个半圆形的果实，比赛谁投得更高更远，把童年的快乐投向天空，投向远方。

苘麻茎皮纤维编成的跳绳、小鞭子，凝聚着童趣和欢乐。秋天，孩子们常把几根苘麻扒皮去秆，将茎皮搓成长长的跳绳。把绳子的两端分别拴在树上，一两个或十几个孩子可同时玩跳绳游戏。大家一起蹦跳着，拍手哼唱着儿歌。孩子们还把苘麻皮编成小鞭子，选一根小木棍做鞭杆，把一头系在鞭杆上，进行打鞭子比赛，童年的欢笑声与啪啪的鞭声一起随风荡漾。

柔嫩的海蚌含珠草

海蚌含珠草，又名铁苋、人苋、撮斗撮金珠、六合草等，乡亲们多称其为铁苋桃棵，为一年生草本植物。它小枝细长，叶卵形，高零点二到零点五米，花期五至七月，果期七至八月。海蚌含珠既是一种野菜，也是家畜的饲料，还是一味有多种疗效的中药。

海蚌含珠草颇有野草的秉性，它不计较生存环境的优劣，有点阳光就灿烂。在故乡的田野里和农家的房前屋后，都能见到其身影。它不因自己形体矮小而自轻自贱，不因高大草木的压迫而畏缩不前。从春到秋，总是不停地在马唐、苘麻、小蓟等杂草中尽力占据一寸寸土地，在顽强的抗争和进取中得以安身立命，延续和扩大族群。

铁苋枝细叶柔，形体比较矮小。

记得童年时初夏的一个中午，放学后我和几个小伙伴在村边看老中医田爷爷采挖草药。小河岸上，芦苇丛边，一簇簇小草随风摇曳，茎干和花序呈现血一样的肤色。我们好奇地问田爷爷这种草叫什么名字，田爷爷微笑着说这是海蚌含珠草，也叫铁苋，是一种草药。这种草的名字听起来很形象，主要和它的外形有关。田爷爷拔下一株草，指着茎叶对我们说："大家仔细看一下，海蚌是指其叶状的三角状卵形的苞片，合时像海蚌壳；含珠则是指三朵雌花生于苞片内，三个子房如三颗珍珠躺在苞片中，很像海蚌含珠。所以，有的地方也叫叶里藏珠。这种草有清热解毒、利湿、收敛止血的功效，可用来治疗肠炎、痢疾、吐血、便血以及痈疔疮疡、皮炎湿疹等疾病。你们将来长大了，如学中医当医生，就会知道家乡生长的这种草是多么好的草药啊！"田爷爷的讲解，使我们认识了海蚌含珠草，在童年的记忆里留下深刻的印象。

开花的铁苋

田爷爷常用海蚌含珠草为村里人治疗一些疾病。村里有人因上火导致嗓子痛、嘴角溃烂，田爷爷便熬制海蚌含珠药汤让其服用，一般喝上一周时间就痊愈了。有的小孩子玩耍时不小心磕破了膝盖或脚面，田爷爷便把海蚌含珠草的嫩叶揉碎敷在伤口上，可缓解疼痛，止住流血，促进伤口的愈合。海蚌含珠草中，铁的含量是菠菜的一倍，钙的含量则是三倍，为野菜中的佼佼者。它不含草酸，所含钙铁进入人体后容易被吸收利用。田爷爷常用透骨草、大黄、桃仁、海蚌含珠等熬制药汤，让身体发育不良的小孩子和骨折患者喝，进行辅助治疗，效果很好。

海蚌含珠草的嫩茎叶青脆柔软，有很高的营养价值，被誉为"长寿菜"。富含蛋白质、脂肪、糖类及多种维生素和矿物质，可为人体提供丰富的营养物质，有利于强身健体，提高机体的免疫力。春夏季，乡亲们常采摘海蚌含珠草的嫩茎叶做汤喝，或凉拌着吃，味道甘甜清香。

海蚌含珠草也是家畜爱吃的饲料。它地下根须纤细，在故乡的田野里或小河岸上，不用费多少力气，半个小时便能薅上几斤。童年时，我有时为家里养的山羊薅海蚌含珠草。薅草时，也可捉到蚂蚱，便用青草串起来带回家喂鸡。山羊大口吞咽着海蚌含珠草，鸡儿高兴地啄食蚂蚱。山羊和鸡儿欢叫着，打破了农家院落宁静的气氛。

田边的龙葵

明代朱橚《救荒本草》记载："天茄儿苗，生田野中。苗高二尺许，茎有线棱，叶似姑娘草叶而大，又似和尚菜叶却小。开五瓣小白花，结子似葡萄大，紫黑色，味甜。采嫩叶炸熟，水浸去邪味，淘净，油盐调食。其子熟时，亦可摘食。"天茄儿苗，就是龙葵的别名，六百多年前朱橚就记述了荒年时龙葵的充饥价值。斗转星移，沧海桑田，荒年已成遥远的记忆。在故乡，人们更看重龙葵的零食和药用价值。

大气响亮的名字，并不能代表身份的高贵。龙葵，又名天茄子、龙珠等，乡亲们常称之为"黑浆铃"，为一年生直立草本植物。春回大地，万物复苏，龙葵便和其他野草一起在田间地头和河岸沟旁破土萌芽。因同农作物争夺养分，在田间的龙葵常被作为杂草除掉。在地头、河岸和沟旁生长的龙葵只能同小蓟、苍耳等野草厮混在一起，拥挤地生长。龙葵的花果期长达五个多月。五月份，龙葵的茎

龙葵的名字虽大气响亮，但天生就是一种杂草。

五至九月，龙葵边开花边结果，龙葵花碎小而色白。

枝上开始绽放一簇簇碎白的小花，在绿叶的遮掩下透出淡淡的清香。它一边开花一边结果，结出的果实圆圆的，有豆粒那么大。这时，它的果实是绿色的，有毒性的，人吃了会感到头晕恶心。三伏天后，龙葵的果实开始成熟，数颗同缀在一起，呈紫黑色，里面包裹着细籽，像茄子的籽。吃起来酸甜可口，有一股特殊的香味。深秋时，龙葵便和其他野草一起走向生命的终点，变为腐草尘土了。

盛夏和初秋，龙葵成了乡村孩子的零食。炎夏孩子们常去河沟里摸鱼，或到田野里捉蝈蝈，有时便到河沟边和小路旁寻找成熟的龙葵果实吃，边咀嚼边听水鸟和蝈蝈的歌唱，甜在心头，喜上眉梢。上小学三年级时，一个秋日的午后，我和三个小伙伴相约去村前的水沟里摸鱼。来到水沟边，两个小伙伴提出他们不摸鱼了，去采摘龙葵果给我们吃。用五十个龙葵果换一条鱼，我俩摸的鱼交换给他们一些就行了。四个人互相用手指拉了钩，表示绝不反悔。我俩便跳进沟里，伏下身子在水草中摸鱼。两个多小时过去了，一共摸了五十多条小鲫鱼和二十多只青虾，有二斤多重。到豆地里和河岸上采摘龙葵的两个小伙伴，每人都用荷叶包裹着一包龙葵果回来了，每包有三四斤重。我俩大口咀嚼着香甜的龙葵果，驱除了燥热，牙齿、舌头、嘴唇和面颊都被染成了紫黑色。因摸的鱼虾太少，也没能和两个小伙伴交换，只得同他们商定，下次摸鱼时一定还上。二十多年过去了，也许两个小伙伴早已忘记，我们俩欠他们的鱼虾到现在还没还上呢！

龙葵有清热解毒、活血消肿的功效，是一种传统的中药材。中医常用龙葵草和果实治疗疔痈肿毒、皮肤湿疹、小便不利、急性肾炎和乳腺炎、老年性慢性支气管炎、前列腺炎、痢疾等疾病。村里的老中医刘爷爷用龙葵草治疗哺乳期妇女的急性乳腺炎，效果非常好。邻近村庄哺乳期的妇女如患了急性乳腺炎，常到刘爷爷家里寻医问诊。刘爷爷便用新鲜的龙葵草亲自熬制汤药给患者服用。服用三剂后，患者便可痊愈。

成熟的龙葵，是乡间孩童夏秋季在田野游玩时享用的零食。

秋天的酸浆

酸浆，又名灯笼草、洛神珠、菇娘、戈力等，为多年生直立草本植物。植株通体碧绿，叶片卵形，花白色，浆果球状橙黄色。花期五至九月，果期六至十月。

从文学的角度来看，酸浆是凝结着人的神思和眼泪的一种野果。

《红楼梦》第一回描写了“绛珠还泪”的神话故事：“西方灵河岸上三生石畔，有绛珠草一株，时有赤霞宫神瑛侍者，日以甘露灌溉，这绛珠草得久延岁月。”后来，绛珠草受天地精华，修成女身，终日游于离恨天外，饥则食蜜青果，渴则饮灌愁海水，其五内便郁结着一段缠绵不尽之意。她下凡历劫时表白心愿，愿以一生的眼泪偿还神瑛侍者的甘露之恩。绛珠草，是曹雪芹独创的一个意象，由绛珠和草两个意象合成。“绛珠”是指洒落在草上的绛红色斑点，“草”指柔弱、纤细的芳草。绛珠草，是林黛玉的前身。据红学专家考证，绛珠草的植物原型就是酸浆，它仿佛浸满了林黛玉的眼泪。

五至九月，酸浆会持续不断地开出白色的小花。

一些红学专家考证，酸浆即是《红楼梦》中绛珠草的原型，一株浸满了悲愁泪水的芳草。

夏秋季，酸浆成熟的果子挂在枝头，日晒雨淋，外层果萼（俗称灯笼纸）里的水分完全被风干，薄革质部分逐渐碎化剥落，果萼上隐藏的网状脉络筋骨毕现，像一个镂空的络囊。透过络囊，可以看见里面红色的果子很像一颗珠子，古人有时便称酸浆为洛神珠。传说中的洛神也是一位哀婉凄怨的女神，她佩戴的珠子几乎就是泪水和愁云惨雾的结晶。

明代萧洵《元故宫遗录》记载，元大都“金殿前有野果，名红姑娘。外垂绛囊，中空如桃，子如丹珠，味甜酸可食。盈盈绕砌，与翠草同芳，亦自可爱”。清朝时，元大都的殿宇已是一片废墟，遍地野草。著名词人纳兰性德到此游览，便写了一

成熟的酸浆果为橙黄色或红色

首怀古词《眼儿媚·咏红姑娘》："骚屑西风弄晚寒，翠袖倚阑干。霞绡裹处，樱唇微绽，靺鞨红殷。故宫事往凭谁问，无恙是朱颜。玉墀争采，玉钗争插，至正年间。"词前有注，说元棕榈殿前有草名红姑娘，事见高士奇《清吟堂集》"咏红姑娘注"。纳兰词所咏的酸浆，浸透了历史的风霜冷泪，充满了物是人非、世事沧桑之感。

酸浆的生长适应性强，耐寒、耐热，为我国东北地区盛产的一种水果，人们常称其为菇娘、菇茑或红姑娘。明代杨慎《卮言》辨析云："盖姑娘乃瓜囊之讹，古者瓜姑同音，娘囊之音亦相近耳。"人口相传，把俗名"瓜囊"的酸浆说成了"姑娘"。酸浆果风干后像网囊裹着一颗红色的珠子，网囊确实和丝瓜络很相似。《全辽备考》记载："红姑娘一名红娘子，状若弹丸，色红可爱，味酸甜。"在东北地区，人们早已把酸浆作为一种水果享用，多年来，已经人工种植。人们并对酸浆寄寓了特定含义，每到秋收季节，有的村民把像一盏盏小灯笼一样的酸浆连同枝叶采回来，悬挂在大门边的墙壁上，祈盼生活美满幸福，祈盼外出的亲人早日平安归来。

在微山湖地区，酸浆都逸生在河岸、沟旁和荒地、林间。夏秋季，孩子们偶尔会采摘熟透的酸浆果，作为零食享用。

酸浆具有清热、解毒、利尿、降压、强心、抑菌等功效。故乡的中医常用其治疗热咳、咽痛、喑哑、急性扁桃体炎、小便不利和水肿等疾病，疗效很好。

摇曳炎热的棠梨

“青藜拄杖寻诗处，多在平桥绿树中。红叶没胫人不到，野棠花落一溪风。”（《题画其一》）吟诵着明代唐伯虎的诗句，不由得想起童年时故乡村后的那片棠梨树林，那片摇曳着乡情乡思的棠梨树林。

棠梨，又名野梨、豆梨、杜梨、甘棠等，为落叶乔木，在微山湖西岸的平原上皆为野生。故乡村北的棠梨树林占地三亩多，生长着上百棵高大粗壮的棠梨树，大多五到十米高，树皮如莽，枝叶婆娑，每棵树的树身一个成年人伸开双臂才能合抱住。春天满树棠梨花绽放，如一片低浮的白云。初秋树叶霜染，如一片铺展的霞光。据村里的老人讲，这些棠梨树都有近百年的树龄，树下埋葬着我们村和邻村去世的村民。夏秋季的夜晚曾在这片棠梨树下看到飘浮闪烁的“鬼火”，有眼睛发着绿光的一队队山狸子和臭鼬出没。白天，经常有水蛇爬行。孩子们听着，只觉得那场景很是吓人，都害怕到这片棠梨树林里

微山湖西边的原野上，生长着一些树龄近百年的棠梨树。

去。只有每年的清明节，跟着父母亲带上香烛、纸钱等祭品，到这里祭祀先人。

棠梨树林是小动物们的天堂。我们村只有五十多户人家，村里的孩子读完三年级后便到邻村上学。这片棠梨树林旁有一条小路，是我和村里的几个孩子上小学四五年级时，每天的必经之路。中午放学后，我们常被棠梨树林里小动物和鸟儿的鸣叫声吸引，好奇心驱使着大家静静地走进树林，观看各种小动物的表演。在凌乱生长的野草丛中和隆起的坟茔间，分布着一些小动物的巢穴，不时会有山狸子、野兔、臭鼬、獾、刺猬等小动物的身影出没。刺猬总像一个无忧无虑的游人，悠闲地在野草间踱步。胖胖的獾，走起路来旁若无人，快到我们面前了仍不停下脚步，我们只得给它让路。山狸子、臭鼬和野兔防备心很强，一看到我们，便飞也似的向树林深处跑去。炎夏，还可看到水蛇捕食老鼠和雏鸟的情景。大家看见水蛇捕食雏鸟便义愤填膺，大声吼叫，拿起土块投掷，吓得水蛇急忙逃窜。棠梨树上栖息着老鸹、苍鹭、白鹳、喜鹊和猫头鹰等鸟儿。特别是上百只老鸹，占据着十多棵棠梨树，家族势力强大，飞起来如一片黑色的云朵。鸟儿们在棠梨树林里生活久了，看到我们并不感到惊慌，只是大声地吵嚷着什么。

小小的棠梨果，蕴藏着乡村孩童难忘的美味。棠梨树春天开花后就结果，果实青褐色，椭圆形，大若黄豆。果期很长，经过烈日暴晒，饱经风霜，深秋后果实才完全成熟。果皮变为深褐色，果肉松软，用手轻轻一捏就流出淡黄的果汁。采摘棠梨果吃，是乡间孩

三到四月，棠梨树开出白色的花朵。

入秋，成熟的棠梨果呈黑褐色。

童的一大乐趣。棠梨树枝上长满了硬针，稍不留意便被扎伤。我们只得小心翼翼地爬到树上，扒开遮掩的树叶，轻轻采摘一颗颗棠梨果。用力过大，成熟的便被挤压烂。大家还把一些快要成熟的也摘下来，回家后用棉花焐着，除掉青涩后食用。熟透的棠梨果吃起来绵软甘甜而略带酸味，是对孩童味蕾的诱惑。深秋后，棠梨树林里鸟儿大都迁徙了，喜鹊、猫头鹰、苍鹭等仍是这里的房客。采摘棠梨果时经常会把猫头鹰吓飞，它的叫声像婴儿啼哭似的，有点瘆人，胆小的孩子常不愿爬到树上采摘果实。

在我国悠久灿烂的历史上，西周召公“甘棠遗爱”的故事被人们广为传颂，影响深远。甘棠即棠梨。上图为陕西省岐山县刘家塬村学校内的召公甘棠遗爱处。甘棠古树早已不复存在，一九三七年春天在古树树根上萌生的甘棠树苗，如今已长成参天大树，浓荫蔽日。树下为近年复制的《召公甘棠图》石碑。召公是周朝初年一位杰出的政治家，是德高望重的股肱重臣。为周文王庶子，周武王之弟，周代燕国的始祖。召公的采邑，在今岐山县凤鸣镇刘家塬一带。召公为辅佐国君呕心沥血，政绩卓著。据《史记·燕召公世家》记载，召公奉行文、武、成、康的德政，不辞辛苦，巡行乡里，体察民情，常在棠梨树下结庐听诉案件，深得百姓爱戴。召公死后，人民为了纪念先贤，非常珍爱甘棠树，作《甘棠》诗来称颂召公勤政爱民的美德。旧时，常以“甘棠遗爱”颂扬离去的地方官。

童年时，看着棠梨树有时感到纳闷：故乡的老人去世后，为何总葬在棠梨树下呢？向长辈们请教，他们告诉我说，古时每年清明节前的两日，为汉族的传统节日寒食节。传说这天在棠梨道上可以超度鬼魂，所以死去的人都葬在了棠梨树下。年长后，看到清代郑方坤《全闽诗话》卷十一有寒食节永福溪棠梨路上度鬼的故事。西汉侯官县唐濆官职卑微时乘舟出行，停泊在永福溪边，深夜听到两个鬼魂说话。一鬼吟诗说："随波逐浪滞孤魂，白骨沉沙漾水痕。几寸柔肠鱼啮断，不关今夜听猿啼。"另一鬼吟诗说："饥乌随我棠梨路，雨打风吹梨树老。寒食何人奠一卮，骷髅带土生春草。"为了不使一个年轻后生以死替代两个亡魂去超度，唐濆便请道士做法事在棠梨道上超度鬼魂。过了没几天，唐濆在家中闲坐，仿佛听见两个被超度鬼魂的致谢声。故事虽然荒诞，但也说明棠梨道上超度亡灵的传说由来已久。

先人的庐墓之地，棠梨树挺拔而立，郁郁葱葱，生长着后辈人的哀思，也生长着外出游子的乡情乡思。

向远方撒播芬芳的马泡瓜

马泡瓜，为一年生草本植物，蔓蔓生，蔓上每节有一根卷须。叶有柄，呈楔形或心脏形，叶面较粗糙，有刺毛。七八月份开花，花黄色，雌雄同株同花。瓜像袖珍版的西瓜，最大的像鹅蛋，最小的像纽扣。瓜味融香、甜、酸、苦于一体。瓜皮颜色有青的、花的和白带青条纹的，成熟后为黄色。因马泡瓜的秧蔓上结瓜较多，形如马撒尿后在地上溅起的水蛋子，微山湖地区的人们习惯叫马泡瓜为马泡蛋子。

马泡瓜的生命力极强，在田间地头、河岸沟旁和林中草地上，都可见到它伸展的秧蔓。凡是有泥土的地方，它都可以繁衍家族。棉花地、高粱地和大豆地里更是它生命的乐土，在与棉花、高粱和大豆的抗争中，长得十分茂盛，并结出一串串迷人的小瓜儿。

马泡瓜的叶蔓上，常常结出一串串马泡瓜。

在童年生活中，马泡瓜给笔者留下了碎小而香甜的记忆。

马泡瓜是儿童秋日田间嬉戏的工具。离故乡西面四五里路远的大河旁有一座明代修建的佛家寺院西方寺，平时香火较旺盛，邻近各村的乡亲们常到寺里烧香或游览。夏末秋初，孩子们跟着大人去寺院时常常结伴到寺院外的棉花或大豆地里捉蝈蝈。此时，马泡瓜已经成熟，一个个金色的小瓜像金弹子一样随着伸展的秧蔓挂在棉花或大豆棵上，散发着诱人的芳香。孩子们把捉蝈蝈的事儿抛在一边，摘下一个个马泡瓜在大河边洗净，大口咀嚼。有的孩子还模仿《西游记》中沙和尚的装扮，采摘几十个金色的马泡瓜，用细小的硬草茎在瓜中间钻出小孔，用苘麻皮拴成一大串圆形的念珠戴在脖颈上，摇头晃脑，四处炫耀。口渴了，便把念珠一个个吃掉。大家还用采摘的发苦的马泡瓜进行投掷比赛，站在大河边，大声呼号着把一个个马泡瓜向河里投去。一些游弋觅食的家鸭看到了，还以为是孩子们投喂的食物，扇动着翅膀纷纷争抢，引得孩子们拍手大笑。

马泡瓜可做成美味可口的菜蔬。仲夏后，马泡瓜还未成熟，吃起来有一股苦味。但村里的孩子有时会摘了马泡瓜拿回家去，让父母亲做咸菜吃。将发青的马泡瓜用水洗净后，一切两半，用汤勺挖出里面的瓤子，把瓜皮和黄瓜混在一起，拌上大蒜、生姜、花椒、辣椒等佐料，放在盆里用盐腌浸。三四天后便可食用，味道香甜，口感酥脆。熟透的马泡瓜，洗净后切成丝状，用沸水焯两三分钟取出后以冷水降温。然后取出去掉水分，加入醋、盐和白糖、香油，调拌均匀，可做成凉拌马泡瓜丝。成熟的马泡瓜去掉瓜瓤后切成块状榨汁，加入适量的蜂蜜或白糖调味，可做成马泡瓜汁，味道香甜

成熟后的马泡瓜为橙黄色，散发出诱人的芳香。

诱人。童年时一个炎热的夏日，我曾喝过老中医刘爷爷用冰糖制作的马泡瓜汁，清心解暑，满嘴香甜。

民间流行多种《瓜瓞绵绵》吉祥图。上图以瓜蔓、瓜花和瓜等组成椭圆形或圆形图案。旧时，乡间常用红纸剪出这种图案，盖在亲朋好友为新婚男女馈赠的礼品上，以祝愿其子孙昌盛。

马泡瓜性凉无毒，是一味清热解毒、利水利尿的草药。村里的老中医刘爷爷常用阴干的马泡瓜治疗咽喉肿痛、烫伤、酒精中毒等病症，有很好的疗效。童年时，村前李大爷的大儿子娶媳妇，参加婚礼的人们都向其敬酒，因酒量小，李大爷醉得躺在床上呻吟。老中医刘爷爷找到几颗熟透的马泡瓜搅烂后让其服用，并让其喝下一碗蜜水。二十多分钟后李爷爷便醒酒了，走出室外与客人谈笑风生。

马泡瓜和其他品种的瓜儿一样，在乡间被看成是一种象征子孙昌茂、繁衍不息的祥瑞果实。在微山湖地区，亲朋好友有时会用红纸剪出马泡瓜藤蔓结着一串串马泡瓜的圆形吉祥图，送给新婚的青年男女，祝愿他们早生贵子，子孙昌茂。

绿竹猗猗

“瞻彼淇奥，绿竹猗猗。”“籊籊竹竿，以钓于淇。”吟咏着《诗经》中的诗句，令人不禁想象着古时淇河边绿竹成片、迎风筛月的景象，和许穆夫人童年时手持细长的竹子钓竿，天真淘气地在河边垂钓的情景。参加工作后，我曾专程到河南省淇河去看竹子。走近淇河，泉水依然叮咚，两岸的青山依旧，而竹子却无处可寻了。只见大河两岸蒲苇冥冥，白杨萧萧，荆棘丛生。望着这一切，使人不禁发问：数千年前生长的那些可爱的竹子，遁到了何处？难道只能在历史的深处摇曳今人的思绪吗？翻阅历史资料，才发现淇河边的竹林因历代战乱和砍伐等原因，早已消失殆尽。沿着淇河游览了三十多公里，返回的路上碰到园林绿化人员用几辆汽车拉着翠绿的竹子卸在河边。经询问，他们告知要在淇河边栽种竹子，逐步恢复绿竹猗猗的景象。

翠竹青青，成为古今诗人、画家争相歌咏和描画的对象。

徘徊淇河岸边，我不由得想起了故乡村东大河边那片生长着的笼云吐雾的竹林。据竹林边一座古庙的碑刻记载，这片竹林北宋时就有，面积近百亩。清朝康熙皇帝从大运河下江南时，还在这片竹林边逗留过。这片竹林里，既有碗口粗的水竹，也有细如手指的单竹。上世纪三十年代，日寇侵占微山湖地区，这片竹林被日军砍伐得只剩下不足一亩了。春天，村里的小孩有时到竹林里采挖竹笋吃，或采摘竹芽竹叶泡水喝；夏秋时节，孩子们常砍掉细长的竹竿做钓鱼竿，或用竹篾子编蝈蝈笼子；雪花纷飞的冬日，孩子们爱到竹林里捉鸟玩。竹林里，藏满了他们的嬉戏和欢笑。

村里的孩子们，在竹林边玩得最多的游戏还是放飞竹蜻蜓。用镰刀砍下一段细竹竿，而后削出一截截小竹片，在中间钻一个小孔，插上圆竹棍，便做成了一个个竹蜻蜓。大家双掌夹住竹棍，用力反复搓转，突然一松手，让竹蜻蜓向空中旋转。竹蜻蜓满载孩子们的想象和快乐，飞呀，飞呀，矫健的身姿飞过竹林梢头，飞向天空。

父亲是我们村里的捕鱼能手，大半辈子都使用罾网在微山湖西岸的河沟里捉鱼。因罾网需要肩背的护篓和盛鱼的鱼筐、鱼篓，父亲年轻时就学会了用竹子编织捕鱼和生活用具。每年秋天，父亲都会到村东大河边的竹林里买一些青色的竹子。秋月朗润的夜晚，父亲和邻居坐在院外的大树下一边聊天，一边把竹竿剖削成粗细均匀的竹条篾丝，编成鱼篓、鱼筐、竹篮子。在经纬编织的基

清·郑板桥《兰竹石图》。梅兰竹菊，历来被称为“四君子”，在中国文人的心目中象征着坚贞、高尚的美德和傲岸、洒脱的为人，所以常被用作入画的题材。清代书画家、“扬州八怪”之一的郑板桥，擅画兰竹，将墨竹推向极致。他通过简洁生动的线条勾勒，使竹子千姿百态，疏朗劲峭。注重纸本水墨，墨色酣畅淋漓，意境美妙。同时，将狂怪风格的诗、字和放纵跌宕的刻章熔为一炉，形成与众不同的绘画艺术风格，对后世有很大影响。

础上，父亲还用疏编、插、穿、削、锁、扎、钉、套等技法，编织出变化多样的图案花色。我童年时曾跟父亲学过用竹子编织鱼篓、鱼筐和竹篮子，因用心不专，一直没学会用特殊技法编织图案花色。

故乡的老中医，常用夏秋季采摘的嫩竹叶，晒干煎成汤药治疗口疮、目痛、失眠、中风等症状。用竹沥（将新砍的竹竿劈开，用火烤炙，收集滴出的竹汁）治疗中风痰迷、肺热痰壅、惊风、癫痫、热病痰多等病症，疗效很好。

在微山湖地区，竹子寓有美好的意蕴。竹子的图形常被作为吉祥图使用。在故乡保留的几座明清古民居中，一些窗棂做成了竹子图形，寓意竹报平安、和顺美好之意。竹子还被雕刻在衣柜、桌、椅等家具上，象征房屋的主人虚怀若谷、刚直不阿，是有高风亮节的正人君子。竹报平安，源于唐段成式《酉阳杂俎续集·支植下》："北都惟童子寺有竹一窠，才长数尺。相传其寺纲维每日竹报平安。"北都，即唐代北都太原府晋阳城。童子寺在晋阳城的龙山，是北朝隋唐时期著名的皇家寺院。相传唐时童子寺司事僧纲维每日以竹报平安。后人便以"竹报平安"比喻报平安的家信。故乡竹报平安吉祥图，更多地寄寓了人们对美好生活的祈盼。

水芹溢香

《诗经·鲁颂·泮水》诗句云："思乐泮水，薄采其芹。"是说鲁国的读书人兴高采烈地赶赴泮宫，采撷水芹以备大典之用。古代学宫前有半月形水池，称为"泮水"，故称入学为"采芹""入泮"。后亦指考中秀才，成了县学生员。据说古时读书人如果中了秀才，到孔庙祭拜时，要在大成门边的泮池中采摘水芹，插在帽缘上，以示文采。水芹只是一种普通的野草，但却有深厚的文化意蕴。故乡离曲阜只有几十公里的路程，可见古时微山湖地区就生长着水芹。

在微山湖地区，水芹大多生长在河沟边、浅水沼泽或湿地里，主茎为深红色，与水蓼、蒲苇等水草是好朋友，常常比邻而居。春天，河沟边的水芹长出嫩绿的芽儿，一片片相连，拥挤地生长在一起。初夏已长至十到十五厘米高，是食用的最好时机。孩子们常用镰刀把水芹从根部割掉，带回家作为蔬菜让父母亲烹炒食用。麦收时节，水芹已长得茎叶干硬，老态显现。一簇簇水芹，是水蜘蛛、水蛾等水虫子繁殖后代的地方。但水芹生长的地

小河边生长的野水芹

方，也是鱼儿经常光顾的场所。一些摇头摆尾的水虫子在水芹间戏闹，有时会突然蹿出一条鲫鱼，张着大口用力吞食。虫子们跳跃着、飞跑着，鲫鱼大快朵颐后便碰撞着香芹偷偷地溜走了。入秋后，水芹的茎叶已变黄发枯。此时，一簇簇水芹成了一些飞蛾、蚊虫的栖息地。孩子们用木棍拍打一下水芹，各种飞蛾会猛地飞起来，对打搅自己的生活表示不满和抗议。看着乱飞的飞蛾和蚊子，孩子们觉得好奇和好玩，在水芹的家族里又发现了一个潜藏着的昆虫世界。

在河岸上和水沟两边的小路旁等旱地里生长的水芹，主茎多为淡红色，都长得矮小瘦弱，茎叶干枯，人们一般不采摘食用。如果有适宜的环境，即使在北方寒冷的冬季，水芹也能茁壮生长。童年时的一个冬天，北风萧萧，天上飘着雪花，我看父亲在微山湖西面的一条大河边擢鱼。来到大河流经的山下，只见一股温泉挟带蒸汽雾岚从半山腰喷涌而出，汇成一条小溪汩汩地流向河里。河边几百米远都长着一簇簇水芹，茎红叶绿，有六七十厘米高。这些生长的水芹，成了冬天一道迷人的风景。也许《红楼梦》的作者曹雪芹，又号芹溪、芹圃，就是喜爱这种笑傲寒冷风雪的水芹，才为自己取了“芹”的名号。

水芹既可作蔬菜食用，也可作药用。水芹的嫩茎叶味道鲜美、芳香，食用方法多种多样。可以清炒，可以焯水后凉拌，也可同猪肉、牛肉等混炒。童年时，我最喜欢吃母亲做的水芹炒豆腐干丝。把豆腐干切成细丝，与切成细段的水芹一起烹炒，豆腐干的醇香与水芹的香味相互

野生水芹的茎多为紫红色

挥发，豆皮的筋道和水芹的脆嫩相互映衬，咀嚼起来鲜嫩可口，齿颊流香。水芹全草入药，其味甘辛、性凉，有清热解毒、润肺利湿的功效。对发热感冒、呕吐腹泻、尿路感染、崩漏、水肿、高血压等疾病，有辅助疗效。

《列子·汤问》记载，从前有个人在乡里的豪绅面前称赞芹菜如何好吃，豪绅尝了尝，“竟蜇于口，惨于腹”。吃惯了山珍海味，豪绅竟对此人进行嘲笑。古代，我国北方的冬季非常寒冷，越冬生长、储存的蔬菜很少，咸菜是大多数人冬季饮食中的主打菜。在寒冷的日子里，如能品尝野生新鲜的水芹不啻是满足了味蕾的需要，更是一种精神享受。乡里的豪绅只知满足口腹之欲，岂能知道芹菜新鲜的美味？

凤仙花染红了指甲

凤仙花，也叫金凤花、急性子、凤仙透骨草等，俗称指甲花。在故乡一些村民的房前屋后、院墙边、菜园篱笆旁，都可见到它的身影。这种花，有几点令乡亲们感到好奇。

凤仙花品色雅致，为美丽的观赏花卉。凤仙花种类较多，花形奇特，颜色缤纷多彩。论花瓣有单瓣、双瓣、多瓣；论颜色有白色、粉色、大红、淡黄、紫红等。只要有栖身的地方，凤仙花便依偎在一起，次第绽放，香气扑鼻，引得蝶随蜂忙。凤仙花的单瓣花朵"宛如飞凤，头翅尾俱足全"。微风轻吹，更像一只羽化登仙的凤鸟。凤仙花的果实具有自动传播种子的能力。果皮上有纵向的缝，里面包藏许多椭圆形的褐色种子，成熟后遇到烈日暴晒、风吹或其他外界的机械触动，如调皮的孩子用手指轻轻一触动，果皮裂缝便自动张开，其内部果皮收缩所产生的张力会将种子弹出很远。这也是其"急性子"名称的由来。因凤仙花自我播种、繁衍能力较强，当年种

娇美的凤仙花

下的即使在冬天死去，来年新的种子又会萌芽生长。

清·张熊《凤仙花图》扇页。刻画了凤仙花、菊花等盛开的景象，以紫、黄、粉等鲜艳的色彩配合没骨小写意的笔法，表现了花儿的美艳和旺盛的生命力。

把凤仙花瓣捣碎包在指甲上能美甲，敷面可美容，很受女孩子喜爱。“洞箫一曲阿谁家？河汉西流月半斜。要染纤纤红指甲，金盆夜捣凤仙花。”（明·瞿佑《渭塘奇遇记》）用凤仙花染指甲含有丰富的文化意蕴，其习俗由来已久。南宋周密《癸辛杂识》记载：“凤仙花红者，用叶捣碎，入明矾少许在内，先洗净指甲，然后以此敷指甲上，用布帛缠定过夜。初染色淡，连染三五次，其色若胭脂，洗涤不去。可经旬，直至退甲，方渐去之。或云此一守宫之法，非也。今老妇人七八旬者亦染甲。今回回妇人多喜此，或以染手并猫狗为戏。”其实早在唐代人们过七夕节（乞巧节）时，女子就有用凤仙花染指甲的习俗。七夕节染指甲，不仅是为了精心打扮去见心上人，也是为了向织女祈求健康、美丽。每年夏秋季，故乡的女孩子常捋下一串串或一朵朵粉色、紫色或红色的凤仙花放在玻璃瓶里，用细木棒捣碎，掺上少许粉状的明矾，在一个个手指甲上涂抹，用一片树叶或剪成长条形的苘麻叶、荷叶包裹，最后用线扎住。第二天上午褪去包裹的叶子，指甲便被染成了，或浅红或深红。如果重复浸染多次，颜色就变得鲜艳饱满，并且数月不褪，很是神奇。宋代诗人杨万里《金凤花》一诗，描写的就是凤仙花美甲的效果：“细看金凤小花丛，费尽司花染作工。雪色白边袍色紫，更饶深浅四般红。”邻居李奶奶八十五岁了，面色红润发亮。夏秋时节，她常把凤仙花捣碎后敷在面颊上，逢人便说凤仙花有祛斑美容的效果。我们村里的十多个老奶奶和几位年轻的媳妇也学她用凤仙花美容化妆。凤仙花在村

清代七夕节，民间有女孩用凤仙花染指甲的风俗。

民的美容上也发挥了作用。

凤仙花全草是宝，花、茎、根、种子皆可入药。花可活血消胀，治跌打损伤，外搽可治疗鹅掌疯，也能除狐臭。茎称凤仙透骨草，有祛风湿、活血、止痛之效，常用于治疗风湿性关节炎。种子煎膏外搽，可治麻木酸痛，活血痛经，祛风除湿，解毒杀虫；亦有软坚、消积之效，用于治疗噎嗝、骨鲠咽喉、腹部肿块、闭经等疾病。有的村民患了灰指甲病，老中医田爷爷便把凤仙花、子捣碎，撒上适量的明矾，敷在灰指甲上，用纱布包扎好，三天一个疗程，一般敷用五六个疗程后，就可治愈灰指甲。

凤仙花的嫩茎叶和种子具有食用价值。凤仙花的嫩茎叶焯水后可腌制成咸菜，也可凉拌着吃或炒着吃，味道柔滑甜美。村里的老人煮肉炖鱼时，常往锅里放一些凤仙花种子，使肉容易煮烂，骨头酥软，别具风味。

香甜怡人的香椿

春天来了，柳枝吐绿，香椿树的枝丫上也萌发了红色的芽苞，不久就长出一簇簇卷曲娇红的芽叶，整个树上都缭绕着一种淡淡的香气，这就是香椿头。在春阳的照耀下，一片片小叶渐渐变长变宽。到谷雨前后，便可采摘顶芽，称头茬椿芽。以后每隔十五到二十天，采摘一次。香椿树的春天，就是叶芽被一次次采摘、一次次萌发的春天，就是我已无我，为人们默默奉献的春天。

香椿树为落叶乔木，生长较快，树体高大，枝繁叶茂。为了不使其遮住阳光，在微山湖地区，香椿树几乎都长在各家的屋后或院墙外面。在故乡老屋院外的荷塘边，生长着九棵十多米高的树干粗大的香椿树，树皮干裂呈深褐色，枝条向四周扩散，像一把把绿色的大伞。听父亲说，这些树都有七十多年的树龄了。香椿树下，留下了我童年的欢乐和笑声。

小河边野生的香椿树

夏天，几棵香椿树托举的绿荫遮挡着烈日，给孩子们带来阴凉和舒适的享受。浓密的椿

十至十二月，香椿树开花并结出狭椭圆形的蒴果。

树枝叶吸引众多的鸟儿来此栖息和筑巢。喜鹊、杜鹃、苍鹭、鹳、麻雀等鸟儿每天在树冠上鸣叫，声音时高时低，时缓时急，仿佛是一曲鸟儿演奏的长长的交响乐，听着令人心醉神迷。荷塘里的荷花盛开了，莲子清如水。阳光灼人的晌午，我便和邻居的孩子一起到荷塘里采摘一抱莲蓬坐在香椿树下，听着鸟鸣，闻着隐隐的荷香，剥食莲蓬。有时和小伙伴们嬉戏累了，便回家拿一张席子铺在树下，迎着习习的凉风午休。夜晚有时会坐在树下的席子上，听大人谈天说地，从树叶间隙遥望星星闪烁的天河，听着蟋蟀、蝈蝈等虫子的叫声和荷塘里老鱼的泼剌声进入梦乡。

从夏天到秋天，香椿树粗糙干裂的树皮间，经常会沁出一些黄色透明的胶状液体，有水滴状的，有长条状的，也有堆积成小山状的。这些胶状的液体透明有光泽，味道清香，摸起来软软的却不沾手。在树下乘凉时，我常和小伙伴一起收集这些胶状的液体，用来捏塑各种动物。我们捏塑过毛毛虫、老牛、马和老虎等动物，还捏塑过想象中的妖怪。一次，一个在篱笆上捉蜻蜓的小伙伴汗流浃背地来到树下乘凉，我突然拿出捏塑好的一只妖怪吓唬他。小伙伴闻着很香，一把夺过去吞吃了，逗得我和小伙伴们一起哈哈大笑。现在想来，香椿树浸出的胶状液体和桃胶一样也是一种补品，应该可以食用。有一种褐色的小爬虫，形如天牛，爱吃香椿树流出的胶状液体。这种小爬虫被捉住后，总是不停地伸头，孩子们都叫它磕头虫。我和小伙伴们有时会捉上几只磕头虫，让它们进行磕头比赛。

磕头虫不停地磕着头，大家呼喊着进行鼓励，直到它们不愿磕头了，才把它们放走。

树上的蔬菜——香椿芽。

香椿树木质偏脆，易断。枝条呈空心状，一般枝条难以承载一个成年人的重量，往往使采摘香椿芽者望而却步。但身轻手巧的孩子却像小猴子一样，在较为粗壮的树枝上爬上爬下，用手或借助绑在竹竿上的铁钩拉钩香椿芽，这仿佛是乡村孩子一种快乐的游戏。

香椿芽营养丰富，被称为“树上的蔬菜”。能做成多种美味菜肴，可凉拌豆腐、拌冷面、炒鸡蛋或油炸着吃。稍微老一点的香椿茎叶亦可腌着吃。吃香椿芽，仿佛就是品尝春天的味道，鲜嫩、清脆，香味绵软悠长。香椿芽亦有食疗作用，中医常用来治疗外感风寒、风湿痹痛、胃痛、痢疾等疾病。

河岸上的诸葛菜

故乡东边的大河岸上，坐落着一座久已坍塌的古寺庙遗址，在野草的包围下，碎裂的古碑和残砖烂瓦依稀可辨。年复一年，除了茅草、蒺藜秧、芦苇等在此无拘无束地生长外，诸葛菜亦以此为据点，向临近的河岸不停地生长、进攻，尽力繁衍自己的家族。早春时节，一片片诸葛菜绽放着紫色的花朵，一眼望去从古寺庙遗址到邻近的河岸上好像覆盖着一条轻盈的紫色绸带，引得行人不停地驻足观看。

诸葛菜，因盛花期多在农历二月，又被人们亲切地称为二月蓝，是不可多得的早春观花、冬季观绿的野生地被植物。它喜欢成片生长，开花繁盛，花期较长，自播繁殖能力强。总状花序顶生，花瓣从白色至紫色呈一系列过渡色变化，少数为纯白色和深紫色。花较大，直径二到四厘米左右，散发出淡淡的清香。诸葛菜的植株生长史从每年的九月至次年的七月，甚至在寒冷的冬季仍可保持绿色而不干枯。微山湖地区一般三月上旬至五月开花，部

二月蓝，是微山湖地区早春的观花植物之一。

分花期可延长至夏初。一个居群的花期可延续两个多月，最佳观赏效果长达一个多月。

据大河边古寺庙遗址上出土的几块碑刻记载，古寺庙建于明朝嘉靖年间，清代曾多次重修，一九三八年日寇侵占微山湖地区时用炮火给摧毁了。村里的老人讲，诸葛菜也和古寺庙一样历经劫难。从他们记事起，这些诸葛菜就在古庙遗址和河岸上生长、繁衍。灾荒年，他们曾薅挖这些诸葛菜煮食充饥。这些诸葛菜是三国时曹操带兵打仗在此地驻扎，为解决士兵的食蔬而种植的。曹操在士兵驻扎地种植诸葛菜，是跟诸葛亮多次作战后偷学过来的。曹操带兵打仗到过微山湖西岸地区？多次查看古代史料也没找到答案。

童年时，每当诸葛菜开花的季节，我和小伙伴一起曾多次到大河岸和古寺庙遗址上捉蝴蝶。早春的蝴蝶大多是白粉蝶或黄蝶，色彩比较单调，品种也少。初夏，蝴蝶的品种多了起来，有凤蝶、粉蝶、灰蝶、斑蝶等。一群群、一队队五彩斑斓的蝴蝶在诸葛菜花丛中翩飞。一些落在花蕊上的蝴蝶，看似悠闲地扇动双翅，随意地伸展触角，但警觉性很强。我们抬起脚步悄悄靠近，它们便迅疾起飞，仿佛同我们玩捉迷藏游戏。因蝴蝶的翅膀和身上沾满了花

二月蓝成片绽放的花朵，常引得蝴蝶翩飞，是早春孩童玩捉蝴蝶游戏的地方。

粉，捉蝴蝶时这些花粉不时飘进眼睛里，使人感到双眼涩痛。捉住一只蝴蝶后，大家便把它放进用马唐草编织的笼子里，朝里面放一些诸葛菜花，一起拍动巴掌看它采蜜嗅香。蝴蝶对我们的宠爱很是生气，总是趴在笼子里纹丝不动，大家只得打开笼子放飞蝴蝶。捉蝴蝶时，常被野兔、臭鼬等小动物吸引。野兔和臭鼬爱在诸葛菜簇拥的杞柳丛里做窝，听到我们的吵闹声，便猛地蹿出窝飞跑。大家大笑着喊叫着一起追逐，直到它们的身影消失在河边茂密的芦苇丛里才停下脚步。

据村里的老人讲，古寺庙遗址和大河岸上生长的诸葛菜下，浸透着微山湖地区抗日志士的血泪。一九三八年九月，侵占济宁的日军对微山湖西岸地区进行疯狂扫荡，一路烧杀抢掠。三十多位抵抗日军扫荡的青年学生、渔民和僧人躲在寺庙里，同日军进行了顽强战斗，终因弹尽粮绝，寡不敌众，被日军俘获。日军把他们残杀在古寺院内和院外的大河岸上，并放火焚烧了寺院。

唐代韦绚《刘宾客嘉话录》考证说，真正的诸葛菜是指蔓菁，即萝卜菜。诸葛亮率军出征，在驻扎地推广蔓菁以解决粮食问题。此菜不仅可生吃、煮食，连同地下的块根也可充饥，受益的蜀人就将蔓菁叫作诸葛菜。

民间传说，诸葛菜是一种有灵性的野菜。它下部叶子的叶基处呈心形，上部叶子的叶基则抱茎呈耳朵状，能够倾听、感知、记忆人世的欢欣，诅咒人世的苦难和凶残。相信故乡古寺庙遗址和临近的大河岸上生长的诸葛菜，一定会记得孩子们在此嬉戏的欢乐，诅咒日本侵略者在此犯下的残暴罪行。

仙草何首乌

邻居田爷爷出身中医世家，我上小学三年级时老人已八十六岁了，鹤发童颜，精神矍铄。每天田爷爷除在家坐诊外，就是在自家房前的一大片空地上莳弄各种中草药。一年四季，田爷爷的家里飘着中药材的香味。田爷爷的房前长着五棵何首乌和几棵金银花，每年盛夏和初秋时节，它们长长的藤蔓缠绕在棚架上，白色的何首乌花和金银花一簇簇绽放，形成了一个绿叶浓荫、香气缭绕的大凉棚。田爷爷经常在凉棚下接诊病人，闲暇时与乡亲们谈天说地。据田爷爷讲，这几棵何首乌是他的父亲从村东大河岸边的树林里移植过来的，已生长五十多年了。

何首乌，又名多花蓼、紫乌藤、夜交藤等，为多年生藤本植物，茎光滑呈淡紫色，单叶互生，叶片心形或狭卵形，块根肥厚，长椭圆形，黑褐色。块根的中央常有一木心，形成梅花状的花纹，俗称“云锦花纹”。何首乌块根有很强的益气养血的作用，是一种较为名贵的中药材，与人参、灵芝、冬虫夏草一起被称为中国的四大仙草。旧时乡间关于何首乌的传说很

何首乌总是四处伸展藤蔓

多，如传说何首乌长得像人形的块根，特别是长得像女性模样的有“乳房”的，像男性模样的有“生殖器”的，是何首乌中的宝贝。如挖到何首乌的块根像男女站立拥抱在一起，更是一种极品仙药，服用后可使人延年益寿，成仙升天。童年时，我和两位小伙伴一起曾就这一问题向田爷爷讨教，田爷爷笑呵呵地回答说，何首乌只是一味功效很好的中药材，没有传说的那么邪乎。植物学上讲，植物在形成的过程中会出现一种变异现象，何首乌的块根在生长过程出现了变异，所以会有人形何首乌。

田爷爷还给我们讲了一个有关何首乌的传说故事。“听了这个故事后，你们对何首乌的中药功效就会有初步的了解。”传说何首乌是唐朝顺州南和县人，他的爷爷的本名叫田儿，后改名能嗣，父亲名延秀。田儿出生后体弱多病，到了五十八岁仍没家室，便入山跟道士学习道家养生之术。一天，田儿喝多了酒醉卧山路旁，朦胧的夜色中忽见有两株生长相离三尺多远的绿色藤蔓，互相缠绕，很长时间也不散开。散开一会儿，忽然又缠绕在一起。田儿对此很是惊讶，天亮后挖出藤蔓的块根，便向路人询问，没有人认识这东西。后来在路上遇见一位山中得道的老者，老者告诉他：“你身体羸弱，也没娶妻生子，这个神奇藤蔓的块根是神仙之药，为何不服用它呢？”田儿便把块根用药杵捣碎，空腹以酒服下一钱。过了七天后，田儿想娶妻成家，数月后身体强健。田儿因此常常服用，服用量增加到二钱。过了一年后，田儿身上的疾病都消除了，人变得越发年轻，头发也变得乌黑。十年之内，田儿娶妻生了几个孩子，便改名能嗣。后来田儿让其子延秀服用块根碎末，父子两人都活了一百六十多岁。延秀生下儿子首乌，首乌服用块根粉末后也生了几个孩子，享年一百三十岁，头发依然乌黑。首乌问乡邻这种块根粉末叫什么，众人依旧不认识。一位德高望重的老人说，就叫它何首乌吧。何者，是首乌之姓。从此，何首乌延年不老的效用便在民间广为流传。

在故乡东面濒临微山湖的大河岸边，生长着五六百亩由槐树、榆树、柏树等组成的树林子。从夏到秋，在茂密的树林间偶尔可看到缠绕攀爬的何首乌的藤蔓。深秋时节，故乡的老中医有时会到树林里采挖何首乌的块根，晒干杵碎后药用。田爷爷用何首乌、大蒜、芝麻等配制了养颜乌发膏，常用来医治青年的“少白头”，有一定效果。我童年时曾和几个小伙伴一起到树林里挖掘何首乌的块根，回家后让父母亲切成薄片蒸着吃，味道甘甜微涩。

日本人偏爱的瞿麦花

瞿麦，为多年生草本植物，别名日暮草、瞿麦草等，高五十到七十厘米。茎丛生，直立，上部分枝，叶片线状披针形。果期八至十月。瞿麦花夏至秋绽放，花单生或数朵集成疏聚伞花序，每朵花全长三到四厘米，呈淡紫、粉红或白色，花的边缘长成细细的流苏，花瓣为四到六瓣，一般为五瓣。在微山湖地区，瞿麦大多生长在河边草丛、林缘路边和田间地头，是麦田里常见的一种杂草。

瞿麦花本是一种野草花，给人的印象是娇小、纤细、秀美。但它很容易触碰世间一些文人纤细、敏感的神经和笔触。它和石蒜科植物彼岸花一样，受到古今中外文人们的爱怜。在日本，一些人对瞿麦花更是爱怜有加。日本最早的俳句集《万叶集》中，有描写男女恋情的诗句：“隐恋避人眼；莫如瞿麦开出花，日日相见。”日本古代散文集《枕草子》第五八段“草花”写道：“草花是瞿麦，中国的瞿麦更不必说了，就是日本的瞿麦，也是很

瞿麦花娇小、纤细、秀美，受到古今中外文人的爱怜。

日本人把瞿麦花比作令人疼爱的孩子——抚子

好的；还有女郎花、桔梗、菊花，处处会变色，也是很有意思的；还有菅茅也很有意思。”作者对瞿麦花艳丽的色彩赞赏不已。日本古代诗人菅原道真写有汉诗《咏瞿麦花呈诸贤》云：“锦窠寸截裹繁华，不道优昙在释家。人智何唯山水乐，愿君好爱一丛华。”诗人仿佛从娇小艳丽的瞿麦花中悟出了禅意。日本古代最著名的长篇小说《源氏物语》中，也有对瞿麦花的描写，并以之指代小说中的四个人物。古代一些日本贵族显宦之家，还把瞿麦花作为家族族徽。如被称为日本战国时代“美浓蝮蛇”的阴谋家斋藤道三的家徽便是一朵瞿麦花。时至今日，日本一些文学艺术家仍通过小说、戏剧、漫画等多种形式，对瞿麦花进行描写赞美。

抚子，是日文中瞿麦花的名字。因为瞿麦花长得娇小，颜色惹人爱怜，故而将其比作令人疼爱的孩子。二〇〇〇年，日本著名演员松岛菜菜子主演的电视剧《大和抚子》中，大和抚子是指纯洁美好的日本女性。二〇〇〇年前后，日本漫画家创作了著名漫画《魔卡少女樱》，其中樱的母亲闺名叫天宫抚子，便是纯洁美丽的化身。瞿麦花仿佛是对日本女性温柔贤淑形象的指代。而今，国内网络上流行的瞿麦花语“思慕、纯洁的爱、才能、大胆”，瞿麦花箴言“你要好好把握迎面而来的幸福”等，也是源于日本的影视剧和漫画。可见，日本人对瞿麦花的偏爱，其影响已越过海洋到了中国。

瞿麦有利尿通淋、破血通经的功效，是一味中药。邻居田爷爷常配制瞿麦、金钱草冲剂，用来治疗膀胱结石症患者。童年时，在田爷爷的中草药柜子里我第一次认识了瞿麦和瞿麦花。上小学三年级后，我和小伙伴去麦田里游玩，有时会进行采摘野花比赛。大家分头在田边、沟渠上采摘瞿麦花、打碗花等多种野花。在规定的时间内谁采摘的野花种类多，谁就是冠军。而后把采摘的野花撒在小河边，让一群群游鱼享用。大家还为冠军颁发奖品：由最末一名到沟渠上挖掘十根茅草根，供其品尝。冠军自豪地咀嚼着茅草根，孩子们的欢笑声在田野里回荡。

麦蓝菜——王不留行

上小学四年级时，一次和邻居田爷爷的孙子一起阅读《西游记》。读到第三十六回，其中有一首唐三藏的抒情诗，写到多种药名，使我们俩感到好奇。原诗如下：

自从益智登山盟，王不留行送出城。
路上相逢三棱子，途中催趱马兜铃。
寻坡转涧求荆芥，迈岭登山拜茯苓。
防己一身如竹沥，茴香何日拜朝廷？

诗中出现了益智、王不留行、三棱子、马兜铃、荆芥、茯苓、防己、竹沥、茴香等九味中药。虽然药的功能与诗的内容无关，但这些药名却紧扣小说的主要情节，增添了趣味性，令人赞叹。因不了解益智、王不留行、防己这三种中药，便向老中医田爷爷求教。田爷爷打开贮藏着上百种中草药的药柜，拿出三种

麦蓝菜常生长在麦田里

粉红的麦蓝花

草药仔细向我们俩讲解其形态特征和药用价值。通过读《西游记》，通过田爷爷的讲解，我第一次认识了益智、王不留行、防己等植物。

王不留行，学名麦蓝菜，也叫奶米、王不留、剪金子、留行子等，为一年生或二年生草本植物。它与瞿麦花、麦瓶草皆属石竹科植物，有天然的种属关系和亲缘关系，植株形态像孪生姊妹，常常比邻而居，大多生长在麦田里，与麦子争夺阳光和营养。在微山湖地区，王不留行是一种常见的麦田杂草。

在乡间，人们看重的还是王不留行的药用功能。《神农本草经》记载："王不留行，味苦，平。主金疮止血，逐痛出刺；除风痹、内寒。久服轻身，耐老增寿。"是说王不留行味苦，性平，主治刀剑等金属器械的创伤，能去除瘀血，消除疼痛，治疗暗伤；并能祛除风痹，治疗内寒；长期服用可使身体轻巧，延年益寿。村里的两位老中医田爷爷和刘爷爷，每年秋天常采摘王不留行的茎叶和种子，晾干后以作药用。

民间传说，王不留行这种药是药王邳彤在自己家乡发现的，具有舒筋活血、通乳止痛的作用。邳彤在为病人治病时发现了一种草药，他左思右想不知道起个什么名字。突然想起当年叛将王郎（王莽）率兵来自己家乡追杀刘秀的事情。一天黄昏时王郎来到了邳彤的村里，宣称刘秀是冒充汉室宗亲的孽种，必须杀掉。同时要求村民为他们送饭送菜，把房子腾空给兵将居住。但乡亲们都知道王郎才是祸乱天下的奸贼，根本不予理睬，纷纷跑进青纱帐里躲避。天黑了，王郎见村民还不送饭菜，不由得怒火中烧，扬言要踏平村庄，把村民斩尽杀绝。此时一参军进谏道:“此地外围都是青纱帐，草木丛生，庄稼人藏在暗处，哪里去找?再说就是踏平了村庄也解不了兵将的饥饿，不如赶紧离开另作谋划，也好保存实力，追杀刘秀。”王郎听后才悻悻地传令离开了这个村庄。邳彤想到上述事情便给这个草药起了个名字，叫“王不留行”，就是自己的村庄不留王郎食宿，以此让人们记住得人心者得天下的道理。

老中医田爷爷常用王不留行的植株和种子，治疗妇女生孩子后乳汁不通、乳痈、流鼻血等疾病。村里的刘叔叔是挖藕能手，穿上皮衩到荷塘里一天能挖二三百斤莲藕。但刘叔叔挖藕时鼻子常流血，总是用棉球塞住鼻子。田爷爷看到后，专为刘叔叔用阴干的王不留行茎叶配制草药，让其煎水后服下。服用了二十多天，刘叔叔流鼻血的疾病便治愈了。

凤栖于梧

梧桐，又名青桐、碧梧、青玉、庭梧等，为高大的落叶乔木。在叠彩铺翠、争奇斗艳的森林世界里，微山湖地区的人们总把梧桐看作是一种秉性高洁美好的吉祥之树，是一种优美的观赏乘凉之树，是一种把树皮、籽实默默奉献与人的施恩之树。

《诗经·大雅·卷阿》写道："凤凰鸣矣，于彼高岗。梧桐生矣，于彼朝阳。菶菶萋萋，雍雍喈喈。"成为梧桐引凤凰传说的最早来历。《庄子·秋水》记载："凤凰发于南海，而飞于北海。非梧桐不止，非练实不食，非醴泉不饮。"以后各朝代，人们吟咏梧桐的诗词歌赋和音乐绘画等文学艺术作品不计其数。梧桐被后世认为是树中之王，是灵树，已成为中国古代文学作品中最常出现的一种植物。民间俗语说"栽下梧桐树，引来金凤凰"，有了梧桐树才能引来凤凰。栽种梧桐树，已成了人们祈盼美好生活的一种习俗。在微山湖地区，人们大多把梧

枝青叶碧、亭亭玉立的梧桐树

梧桐五月份开花，花朵较小，以黄绿色为主，呈圆锥形。临近成熟时，梧桐果实变为小船状，种子在果实的边缘处。

桐栽在家庙宗祠院子里，栽在房前屋后或道路两旁。

梧桐雌雄同株，树皮平滑青色，树叶如掌，稠密荫浓。从干到枝，显得“华净妍雅，极为可爱”（北魏·贾思勰《齐民要术》）。“一株青玉立，千叶绿云委”，这两句诗把梧桐碧叶青干、绿荫婆娑的景趣写得淋漓尽致。梧桐在夏初进入花期，花朵较小，呈圆锥形，颜色以黄绿色为主。梧桐的一根果枝上结五个小果实，临近成熟时果实变为小船状，种子在果实的边缘处。果实近球形，成熟时橙红色。此外，梧桐的生长随四时变化而不同。它春天发芽，夏季开黄白色的花朵，秋季霜染后黄色的桐叶轻轻飘落，冬季高洁劲直的树干笑迎风霜。与梧桐相伴，能给人以人生的启迪和感悟。从夏天到秋天，故乡每家房前的梧桐树下都是人们休闲、纳凉、谈天的场所。

在微山湖西岸与万福河交汇的三角地带，一处高高的土岗子上，生长着一片挺拔苍翠的梧桐树。据村民们说这里曾是清朝一位达官贵人的家庙和墓地。由于洪水泛滥和战乱等原因，家庙和墓地已荡然无存。炎热的夏日，高岗子上梧桐树青荫如盖，我和小伙伴们去湖边游玩时常到树荫下乘凉。树叶响如歌，伴随着蝉儿的鸣唱。小伙伴们席地而坐，常望着湖面上飘动的云朵，指点哪一片像山峰，哪一片像飞龙，哪一片像小鸟。梧桐树下，飞翔着孩子们遐想的翅翼。有时，有的小伙伴戴着用青草野花编的帽子，眯着眼睛正接受凉风的吹拂，突然一只红蜻蜓错把帽子作为休憩的旅站，静静地落

凤栖梧桐，是华夏民族古老而美丽的传说。上图为清代画家沈铨所画《百鸟朝凤图》的局部画面。该画运用工笔、写意、重彩等多种中国画技法，所画禽鸟近三百种，树木花卉数十种。凤凰站立在梧桐树枝上，被众鸟朝拜。梧桐挺拔屹立，枝叶葱绿，昌盛繁茂，与其他画面相互照应。并衬以四时山川景象，整体画面敻阔，色彩斑斓，意境优美，令人叹为观止。《百鸟朝凤图》，实际上是中华民族向往和平与幸福的传统心愿的写照。

在上边。为了不影响蜻蜓休息，小伙伴只得屏住呼吸，憋得面红耳赤。实在憋不住了，只好拿掉帽子，逼着蜻蜓继续赶路。

世代居住在微山湖边的渔民说，青桐皮是制作纤绳的优质材料。将新鲜的青桐皮用泥土压在水中，沤半个月，捞起来漂洗后晒干，便是极有韧性的纤维。以之制作纤绳，拉力大，浸水少，经久不折。旧时渔民常用青桐皮制作纤绳，现在已被韧性更大更结实的化纤替代了。

《齐民要术》记载，青桐子“炒食甚美，味似菱芡，多啖亦无妨也”。深秋时节，故乡的孩童有时会采摘梧桐子炒食，味道清香甘甜。村里的老中医刘爷爷常把梧桐子、黑芝麻、何首乌等捣汁制成膏剂，用来治疗青少年的白发病，有很好的疗效。

镌刻着岁月沧桑的酸枣树

在植物世界里，夭桃秾李炫耀着娇艳妩媚之态，青松翠柏彰显着坚贞挺拔的精神，而其貌不扬的酸枣和沙柳却凸显着顽强自信的生命张力。酸枣不在意自然环境的恶劣，不畏惧风霜雨雪的进逼，总是在人迹罕至的贫瘠的角落里顽强地生长。为了生存，它形成了自己独特的习性：一般树围长到十多厘米粗细便自然干枯，由根部再生嫩芽。它嫩条生长较快，老干却生长得十分缓慢，褐色的树皮粗糙斑驳，整株树都显得干瘦苍老，镌刻着岁月的沧桑。在微山湖地区，人们把酸枣树叫作酸枣圪针，它大多生长在偏僻干旱的山岗上、荒地里或荒凉的古代遗址上。

酸枣的成长虽然充满了孤独和寂寞，但它依然有自己的四季，它不求人伺候，不自暴自弃，尽力绽放生命的光华。春风吹拂，大地回暖，酸枣树长出了细小的嫩芽，渐渐形成新枝。到了初夏，酸枣树枝上便生出一排排圆形的小叶片，在叶片与叶柄的结合部绽开碎小的淡黄色枣花。花朵虽小，但每一朵花都是一

倾颓的古城墙上，酸枣树在顽强地生长。

个美丽的希望。五个花瓣托举起一丛丛细小的花蕊，随风摇曳，幽香隐隐。酸枣花沁蜜丰富，花蜜在花盘上积聚，引得蜜蜂纷纷前来采蜜嗅香。仲夏时，枣花脱落，结出一串串如豆粒一样的小枣。经过风雨溽热的洗礼煎熬，酸枣由小变大，颜色由绿慢慢变成绿里泛红。中秋时节，酸枣长到葡萄粒大小，红彤彤的果实晶莹剔透，让人看了馋涎欲滴。深秋到了，霜打后的酸枣树叶变成金黄色，与满树的酸枣相映成趣。此时，酸枣等待着人们收获。如无人收获，一个个酸枣会落到地面，任风雪泥土掩埋，为繁衍家族做最后的努力。

红彤彤的酸枣挂满枝头，逗引着乡间孩童摘取、嚼食。

上小学三年级时，我和邻居的孩子一起，曾几次在秋天跟着老中医刘爷爷去村西北的大沙岗子上捡摘酸枣，回家后刘爷爷除去枣肉，把枣仁储为药用。捡拾酸枣时，常被酸枣树针划破脸和手臂，被酸枣树枝钩破衣裤。小伙伴们一边捡摘一边咀嚼熟透发软的酸枣，虽被酸得龇牙咧嘴，但心里却是喜滋滋的。捡拾酸枣时，会踩到藏在沙土中的变色龙，大家有时便堆出沙墙阻挡变色龙的行踪，呼喊着催其钻墙打洞。变色龙快速爬动身体，突然在沙子里消失得无影无踪，大家仍高兴地跺脚叫喊。

上小学四年级时，语文老师给我们班学生讲了一个世界上最美的棘刺的故事，使我对酸枣树有了更全面的认识，受到了启迪。

一位国王梦想拥有最美丽的花园，传言只要栽满世界上最美的

宋·佚名《雪蒸寒雏图》。描绘了冰天雪地中昂然挺立的雪竹、酸枣树与不畏严寒的幼鸟。画家运笔流畅遒健，粗看似拙，细审则精浑灵动。

一种花就够了。一位大臣一边大兴土木，一边吩咐在花园中遍种酸枣，并按照国王旨意栽植图案。酸枣树花开满枝，大臣便让国王去欣赏。国王却勃然大怒："让你建最美的花园，你却给我栽了这么多棘刺!"便命令武士把大臣杀了。不久，国王又命令另一位大臣兴建花园。这个大臣什么也没做，等到酸枣花怒放、花香四溢的时候，便请国王前去赏花，并微笑着说："你瞧这些酸枣花多么美丽，每枝上都开着花朵。"国王高兴万分："是啊，这些酸枣花是如此美丽，如此芬芳，这可能是世界上最纯真的花朵了。"于是给大臣加官晋爵。很多人不满，这位大臣说："虽同是酸枣，但他让国王看到的是每朵酸枣花下都有刺，而我让国王看到的是每个刺上都有花啊。"世界万事万物都有两面性，灿烂阳光下，也伴随着阴影。就像酸枣树每朵花下都长满了刺，而刺上都绽放着美丽的花朵。一切都取决于你自己的生活和心灵的视角，花朵下可以看见锐利的刺，而在刺上你则能看到洒满阳光的花朵。

酸枣树结出的酸枣仁是贵重药材，枣壳可做活性炭，枣花是最好的蜜源。酸枣树木质坚硬、耐磨，是制作手串、念珠等饰品的好材料。酸枣树虽长有扎人的刺，但却生长着美丽，生长着甜蜜，生长着快乐。

秋菊傲霜

深秋时节，霜天悄然，西风飒飒，原野上的草木大都凋零了，大自然繁华喧闹的日子即将过去。此时，野菊却在河岸、路旁、林间、田埂上，随意尽兴地绽放黄色、白色、红色、紫色的花朵，缤纷多彩，暗香浮动，成为秋末一道美丽的风景。

记得上小学五年级时，一次美术老师带领我们全班学生到校园外面的树林边画菊花。看着一片盛开的野菊花，老师边给我们讲菊花的画法，边让我们背诵南宋诗人、画家郑思肖的《寒菊》诗："花开不并百花丛，独立疏篱趣未穷。宁可枝头抱香死，何曾吹堕北风中。"老师激动地说，郑思肖是南宋著名的爱国诗人、画家。他擅画墨兰，花叶萧疏，而不画根、土。无土，寓意南宋的土地已被外敌掠夺；兰花无根，寓意南宋失去国土根基。他也擅画菊花，这首《寒菊》诗就是题在自己画的菊花上的一首七言绝句。郑思肖借物咏志，以寒菊象征自己忠贞爱国的高尚品格。他宁愿像傲霜的菊花

寒花开已尽，菊蕊独盈枝（杜甫《云安九日》）。

一样守着香气枯萎在枝头，也不愿随枯黄的叶子在风中舞动。郑思肖的《寒菊》诗意，是对我国古代菊文化精神的继承和体现。菊花开在深秋，凌寒绽放，具有不畏强暴、傲然不屈的高尚品格。同时，它开在百花凋零之后，不与群芳争艳，显示出恬淡自处、淡泊宁静、不趋炎附势、不媚权贵的高风亮节。人们由菊花感悟到的这种品格、节操，已成为中华民族精神的重要内容。所以古人经常借用梅兰竹菊喻指人的高风亮节和思想感情。老师把一堂美术课上成了生动的爱国主义教育课，给全班同学留下了深刻印象。

古往今来，菊花是画家们常描绘的题材。宋·朱绍宗工笔画《菊丛飞蝶图》，描绘了丛菊花开，黄、白、蓝、紫四色辉映，构图繁复，灿若文锦。蜜蜂、蝴蝶逐花香翻飞，为画面增添了动感。花瓣、叶片勾染皆极为精工，花心以白粉点染，凸显了立体感。

菊花被认为是“不老草”“延寿吉祥草”，乡间的一些祠堂、民居和为老人祝寿的寿幛、礼物上，常以寿石和菊花、蝴蝶、猫等组成的传统吉祥图“寿居耄耋”做装饰，表达对长寿的美好祝愿。《礼记》说：“七十曰耄，八十曰耋，百年曰期颐。”古人活到七八十岁的很少，耄耋就代表高寿了。寿石寓长寿之意，菊花喻指不老和晚节飘香，猫谐音“耄”，蝴蝶谐音“耋”。

农历九月被称为“菊月”，乡亲们有在重阳节登高赏菊、喝菊花茶的习俗。每到重阳节，村里的老人常带着儿孙去村西十多里远的山岗上观赏盛开的野菊花。一片片野菊花含笑怒放，有红色的、黄色的、白色的，如朝霞似锦绣。寺庙里的僧人一大早就在山门前的松树下摆好几张茶桌，烧开水泡菊花茶，供赏菊的老人小憩饮用。并给年过八十岁的赏菊老人每人送一包自制的菊花茶，让其品尝。淘气的孩童常采摘一朵野菊花插在头上或衣襟上，追逐着蝴蝶嬉戏，或在松林边荡秋千。山岗上，到处荡漾着菊香和人们的笑声。有时，孩子们会在山岗上挖取一两棵野菊，回家栽在盆里，摆放在窗台上，近距离观赏她的婀娜多姿，吸吮其暗送的清芬。

菊花可饮用、食用，也可药用，具有很好的保健和药用价值。乡亲们有时采摘菊花与青萝卜凉拌着吃，或用菊花泡酒喝。“夕餐秋菊之落英”“秋杯浸菊花”，是故乡特有的一种生活景象。菊花具有清热祛火、清肝明目、疏风散寒的功效，故乡的老中医深秋后常到山岗上采摘野菊花，洗净晒干储作药用。老中医田爷爷用菊花、莲花等配制了菊花膏，以温开水吞服，用来辅助治疗少儿风热感冒、耳鼻喉发炎化脓等症，都有很好的疗效。

木瓜树与降龙木

故乡的原野上，河流纵横，条条大河自西向东，日夜向微山湖奔流。在与微山湖交汇的一些大河河岸上，偶尔可看到历经岁月风雨洗礼蓬勃生长的木瓜树，树龄都有上百年了。据史料记载，这些大河与微山湖交汇的高台上，明清时建有佛庙或道观，抗战时期毁于日本侵略军的炮火。这些木瓜树，大多是僧人或道士所种。

木瓜，蔷薇科，是一种落叶小乔木，树形优美，木质白色而有红彩的花晕，并带有香味。春天，木瓜树绽放粉红色的花朵，秋天枝头上挂满椭圆形的金黄色果实。果实前端有像鼻子一样的疙瘩，状似小甜瓜，飘溢着芳香。《诗经·卫风·木瓜》中“投我以木瓜，报之以琼琚”的诗句，提到的便是这种木瓜。老人们传说，旧时微山湖西边一些河岸上的木瓜树很多，清代乾隆皇帝率领文武百官和后宫嫔妃乘船经过微山湖去江南时，曾专门停在湖边让当地官员进献木瓜，为后宫嫔妃熏浸衣裳。

河岸上生长的木瓜树

木瓜树既是优美的观赏树种，也是中药材，果实、种子、根、枝都可入药。特别是果实具有解酒、祛痰、顺气、止痢、美容的功效。明代以来，随着熊大木创作的英雄传奇小说《北宋志传》（又名《杨家将》《杨家将传》《杨家将演义》）的传播，木瓜树的有关故事也在乡间广为流传，加深了人们对木瓜树特性的认识。童年时，我和几个小伙伴，曾听过村里老中医田爷爷讲穆桂英用降龙木大破天门阵的故事。传说北宋时辽国萧太后的弟弟萧天佐率兵大举进犯北宋，摆下天门兵阵逼宋投降。当时宋军主将为杨六郎杨延昭，但他不识此阵，遂向自己的母亲佘老太君请教。佘老太君细察兵阵后发现破绽，提出破阵方法。但被人听到后送信到萧天佐处，萧天卓马上改进了兵阵部署。佘老太君看到新的布阵后摇头叹息，只得派人去请自己的五儿子杨延德。杨五郎听了天门阵布阵方法后，知道有黑龙坐镇，说自己的宣花斧柄年久腐朽，需要借用穆柯寨宝物降龙木做柄才能降伏黑龙。其实，他的本意是让侄儿杨宗保请穆桂英前去破阵。杨宗保便让孟良、焦赞去穆柯寨求取降龙木。但是穆桂英根本不听二人的说辞，直接痛打了一顿，二人只得往回跑。回来的路上遇上了巡营的杨宗保，杨宗保便亲自去找穆桂英。因已许配杨宗保为妻，并有强烈的爱国心，穆桂英便和杨宗保、杨五郎等共同战斗，用降龙木大破天门阵。田爷爷说，降龙木其实就是木瓜树，它木质坚硬、锋利如刃，传说亦能驱毒。降龙木散发出一种奇香，穆桂英用其驱散了辽军在阵中释放的毒气。降龙木坚硬无比，辽兵的弯刀砍

木瓜树粉红色的花朵散发着芳香，别有一种风韵。

不断，杨五郎用其做斧柄如虎添翼，武力倍增。降龙木不易折断，但若强力折断，它斜茬如刀刃，成为一种锋利无比的武器。

用木瓜泡制药酒，有舒筋活血，辟邪气入侵的效用。老中医田爷爷常用自己泡制的木瓜酒让风湿病患者服用，疗效很好。并用木瓜配伍生地、苏叶等，让患者以水煎服，治疗脚气病。木瓜粉涂在脸上，能使皮肤细嫩红润有香气。田爷爷把木瓜磨成木瓜粉，装在小瓷瓶里，用来美容养颜。童年时，曾看到村里几位即将出嫁的大姐姐向田爷爷索要木瓜粉，他微笑着拿出几只装满木瓜粉的小瓷瓶分给大家。几位大姐姐朝脸上轻轻涂饰着木瓜粉，眉开眼笑，流露着幸福和喜悦。

成熟后的木瓜咀嚼着酸涩，用水煮熟或用糖蜜水浸泡后才能食用，口感软绵清香。童年时，在芦花飘飞的深秋时节，我常和几位小伙伴一起去微山湖边游玩，看大运河里络绎不绝的货船破浪远行。有时，会到与微山湖交汇的大河河岸上的树林里，小心翼翼地摘取几枚成熟的木瓜带回家。用细纸垫在底部，轻轻摆放在堂屋中央的桌子上，使之远离烟熏和手摸汗渍。木瓜历经冬天都不会腐烂，香气弥散全屋，芬芳了寒冷的冬季。

野葡萄与白鹅女

读小学三年级时，一次开展爱心主题班会活动，语文老师便讲起著名童话作家葛翠琳创作的童话小说《野葡萄》的故事。

美丽的小姑娘白鹅女十岁就失去了父母，狠毒的婶娘便霸占了兄嫂家。婶娘自己的女儿眼睛是瞎的，她便把白鹅女原本水灵、明亮的双眼弄瞎了，小姑娘的世界中从此只有黑暗。人们说吃了深山里的野葡萄，眼睛就会好起来。为了重见光明，白鹅女带上自己心爱的小白鹅，逆水而上，历经重重艰难险阻，在山谷中找到了野葡萄。吃了野葡萄，小姑娘的眼睛复明了。她摘了很多野葡萄，在山神老人的帮助下，走出山谷，把葡萄给了一位在麦田里劳动的瞎老头、一位织绸布的瞎眼老妈妈、一位瞎眼的牧羊童，给了磨坊里瞎眼的老人、吹笛子的盲艺人、瞎眼的小妹妹，给很多失明的人送去了光明和希望。回到村里，凶狠的婶娘已经死去，小姑娘和村里的人们过着快乐的生活。故事讲完后，老师便带领大家一起到村后大河边的树林里寻找野葡萄。秋风飒飒，树叶飘落，在一片灌木丛中我们找到了野葡萄，长长的藤蔓上结出一串串熟透的发紫的果实。想着老师刚才讲的《野葡萄》的故事，看着一串串野葡萄，全班同学都陷入了深思：野葡萄不只是一种野果，更是治愈盲人眼睛的神药，是白鹅女纯真美丽心灵的结晶。这次主题班会活动，给我留下了深刻印象。多少年过去了，一看到野外生长的野葡萄，脑海里总浮现白鹅女的故事。

野葡萄为落叶木质藤本植物。一年四季，在故乡大河边的树林

野葡萄碎小的黄色花朵，有淡淡的香气。

里和山岗上都可见到其藤蔓四处缠绕攀附的样子。它夏季开碎白色的花朵，结出一串串豆粒般大小的绿色果实，秋天果实成熟后变成紫色或黑色。无论是扎根山岗还是生长在树林里，野葡萄总是坚韧不拔地缠绕攀附着岁月，向阳光进发，向自由的空间进发。

秋阳高照，树林里一串串野葡萄由绿色变成了绛紫色。孩子们到树林里玩耍时，有时会进行采摘野葡萄比赛。在规定的时间内，以颗粒多少计算，采摘最少者，将被罚吃十粒未熟透的野葡萄。吃着未熟的野葡萄，被罚者往往被酸涩得大声喊叫，拱手求饶。孩子们采摘野葡萄，也采摘了一串串童年的笑声和快乐。

深秋时节，乡亲们还把菊花和野葡萄掺在一起酿酒，酸甜清香，十分诱人。因含有酒精，大人们一般是不让孩童喝的。乡亲们自酿的野葡萄酒虽然没有时下名酒的华贵，但却蕴含着野花野果的醇厚，飘溢着泥土的芬芳，香甜着乡村生活。

野葡萄的根、茎和果实，具有很高的药用价值，对治疗风疹类疾病和胃痛、腹痛、头痛、伤口痛等疾病有一定疗效。村里的老中医刘爷爷，将野葡萄捣碎，取出汁液，让患者涂抹在长风疹处，每天涂抹二到四次，连续一周时间患者的症状就大为减轻。因常年在河湖里捉鱼捞虾、采莲采菱和挖藕，乡亲们患风湿性腰腿痛病的较多。刘爷爷便用野葡萄的根、藤、茎煮水，放进大木桶内让腰腿痛患者洗温水澡，并辅以其他药物治疗，有很好的疗效。

我国葡萄的植物文化非常丰厚。中国是世界上最早栽培和利用葡萄的地区之一。《诗经·豳风·七月》说“六月食郁及薁”，其中

“薁”即指野葡萄。西汉张骞出使西域后，我国开始大规模引种改良后的葡萄。从宫廷到民间，在多种生活用品上，在绘画、雕刻、剪纸等艺术创作上，在各种宗教建筑物上，时常出现葡萄及其藤蔓的纹饰。葡萄及其藤蔓纹饰，是我国民间传统的吉祥图案。因葡萄果实成串成粒，寓有多子多福、财源滚滚之意。葡萄藤蔓不畏酷热严寒，为了家族繁衍不断开疆拓土，寓有勇于进取、生生不息之意。旧时，故乡的女孩子到了婚嫁年龄，父母要为其准备嫁妆，除了做好新嫁衣外，还要为其打制柜子、衣箱和梳妆盒等。在这些打制的家具上，大多雕刻有莲花、枣子和葡萄纹饰。女孩出嫁时，要用大红色的剪纸（图案有福禄寿三星、葡萄、莲子、楝子、红枣等）盖在嫁妆上。并在柜子和衣箱里放上几把晒干的野葡萄干、红枣、花生，期盼出嫁的女儿多子多福，家业兴旺，生活美满。

成熟的野葡萄

清·余省工笔花鸟画《百花百鸟图》之《提壶野葡萄花图》。画面着色艳丽，刻画了提壶鸟（一种山鸟）在野葡萄花藤下悠闲站立的情景。

让人爱恨交加的菟丝子

菟丝子，也叫菟芦、唐蒙、豆寄生、金丝藤等，为旋花科一年生寄生草本植物。茎柔细缠绕，黄色或橘红色，无叶，夏秋季开黄色或粉白色小花，结球形蒴果。在微山湖西岸地区的豆地和芝麻地里，常可见到其四处缠绕寄生的身影。

对菟丝子这种野草，乡亲们既恨又爱。恨的是，菟丝子在一副柔弱外表的掩饰下，总是疯狂地施展其寄生本领，危害大豆、芝麻等农作物生长。春种秋收，乡亲们祈盼种下的农作物有一个好收成。菟丝子春末夏初萌芽后本来是有根的，但其纤柔如丝的幼苗头部却四处摇摆，时刻寻找依傍的对象。遇到豆子、芝麻等适宜寄生的寄主，立即厚颜无耻地靠上去，缠绕在上面。并把其幼苗下半部根自

常见的菟丝子为金黄色，开橘黄色的小花。

红色的菟丝子在我国一些地区亦可见到，多称为大菟丝子，花白色，稍带红色斑点。

行了断，与以往自食其力的生命历程彻底诀别，迅疾在接触处形成吸根伸入寄主的肌体组织。之后菟丝子的部分组织分化为导管和筛管，分别与寄主的导管和筛管相连。它根本不顾寄主的死活，像吸血鬼一样吸取养分和水分，直到寄主形销骨立，衰竭而死。菟丝子却终日过着巧取豪夺、脑满肠肥的生活，无耻地孕育着下一代。看到菟丝子缠绕大豆、芝麻、苎麻等农作物时，村民们总是细心地把它们一丝丝清理掉，驱除出农田，摊放在田间的小路上，让太阳暴晒干枯。夏天，孩子们去豆地里捉蝈蝈，有时看到菟丝子总是乱薅一通，把菟丝子扔进水沟里，让鱼儿去吞食。或把菟丝子缠在柳条帽上，让太阳暴晒，以表达对菟丝子的愤恨。

乡亲们也喜爱菟丝子，因为它是一味常见的中药材，具有滋补肝肾、固精缩尿、安胎、美白、治疗伤痛等功效。长期服用，可使人身体轻巧，延年益寿。乡间一直流传着有关菟丝子的故事。相传古时候有一财主，专门雇了一个长工给他养兔子，并规定如果死掉一只兔子，就要扣十天工钱，打十板子。有一天，一只兔子胡乱蹦跳磕在石头上，腰部受了重伤不能爬行。因怕财主看到，长工便将受伤的兔子悄悄藏到黄豆地里。奇怪的是，过了几天他发现这只受伤的兔子并没有死，腰伤还好了。他把这事告诉了父亲，父亲让他将此事探个究竟。长工便按照父亲的吩咐，将另一只一条腿受伤的兔子放进了黄豆地里。他跟随伤兔仔细观察，发现伤兔很喜欢吃一种缠在豆秸上的野生黄丝藤。不久，这只伤兔也渐渐痊愈了。于是长工把观察到的情况告诉了父亲，父子俩由此断定黄丝藤可治疗伤病，便把这种黄丝藤送给有伤病的穷苦人，果然治好了很多人的伤病。因为黄丝藤首先治好了兔子的伤，其形状如丝线，父子俩便为它取名“兔丝子”。又由于“兔丝子”是味草药，后人便在“兔”字头上加上草字头，就成了“菟丝子”，沿用至今。故乡的老中医常采收菟丝子作为药用。经常下地劳动的妇女面部有了黑斑，老中医田爷爷便采摘菟丝子挤出清汁，敷在其面部治疗，效果很好。有的村民患眼疾视力下降，田爷爷便把阴干的菟丝子研成末，让其用开水服用。一般服用十多天后，视力便逐渐恢复。

春去秋来，历经风风雨雨，菟丝子在原野上生长着、蔓延着。它生长、蔓延着人们的恨，也生长、蔓延着人们的爱。

走近阳光的野山药秧

在山岗上、树林里，野山药总是扎根石隙或草丛中，冲破乱石、树荫和野草的封锁，尽力伸展生命的藤蔓，去迎接阳光，努力生长、膨大自己的根茎。

故乡的老人们讲，山药名字的来历还有一段传奇故事呢。相传很久以前，有两个国家发生了战争，兵败一方逃进了一座大山，山下则被敌军重重包围。在内无粮草、外无救兵的情况下，士兵们看到山中到处长着一种草，夏天开白色或淡绿色的花，结出泥丸一样的果实，地下的根茎呈圆柱状或棒槌状。士兵们便以它的根茎和果实充饥，以树叶和这种草的藤叶喂马。这种草便被称为“山遇”。经过一年时间，大家在山中得以休整。一天夜里，他们乘围困的敌军不备杀下山去，收复了失去的国土。后来在食用“山遇”的过程中，人们慢慢发现它不仅能像粮食一样可充饥，而且有健脾胃、补肺肾的功效，还可治疗

野生的山药秧子，在林间、石隙四处施展其攀爬的本领。

脾虚泄泻等病症，于是就将“山遇”改名为“山药”。山药得名的故事，从一个侧面说明了山药对人类的益处。

七至九月，野山药结出蒴果，俗称山药豆。

春长秋收，野山药一般六至八月份开花，七至九月份结出蒴果。深秋，采收野山药的果实和挖取其根茎是一件辛苦细致的活儿。野山药的果实形如泥丸，成熟后会自然掉落地面。野山药深藏地下，在山岗上生长的野山药总在乱石间隙四处潜行。童年时，我曾和几个小伙伴一起，到微山湖东岸的山岗上采收野山药果，挖掘野山药根茎。在狭窄的石缝间隙，捋着山药秧子，先在地面上搜寻、捡拾野山药果，然后把覆盖的近半米深的泥土和树根用长柄铲子清理掉，慢慢挖出其根茎。有的山药长在乱石下，本是圆形的根茎成了扁形，如一条扁扁的白色的蛇。挖取野山药，常累得人大汗淋淋。覆盖着藤蔓、树叶的狭窄的石隙间，也是老鼠爱做窝的地方。挖掘野山药时常会碰到老鼠窝，孩子们便大声吆喝，操起棍棒乱捅老鼠，把老鼠赶跑。秋天的山岗上，回荡着孩子们开心的笑声。

野山药的果实和根茎营养丰富，可药菜兼用。作为蔬菜口感好，食味佳，是人们喜食的上好菜肴。童年时，我曾喝过邻居田爷爷用山药果熬制的八宝粥。农历腊八节，田爷爷用野山药果、红枣、桂花、糯米等熬制成八宝粥，色香味俱佳，黏稠相宜，品尝后齿颊流香。

野山药的根茎具有健脾胃、助消化、滋肾益精、益肺止咳、降低血糖、延年益寿的作用，是一味很好的营养滋补品和中药。童年时，老中医田爷爷治疗消化不良和糖尿病时，除用药物治疗外常用食物疗法作为辅助治疗手段。他总是告诫患者要适当食用野山药。田爷爷讲，野山药的根茎里含有丰富的皂苷、维生素和大量的微量元素，可以促进肠胃蠕动，对脾胃不和、消化不良的患者可起到一定的作用。野山药的根茎能补气补血，含有可溶性纤维，可以控制血糖增高，是糖尿病患者较为理想的食物。田爷爷的食物疗法，受到了患者的好评。

贮藏着酸甜的山楂

黎明到来了，连日飘落的大雪停歇了，天地皆白，鸟雀呼晴。村里的大人们纷纷走出院外，打扫街道上的积雪。这时，从村边传来卖冰糖葫芦的老爷爷摇着拨浪鼓的吆喝声。老爷爷扛着捆绑得长长的草棍，上面插满了一串串包裹着糖衣的红山楂，晶莹闪亮，香甜诱人。贪睡的孩子们再也无心流连被窝的温暖，便跑到街上买冰糖葫芦吃。在隆冬银色的世界里，堆雪人，打雪仗，吃冰糖葫芦，是乡村孩子们最惬意的事。红红的冰糖葫芦，贮藏着孩童多少甜蜜欢乐的时光啊。

乡亲们大多叫山楂树为山里红，在故乡的山岗、河岸上都可看到其身影。山楂树既耐旱又抗涝，适应性很强，对土壤条件要求不高。它家族繁衍较快，结果年限长，有六七十年树龄的山楂树仍可结果，有的结果时间可达一百五十年以上。

山楂树果期九至十月，果实近球形或梨形，深红色，有浅色斑点。

传说耶稣基督的冠冕是用山楂树

刺编织的，因此欧洲一些国家把山楂树视为希望的象征。法国人还把山楂树奉为结婚、生育的象征。在教堂举办的婚礼上，花瓶里会插满芬芳四溢的山楂花，新娘还用山楂花作为装饰物。近年来，因苏联歌曲《山楂树》和有关影视剧的流行，在我国一些大城市里，山楂树仿佛成了纯洁美好的爱情之树、祥瑞之树。山川异域，人们对山楂树的看法却相近。在故乡，山楂树很久以来就被看成是幸福喜庆之树。乡亲们看重的是山楂树的观赏价值、经济价值和药用价值。

山楂树花期五至六月，伞房花序具多花，花瓣白色。

山楂树是优美的观赏树种。它枝叶扶疏，树形优美，亭亭如盖。春天碧绿的叶片缀满枝头，夏天满树花开如白云浮动，秋季果实累累。冬天来临了，那些红艳艳的果实仍如千百颗小太阳在枝头摇曳。在故乡新盖的房子前，很多人家都会栽种一棵山楂树和枣树，期盼着生活红红火火，子孙幸福。

山楂树有很高的经济价值和药用价值。山楂树的果实、根、叶均能入药。山楂果被公认为与大蒜有相同的效用。果实可鲜食，亦可切成薄片，阴干后泡水、沏茶，有降血压、降血脂和软化血管的功效，并能净化血液，兼可开胃化食。山楂去核炒成炭，还能治腹泻和腹痛。嫩叶和花可代茶饮用，亦能降血压、血脂。

童年时，一次跟随老中医田爷爷到大树林里采摘山楂的经历，在我的脑海里留下了深刻印象。秋天的一个早晨，田爷爷带着他的孙子和我两个孩童，到大河对岸的大树林里采摘野山楂。乘船过了河，田爷爷拨开齐腰深的灌木丛和草丛在前边引路，我俩紧紧跟随。

走到树林深处，忽然一大群鸟儿，有喜鹊、乌鸦、猫头鹰等，扑扑啦啦地飞了起来，几只山狸子拼命奔跑。几棵粗矮的山楂树挡住了路，纵横交错的枝丫贴着地面，挂满了红艳艳的山楂。一堆堆蚂蚁和不知名的虫子，在树下坠落的一粒粒熟透的山楂上争着撕咬、搬动。走到一棵树边，我俩刚要采摘，却看到一条绿色的大蛇在树枝间爬行，吓得一声惊叫，猛地跑到田爷爷身边。田爷爷微笑着说："孩子们，有的蛇会爬在山楂树上，偷袭啄食山楂的鸟儿。山楂果好吃，蛇也起了看护作用呀！山狸子会偷食喜鹊、乌鸦、猫头鹰等鸟儿，蚂蚁等虫子会食用山楂和树叶，喜鹊、乌鸦会啄食虫子，猫头鹰会偷食蛇。山楂、蛇、山狸子、蚂蚁等，和喜鹊、乌鸦、猫头鹰等鸟儿，形成了食物链，这是维持生态平衡、促进树木生长的一个重要因素。我们采摘山楂，也是利用其药性为人治病。"听着田爷爷的话，我们俩很受教益。田爷爷拿着带来的细竹竿，把蛇从树枝上慢慢挑下来，放到几十米外的草丛里，而后仔细敲打山楂树的枝叶、果实，检查是否还隐藏着蛇。并摘了一捧熟透的山楂，从背篓里拿出开水壶用开水清洗后让我俩吃。熟透的山楂吃起来绵软、酸甜、清香，令人神清气爽。而后田爷爷让我俩站在他仔细检查过的山楂树边，采摘熟透的山楂。二十多年过去了，总觉得田爷爷那次为我们采摘的山楂，酸甜适中，清香扑鼻，是最好吃的山楂。

缺少颜值的泥胡菜

泥胡菜，又名猪兜草、苦马菜、石灰菜、剪刀草、花苦荬菜、苦郎头等，为菊科一年生草本植物。高三十到八十厘米，根肉质圆锥形，茎直立，基生叶具柄，叶片椭圆形或倒披针状。头状花序在茎枝顶端排成疏松伞房花序，呈紫红色，花期三至八月，瘦果椭圆形。泥胡菜的生命力非常顽强，适应环境的能力也很强。在故乡的河边、路旁、林中、草地和田间，都可看到它的身影。它长相平平，观赏价值不高，没有出众的容姿和迷人的芳香，常与狗牙根、马唐、苘麻等野草拥挤地生长在一起。在田间生长的泥胡菜，大多被乡亲们视为无用的杂草清除掉。

泥胡菜虽然没有引人注目的“颜值”，但却是一味有神奇疗效的中药，是一种口感较好的野菜，也是牛、羊、猪等家畜爱吃的饲料。

泥胡菜全草入药，味苦凉，具有清热解毒、消肿去瘀的功效。对治疗乳腺炎、颈淋巴结炎、痈肿疔疮、风疹瘙痒、白内障、刀伤等病症，有很好的效果。泥胡菜四季能采，可洗净鲜用，亦可晒干扎捆，用时切段。但体质性寒而滞、脾胃湿滞、腹满便溏的病人忌用。故乡的老中医田爷爷把新鲜的泥胡菜切碎捣烂后与其他草药配伍，调成黏糊状，用来治疗痈肿疔疮或镰刀割伤、铁锨碰伤等病症。一般敷用三五次，最多不超过十次，病人的病症就会消除。为此，很多病人向田爷爷赠送了“妙手回春”的牌匾。

泥胡菜是一种营养价值很高的野生菜品。它含有蛋白质、脂肪以及大量的植物纤维素，还含有磷、铁、钙、锌等多种微量元素。

泥胡菜烟管状的花朵，偶尔被孩子们摘取做斗草游戏。

人们食用泥胡菜后，可快速把这些营养成分吸收，促进身体正常代谢，也可预防便秘。在故乡，乡亲们有多种食用泥胡菜的方法，但最常见的是凉拌泥胡菜和泥胡菜炒黄豆。

凉拌泥胡菜的做法是，把刚采回来的新鲜的泥胡菜用清水洗好，用沸水焯一下，而后去掉水分，切成碎丁，加入蒜泥、香醋、香油和适量生抽，最后放入花椒面、味精，调拌均匀，即可上桌食用，口感黏滑，味道香甜。

泥胡菜炒黄豆也很好吃。炒制时，要先把黄豆压成片状炒煎一下，把泥胡菜用清水洗净切成段，然后在锅中放油，加入蒜末炒香，把泥胡菜放入炒软，再放入黄豆片，加入生抽和食用盐调味，炒匀后就可出锅食用。

泥胡菜也是牛、羊、猪等家畜爱吃的饲料。童年时，我曾多次到田野里采割泥胡菜。用绳捆着背到家里后，把泥胡菜用菜刀剁碎，撒上几把麸子或白面搅拌一下，盛在盆里，牛、羊、猪等家畜便争抢着吞食。不知什么原因，小白兔不爱吃泥胡菜。我曾把剁碎的泥胡菜撒上麸子，并专门滴了几滴香油，用瓷碗端给家养的两只小兔吃。它俩用鼻子嗅了一下，粉红色的三瓣小嘴撇了撇，显出一副鄙夷不屑的样子，便跑到院里啃食青草去了。

麦田里的播娘蒿

播娘蒿，也叫抱娘蒿、米蒿、麦蒿、麦蒡蒿、大蒜荠等，为十字花科一年生草本植物。一般高三十到七十厘米，茎直立，多分枝。叶子呈羽状分裂。总状花序顶生，花梗长约一厘米，花淡黄色，结角果，种子卵形褐色如小米。花期五至六月，果期七至八月。

播娘蒿是一种生性狡猾的野草。李时珍《本草纲目》载：“抱根丛生，俗谓之抱娘蒿。”初春时节，麦田里小麦刚要返青，播娘蒿便开始萌动复苏。纤柔的茎叶总是与麦苗缠绕在一起。随着农民加大田间管理措施，对小麦施肥浇水，播娘蒿便使出浑身解数与小麦争夺土壤养分，开枝散叶迅速生长，造成小麦植株矮化、瘦弱，影响小麦的生长发育和产量。人们一般隔上三五天时间，便要到麦田里拔除播娘蒿等野草。春末夏初，播娘蒿生长繁殖速度加快。小麦打苞秀穗时，也是它开花的季节。嫩黄的碎花簇生于茎端，像袖珍版的油菜花；麦子黄梢时，它细小的角果已抢先成熟。麦收时节，播

播娘蒿具有野草的秉性，为了繁衍家族总是和其他野草争夺地盘。

娘蒿会被一起割下。这时，它成熟的籽角早已晒干，毒辣辣的太阳下，它的籽角一触即裂。人们收走了它的躯干，它的种子却潜藏在麦田里。播娘蒿结籽很小，但数量却极为可观，单株结籽可达上万粒。它的种子一般有三四个月的原生休眠期，所以它会在无思无虑的睡眠中等待下一次成长的时间。等到深秋，人们开始再次播种小麦，施肥浇水时它便跟小麦一起出生。

麦田里的害草播娘蒿

播娘蒿还是一种可食的野菜。它茎叶柔细，通体青黄，汁液较多，散发的气味清香怡人。旧时，播娘蒿常被作为荒年食蔬。元代王磐在《野菜谱》中写道："丛生，故名。二三月采，熟食。抱娘蒿，结根牢，解不散，如漆胶。君不见，昨朝儿卖客船上，儿抱娘哭不肯放。"《救荒本草》记载："米蒿，生田野中，所在处处有之。苗高尺许，叶似芫荽叶，微细。叶丛间分生茎叉，梢上开小青黄花，结小细角，似葶苈角儿。叶微苦。采嫩苗炸熟，水浸过淘净，油盐调食。"遇到灾荒年，饿殍遍野，人们饥肠辘辘，播娘蒿便成了救饥救命的食蔬之一。现在，人们食用播娘蒿只是看中其营养价值，为了品尝新鲜。每年春天，故乡的孩童常采摘播娘蒿食用。他们让父母亲把新鲜的播娘蒿用清水洗净后，用开水焯一下，去除其中的草酸，做成凉拌米蒿菜、蒸米蒿团子、包米蒿猪肉馅饺子等，味道清香，甜滑爽口。

播娘蒿的种子，名葶苈子、丁苈、南葶苈子、北葶苈子、苦葶苈子、甜葶苈子等，为一味中药。《神农本草经》记载："葶苈，味辛，寒。主症瘕积聚结气；饮食寒热；破坚逐邪，通利水道。一名大室，一名大适。生平泽及田野。”因葶苈子具有泻肺平喘、行水消肿的功效，中医常用来治疗痰涎壅肺、喘咳痰多、胸胁胀满、胸腹水肿、小便不利和肺源性心脏病水肿等疾病，有一定疗效，是中药店里较为常见的草药。

正月茵陈

茵陈蒿，乡亲们常称其为白蒿，菊科，属半灌木状草本植物，植株有浓烈的香气。主干明显木质，茎单生或少数，高四十到一百二十厘米。叶子羽状分裂，茎枝密生白毛。八月开花，九月结实，十月瘦果成熟。

迟日江山丽，春风花草香。早春时节，万物萌发，在故乡的河岸、路旁、坡地、林边，白蒿大多与马唐、荠菜等为邻，从越冬的根部长出嫩绿而泛白色的枝叶，吐露芬芳。俗话说："正月茵陈二月蒿，三月割来当柴烧。"农历正月、二月，长出的白蒿枝叶清柔多汁，味道清香，是采摘食用的最佳时机。到了农历三月，白蒿慢慢长出细长的茎干，变得柴硬少汁，便不可食用了。白蒿作为菜蔬食用的时间很短，只有一个多月的时间。采摘荠菜的日子，也是收获白蒿的日子。采收白蒿，需要心细手巧。白蒿的嫩枝叶都从根部萌生，一棵棵紧贴地

茵陈，是早春时节微山湖地区最早发芽吐绿的野草之一。

夏天，茵陈绽放的碎小的黄色花朵。

面，沾满了腐烂的草叶。要先扒拉开覆盖的泥土和草叶，而后用小铲子从根部铲掉或用手薅掉。采收白蒿时，指甲缝里常会嵌进泥土，使手指发痛。

作为一种野菜，白蒿的吃法有很多种。春天，乡亲们采收白蒿后，大多用来做蒸菜，或做蒸菜窝窝、菜饼吃，或与豆腐一起凉拌着吃。童年时，我最爱吃母亲做的白蒿蒸菜、白蒿煎饼。做蒸菜时，母亲先把洗净的白蒿放在面盆里，加入适量的盐、葱花、蒜末、酱油、花椒粉，撒上玉米面和小麦面，用筷子搅拌，使其均匀地沾在白蒿的叶子上，并用手稍加揉搓。在蒸锅的箅子上铺好笼布，把搅拌好的白蒿直接放在笼布上。用大火蒸二十到二十五分钟，热腾腾的白蒿蒸菜就出锅了。盛入盘子后，再撒上一点香油。白蒿蒸菜脆滑香甜而略带一丝清苦，令人回味无穷。

做白蒿煎饼时，母亲把洗净的白蒿用刀切碎放到瓷盆里，加入盐、味精、花椒粉和鸡蛋，搅拌均匀，作为饼馅。而后把和好的白面摊在案板上，用擀面杖擀好一块块薄薄的面皮。在一块面皮上铺一层馅，用另一块面皮覆盖住，用擀面杖擀成长条形或菱形，放在烧热的平底锅里，倒入一点油，用火煎熥。经过数次翻转，煎熥八到十分钟左右，两面金黄焦脆、散发浓郁香气的白蒿煎饼便做成了。童年时，吃着母亲做的白蒿煎饼，总觉得比在大饭店里购买的各种菜饼咀嚼着香脆可口。

茵陈有清热利湿、疏肝利胆的功效，是一味常见的草药。每年春天，邻居老中医田爷爷都会到田野里采收茵陈。他把采收的茵陈洗净后晾晒干，储藏在药柜里备用。田爷爷常用茵陈治疗湿热黄疸、小便不利和风痒疮疥等疾病，都有一定的疗效。

惊蓬无还根

飞蓬，菊科二年生草本植物。茎单生，叶片披针形，花期七至九月，花淡红紫色或白色，花蕊呈黄色，花形和小雏菊相似，种子白色有冠毛。因蓬草的枝叶总是向四周散开，生根短浅易断，秋季干枯后，由于体轻，常被风折断根茎四处飞动或滚动，所以被人们称为飞蓬、转蓬或惊蓬等。夏天，在故乡的河岸、沟旁、树林边，都可看到一片片绽放着淡红紫色或白色花朵的飞蓬。

飞蓬本是一种极易见到、极平凡的野草，但在古诗文中却有特定的意象，具有“野外飘零，身不由己”的象征意义，蕴含着无奈、哀愁和悲叹。如三国时曹植的诗句：“转蓬离本根，飘飖随长风。”（《杂诗·二》）以“蓬”自况，诉说遭到曹丕无端猜忌，远离了朝廷和友朋，孤苦无依的境遇，倾诉了自己迁徙生涯的痛苦。唐朝马戴诗句“蓬根既无定，蓬子焉用生”（《征妇叹》），也是以“蓬根”“蓬子”比拟征妇和其子生活的漂泊不定和孤苦无助。北宋苏轼

挤在野草丛中生长的飞蓬

飞蓬花的花期七至九月。用飞蓬花编织的花束，如今在花店里四季都有销售。

的诗句“悟此长太息，我生如飞蓬”（《颍州初别子由二首》），和明代刘基的诗句“游子如飞蓬，佳人旷千里”（《旅兴其三十五》）等等，都是以“飞蓬”喻写人生的辗转漂泊和孤苦。经过历代文人的刻画，飞蓬在古诗文中已成了一株永远噙着悲愁泪水的野草。

飞蓬娇小明丽的花朵和种子，是乡村孩子嬉戏的工具。天真自然的嬉戏，是乡村孩子生活的组成部分。夏天去田野里游玩，他们有时会采摘红色的牵牛花和淡红紫色的飞蓬花，用柔软的柳枝编成花冠，戴在头上以防太阳暴晒。孩子们在田野进行跑步比赛时，冠军的奖品，便是几枝成熟的莲蓬，和一个用飞蓬花、打碗花等野草花编织成的花环或帽子。佩戴着花环，挥动双臂，冠军被大家轮流背着前行一百米。秋天，飞蓬的花茎顶端结出一团瘦果，长着羽化成的白绒状冠毛。孩子们在原野里行走时，有时会不经意地拔取一团瘦果，用小嘴吹飞它们，让它们到新的地方安家落户，繁衍家族。

飞蓬可作为药材入药，有清热解毒、活血化瘀、抗菌消炎等功效，常用来治疗肝脏炎症和胃炎、腹泻、牛皮癣、跌打损伤等症状。邻居老中医田爷爷擅长用小飞蓬治疗中耳炎和小儿跌伤等病症。他把采摘的新鲜飞蓬捣碎后取出汁液，让中耳炎患者直接滴入发炎的耳道中，每天滴两到三次，一般一周后炎症就会减轻或消退，患者的听力也得到恢复。孩童走路不小心，有时会跌伤膝盖或腿部，造成瘀血红肿。田爷爷把新鲜的飞蓬捣碎成泥糊状，直接敷在孩童患处，三五天后瘀血便能散开，使肿痛减轻或消退。

曲阜石门山山势俊秀，草木繁茂，名胜古迹遍布。上初中时，老师曾组织全班同学游览此山。时值深秋，秋风吹拂下，山上蓬草乱飞。在登山的过程中，老师给大家讲起了唐代两位伟大的诗人李白和杜甫在石门山惜别的故事。唐玄宗天宝四年（公元七五五年）春，李白、杜甫在鲁郡（今山东兖州）重逢，同游齐鲁。深秋，杜甫西去长安，李白再游江东。两人在石门山上宴别，李白满含深情地写了送别诗《鲁郡东石门送杜二甫》，其中两句云："飞蓬各自远，且尽手中杯。"蓬草在秋风中飘飞，朋友一别何时才能相见呢？草木含情，山川悠远，这小小的蓬草寄寓了李白对杜甫多少惜别之情啊！望着山上飘飞的蓬草，大家跟着老师大声朗诵起李白在石门山上写给杜甫的送别诗。山风浩荡，满山回响着师生们的诵诗声。

沦为野草的苎麻

苎麻，也叫青麻、白麻、野苎麻等，乡亲们常称其为野麻。为多年生草本植物，叶片呈蒲扇形，巴掌大小，背面长有白色茸毛，夏季开淡绿色小花，果实像花穗一样蓬松垂荡。在故乡的河边、山坡或荒地里，都可见到它野生的族群。

苎麻在我国有悠久的种植和使用历史。它是我国古时特有的纤维作物之一，由于产量较大，价格较低，是丝绸之外制作衣物最多的原材料。据史料记载，苎麻原产于我国西南地区。考古发现，新石器时代长江中下游地区就已种植苎麻。考古出土年代最早的苎麻，是浙江钱山漾新石器时代遗址出土的苎麻布和细麻绳，距今已有四千七百多年的历史。这些苎麻制品经过数千年的埋藏，依旧没有腐烂。随着苎麻的价值逐渐被人们认识，北方黄河流域也开始种植苎麻。苎麻逐渐成了全国性的种植作物。

与野草为伍的苎麻

苎麻茎皮织成的布匹，古人称为“夏布”，就是人们夏季使用的生活布料。古籍记载：

“夏布轻如蝉翼，薄如宣纸，平如水镜，细如罗绢。”夏布的制作，要经过种麻、浸麻、剥麻、漂洗、绩麻、成线、绞团、梳麻、上浆、纺织等十二道复杂的手工工序。这种布透气性能好，具有很好的韧性和持久性。缝制的衣服，即使在炎热的夏季穿上也不会感到粘皮肤，是丝绸之外的优质布料。所以，我国古代上至王公贵族，下至平民百姓，都喜爱穿夏布制作的衣服。随着丝绸之路的开通和世界各国之间商品的流通，夏布也被带到了国外，是继丝绸之后让外国人大为惊叹的工艺织品，苎麻也被外国人称为“中国草”。二十世纪三十年代，夏布还荣获了巴黎国际博览会金奖。

我国苎麻的产量占全球产量的百分之七十五到八十以上。随着我国经济、科技、社会等各方面的快速发展，人们的物质生活越来越丰富，苎麻已经不再是主要的纺织原料，而聚酯纤维、化纤原料则大行其道，且成本远低于苎麻，加工制作速度快，产量高，花色品种丰富。这些新的布料，适应了人们不同的需求。苎麻使用的辉煌时代早已过去，夏布便渐渐地被大家遗忘了。苎麻种植的数量也随之急剧减少，我国已很少有农民专门种植苎麻。一些野生的苎麻只能落寞地生长，与野草为伍，自生自灭。

苎麻的根茎叶皆可入药。根有清热利尿、安胎止血等功效，用于治疗感冒发热、麻疹高烧、尿路感染、肾炎水肿、孕妇腹痛、胎动不安、先兆流产、跌打损伤、骨折、疮疡肿痛、出血性疾病等，有较好疗效；叶为止血剂，治创伤出血；根、叶并用，可治疗急性淋浊、尿道炎等疾病。童年时，曾见邻居老中医田爷爷把苎麻根、叶捣碎成糊状，敷在患处，用来治疗小儿骨折，受到小儿家长的好评。

苎麻叶也可食用。上小学三年级时，教数学的李老师是浙江人。每年春天，她都到野外采摘苎麻的鲜嫩叶，用来炒着吃或烧汤喝。我和两位小伙伴曾吃过李老师用苎麻叶和糯米做的青团，清莹如玉，吃起来柔滑相融，清香扑鼻。

荒野里生长的罗布麻

罗布麻，也叫红麻、茶叶花、红柳子、野茶等，直立半灌木，高一点五到三米，常生长于河岸、山坡和荒地里。春天，罗布麻萌发嫩绿的新芽，枝条对生或互生，呈紫红色或淡红色。叶片像小小的芭蕉扇，两枚对生。茎秆淡红，折断有白色的汁流出。夏天，罗布麻生长迅速，长得有一米多高，聚伞状花序开始绽放，花朵像一个个小喇叭，几朵长在一枝上，淡粉色，上面布满红条纹，常引得蝶飞蜂绕。在庞大的野草世界里，一株株花香芬芳的罗布麻格外引人注目。

乡亲们把罗布麻称为野茶，在故乡的河岸和荒地里都可见到它成片生长的身影。三伏天，骄阳似火，在家乘凉的老人有时便让孩童到河岸的沙地上采割野茶。孩童手拿小镰刀，把野茶一簇簇采割后用绳子捆好背到家里，老人便用清水洗净，为田间劳作的人们烧煮野茶。煮好的野茶颜色似红茶，甘甜清香，有花蜜的味道。从田间收工回家的村民大碗大碗地喝着，既能解

故乡河岸上生长的罗布麻

渴，又能提神缓解疲劳。

罗布麻的花期为四至九月。一簇簇粉红色的花儿，常引得行人驻足观看。

记得童年时一个夏日的午后，炎天流火，蝉噪声如雨，我和几个小伙伴一起去村南的大河岸上采割野茶。野茶生长的沙土地，常常是蜥蜴和蛇出没的地方。我和小伙伴刚走到一大片野茶边，突然一只猫头鹰叼着一条大花蛇从野茶丛里飞了出来，飞进了河岸上的杨树林里。我们几个小伙伴吃惊地看着，满脸惊愕。这时野茶丛里来回奔跑的蜥蜴发出沙沙的响声，引起了大家的注意。我们便一边看着像壁虎一样大小的蜥蜴，一边弯腰用小镰刀采割野茶。孩童的世界里充满了好奇。割了一会儿野茶，不知哪个小伙伴提议要捉几条蜥蜴带回家，大家便放下镰刀，脱下上衣挂在野茶间做屏障，以防备蜥蜴跳跃，玩起了捉蜥蜴游戏。经过好大一会儿，我们才捉了两只。一个小伙伴用上衣包裹着蜥蜴小心地抱着，其他小伙伴背着采割的野茶，大家兴高采烈地向村庄走去。走到村边，迎面碰到了在大树下乘凉的李爷爷。李爷爷须髯飘飘，精神矍铄，已经九十多岁了，看到一个孩子用上衣神秘地包裹着东西，便笑问包裹的是什么，大家告诉说是蜥蜴。李爷爷对我们说："孩子们，蜥蜴爱吃荒地里的昆虫，拿回家也不易养活。被家养的鸡看到了，就会啄食掉。还是把蜥蜴放了，让它们去野外生活。"听了李爷爷的话，我们便把蜥蜴放进路边的草丛里。蜥蜴蹦跳着，霎时便消失得无影无踪。

参加工作后去新疆塔里木河和甘肃敦煌旅游，两地都有著名的特产罗布麻茶。据现代医学研究，罗布麻茶具有治疗高血压、心脏病、水肿，预防感冒，延缓人体衰老等功效，是一种很好的保健和医疗饮品。新疆罗布麻茶的产地主要分布在塔里木河、孔雀河两岸。这里是我国的四大长寿地区之一，生活着很多百岁老人，被誉为“百岁罗布人”。罗布麻茶被敦煌人称为“敦煌八大怪”之一，产于罗布泊东部。这里生活着我国最古老的土著民族罗布人，他们逐水而居，穿罗布麻衣服，喝罗布麻茶，吃罗布麻粉，抽罗布麻烟，百岁老人占人口比重很大，被国际自然医学界认定为世界第四个长寿区。真没想到，童年时在故乡的河岸上、荒地里随处可见的罗布麻，竟然有这么大的保健和医疗功效，受到这么多人的喜爱。罗布麻，不愧是一种造福人类的神草啊！

仙气缭绕的柏树

微山湖西边的湖堤外，分布着几处突兀的台地，上面生长着一棵棵高大的侧柏树，风枝虬干，都有几百年的树龄了。据湖边生活的老人讲，这些台地上明清时建有佛寺，成为南来北往货船船工的休憩地，后因战乱变成了废墟。只有一些古柏树存活下来，迎送着来来往往的船只和行人。

侧柏的叶、枝、种子、树干和根皮皆可入药。叶、枝可收敛止血，利尿健胃，解毒散瘀。种子称为柏子、柏仁或柏实，有安神滋补、强壮身心之效。树干燃烧后流出的树脂，可治疥疮、丹毒，止痛，解毒杀虫。根皮碾末，可治疗烧烫伤。童年时一个秋天的早晨，我跟着村里的老中医田爷爷到湖边的台地上采摘柏叶和柏仁。因侧柏倒卵状的叶片有尖头，卵圆形球果有棱脊，用手一摸有针刺般的疼痛，田爷爷便让我戴上手套，一把把采撸。田爷爷还微笑着讲起了柏仁能延年益寿的故事，使我对柏仁的医药功能有了一定了解。

在微山湖周边的古寺庙里，生长着数十棵树龄近千年的古侧柏树。

陕西黄陵县轩辕庙中传为黄帝手植的侧柏，树龄在五千年以上。

相传在西汉汉武帝时，长安城南的终南山中有一条便道，为往来客商提供必经之路。有一年，有人见到山中出了个长发黑怪，能跳坑跨涧，攀树越岭，灵如猿猴，快似羚羊。于是人心惶惶，商贾非结伙成群不敢过山。消息传到了当地县令耳中，县令怀疑是强盗要的花招，便命令猎户围剿怪物。猎户经过千辛万苦，捕获的竟然是一位多毛发的中年妇女。据毛女说，她原来是秦朝的宫女，秦亡后便逃入终南山。正当饥寒交迫、无以充饥时，恰好遇到一白发仙翁，教她食用柏仁、柏汁。初时只觉苦涩难咽，日久则觉得满口生香，舌上生津。以至于不饥不渴，身轻体健，夏不觉热，冬无寒意，年过百岁仍不见老。毛女服柏仁长寿的消息一出，世人便开始争相服用，以期长命百岁。听了田爷爷讲的故事，我总觉得柏树缭绕着仙气，生长着神秘。

田爷爷把采摘的柏树叶与银杏叶、枇杷叶、生姜等相配，用清水洗净晾干，搅碎制成乌发散，用来治疗脱发、少白头等病症。把柏仁碾末，用来治疗头晕健忘、虚烦不眠、阴虚盗汗、肠燥便秘等病症，都受到了患者的好评。

因侧柏有耐寒、耐干旱、耐污染、长寿等特点，在微山湖周边地区的一些寺庙道观和明清时期建造的古宅院里，以及普通人家的坟地里都种植有侧柏、桧柏等柏树，挺拔高大，夏绿冬青，尤其在下雪天更显得生机盎然。对建筑物形成强烈的烘托，凸显了建筑主体，营造了宁静清幽或肃穆庄严的气氛。旧时传说，柏树有神气仙性，是大地与上天通灵的使者。今天看来，这应是侧柏、桧柏等柏树独有的园林绿化效果所致。

侧柏木，也叫扁柏、香柏等，木材黄白色，心材红褐色，纹理笔直或倾斜，结构致密，有香气，耐腐朽，耐水湿，材质较重，容易加工。同时，人们还赋予侧柏高尚、正气、不朽的品质。侧柏，是制作家具的名贵木材。故乡有的人家女孩出嫁时，父母亲会请木匠制作柏树箱子（夫妇百岁和好）和楝子床（连生贵子）作为嫁妆，陪送给女儿。

中药材侧柏叶和侧柏子

萹蓄演绎的生命色彩

萹蓄，又名扁竹、竹叶草、蚂蚁草、道生草等，一年生草本植物，植株一般高十到四十厘米，茎匍匐丛生，叶片狭长似竹叶，茎有节，五至七月开花，六至八月结果。在故乡的路旁渠边或荒地上，萹蓄常与狗牙根、马唐等野草为邻，一丛丛、一片片生长。

萹蓄的一生，从萌芽、生长到衰老，充满了令人好奇的秘密。它的种子具有休眠性，隐含着对未来成长的珍视和期盼。植物学家研究，萹蓄的种子未经冬天不会发芽。种子萌芽是从汲取水分开始的，种子首先膨胀，胚胎接着生长。发芽就像分娩，一旦启动就是个不可逆转的过程，因此发芽的时机关乎生死。如杨树和柳树的种子寿命极短，如果撒播几小时内没找到湿润的泥土，就会死亡。若季节气候对萹蓄种子来说太干燥或太寒冷，不利于发芽，种子就会进入休眠，等待不适宜的气候过去。萹蓄没有在五月发芽的种子，又逐渐进入休眠期，静待另一波寒意来临，准备好再次发芽。这，也许就是萹蓄在杂草世界里族群繁衍不那么旺盛的一个原因。

茎叶碧绿的萹蓄

萹蓄从开花、结子到衰老，演绎着色彩的变幻。萹蓄为蓼科植物萹蓄属。这种植物的花瓣和花萼是合生在一起的，不分彼此。它的种子全部或部分包藏于宿存的花萼内，人们看到的粉红色“花蕾”，其实是它的宿存花被。萹蓄的花朵很细小，需俯下身体仔细观察，才能领略到它的风姿嫣然。一到五朵小花生于叶腋，白色，有时略带浅绿。花朵看似五个花瓣，实际上这并不是真正的花瓣，而是它的花被，而它真正的花蕾，颜色、形状却和叶片相近似。这些花蕾是一个个造型别致、颜色亮丽的“小锦囊”，主体是淡绿色，囊口点缀着一圈玫瑰红的精致花边，而每一个囊里都孕育着一枚果实。原来淡绿色的花被在孕育果实的过程中，渐渐收拢并增添了更加丰富的色彩。在花被严密的包裹和呵护下，果实逐渐发育成熟，直到十月中旬，花被娇艳的色彩才最终褪去，转为黄绿色。此时，具有三棱的卵形果实逐渐变为黑褐色，成熟后即坠落地面。而萹蓄原来的绿色植株也变为棕红色，接着是更为暗淡的棕褐色，最终走向生命的衰亡。

萹蓄这种身姿矮小、平凡的植物，还是一种中药。中医认为，萹蓄性微寒，味苦，有利尿通淋、抗菌消炎、杀虫止痒等功效。可用于治疗膀胱热淋、皮肤湿疹、赤白痢、黄疸、蛔虫等病症。故乡的老中医夏季常采摘萹蓄全草，洗净阴干后切碎药用。童年时，到我们村里的老中医刘爷爷家去玩，曾看到邻近村庄的孩子被父母亲背着，到刘爷爷家治疗小儿蛔虫病。刘爷爷用萹蓄叶煎熬汤药，让孩童服用，一般服用五六剂汤药就可治愈其蛔虫病。

蒺藜暗藏的针刺和快乐

蒺藜，也叫旁通、屈人、止行、名茨等，为半藤蔓植物。它叶片细小碧绿，紧贴地面，从春到秋在沙地、河滩、荒地上随意生长，绿绿的一层，有二到三厘米高，三到四米长。五至八月绽放黄色的小花，六至九月结出长着锐刺的果实，俗称为蒺藜。先是青绿色，秋天熟了变成灰白色或土黄色。蒺藜、苍耳、鬼针草，是乡村孩子嬉戏中常会碰到的长着刺的几种野草。它们的针刺给孩子们带来了疼痛，也带来了快乐。

离故乡东南方五六里路远处突兀着一处高台，乡亲们称之为旧河堌堆（实为汉代以后古文化遗址），高出地面五六米，有三四亩地那么大，厚厚的沙土上长满了蒺藜、白茅、曼陀罗等野草和桑树、楮树等树木。三面被大河环绕，河里长满了荷花菱角。童年时，每年夏秋季，我常和几个小伙伴一起到旧河堌堆游玩，小伙伴们把这叫作“蹚蒺藜阵”。炎夏，我们常赤脚沿堌堆下的河边行走，一边采摘莲蓬、楮树花吃，一边钓黄鳝。有时把鱼钩刚放进鳝鱼窝，鳝鱼便猛地咬住朝窝里拉。为了

蒺藜，是乡村的孩子既爱又恨的一种植物。

钓住鳝鱼，只得双脚紧紧踩住泥巴，双手拉紧钓线与其进行拉锯战。脚上被蒺藜扎刺了，也全然不顾。秋天，我们常到旧河堌堆采摘龙葵。为了壮大声势，大家手拿一根树枝，拍打着野草，大声叫喊，吓得一只只体形短小的变色龙乱跑。为了采到龙葵，只得弯下腰深一脚浅一脚地在杂草丛里搜寻，不知不觉地蒺藜就会穿透鞋帮刺痛脚面。采摘龙葵时，我们还会捕捉蚂蚱，烤蚂蚱吃。一有动静，猛地用力弹跳起飞，是蚂蚱逃跑时惯用的伎俩。为了捉住蚂蚱，我们只得脱下鞋子，用鞋子猛扣下去。双脚踩在地上，蒺藜的尖刺刺进了脚底，使人既疼又痒。抓住蚂蚱后，大家点燃干草，把蚂蚱放进火里烤。几分钟后就被烤熟了，吃起来酥脆清香，蒺藜针刺的疼痛早被抛到了九霄云外。

童年时，曾多次听老人们讲古代战争中使用铁蒺藜的故事。铁蒺藜，是中国古代一种军用的铁质尖刺的障碍物，亦称蒺藜。有四根伸出的铁刺，长数寸，凡着地均有一刺朝上，刺尖如草本植物蒺藜。在战争中将铁蒺藜撒布在地，用以迟滞敌军行动。有的铁蒺藜中心有孔，可用绳串联，以便敷设和收取。战国时期已使用铁蒺藜。秦汉以后，铁蒺藜成为军队中常用的防御器材，除在道路、城池四周等布设外，军队驻营时，也在营区四周布设。宋代以后，铁蒺藜的种类逐渐增多，如制造了交战中使用的蒺藜棒、蒺藜枪和蒺藜骨朵等兵器，可布设在水中的“铁菱角”，连缀于木板上的“地涩”，拦马用的“蹄”，在刺上涂敷毒药的“鬼箭”等。传说诸葛亮带兵与魏国打仗，为防止对方入侵，常在兵马必经之地布下铁蒺藜阵，使对方望而却步。有时，会在交战间隙暗暗撒上铁

蒺藜娇嫩的黄花，结出了坚硬带刺的果实。

蒺藜，扎得对方人仰马翻，落荒而逃。同时，古人还在战场上使用蒺藜棒、蒺藜枪和蒺藜骨朵等冷兵器，给敌兵以重创。后来，蒺藜骨朵演变成仪仗、仗击刑具和宰杀牲畜的用具。近代以来，人们还根据蒺藜的特性制造了刺绳（铁丝网）等防护隔离用具。听着老人们讲的古人用铁蒺藜打打杀杀的故事，总觉得不如我们小孩去村东南的旧河堌堆“蹚蒺藜阵”有意思。蒺藜刺虽然刺痛了我们，但大家却把它踩到脚下，吃到野花野果，吃到烧烤的蚂蚱，钓到了狡猾肥美的黄鳝。

明朱橚在《救荒本草》中说：“救饥收子（指蒺藜子）炒微黄，捣去刺，磨面作烧饼，或蒸食皆可。”未见过乡亲们采食蒺藜子，却见过故乡的老中医夏末秋初采集蒺藜子作药用。蒺藜子味苦、辛，性温，有小毒。具有散风、明目、下气、行血的功效，可治疗头痛、身痒、目赤肿翳、胸满、咳逆、乳难、痈疽、瘰疬等病症。童年时，我有一次双腿患皮肤瘙痒病，用手一挠就起小水疱，吃过老中医田爷爷用蒺藜子配制的药丸后，一个星期就痊愈了。

飘舞着蓝色蝴蝶的鸭跖草

《本草纲目》记载："竹叶菜处处平地有之。三、四月出苗，紫茎竹叶，嫩时可食。四、五月开花，如蛾形，两叶如翅，碧色可爱。结角尖曲如鸟喙，实在角中，大如小豆。豆中有细子，灰黑而皱，状如蚕屎。巧匠采其花，取汁作画色及彩羊皮灯，青碧如黛也。"四百多年前，伟大的医学家李时珍对鸭跖草的生长特性和功用已做了细致说明。

鸭跖草，又名翠蝴蝶、淡竹叶、竹叶菜、碧竹子等，在村里一些人家房前屋后的空地上、河沟边、池塘旁，都有它群聚的身影。

鸭跖草最吸引孩子的，是它那明艳惊人的造型：竹叶蓝花。叶为披针形至卵状披针形，仿佛是萌发出来的嫩竹叶，青翠碧绿。鸭跖草花小，但清丽脱俗，仙气缭绕。花被绿色鸟喙状佛焰苞半包着，两枚靛蓝色的花瓣高悬张扬，下方掩藏着一枚白色半透明的小花瓣。鸭跖草的花期较长，除冬季外，其他时节都能见到翠蓝色的小花。但花开花谢的时间却很短，清晨迎着朝露绽放，

鸭跖草常一片片生长在一起，茎叶纤小翠绿。

是鸭跖草的花儿，还是栖息在草叶上的蓝色蝴蝶？

夜幕降临时便匆匆凋谢了，只留下一个壳状的佛焰苞片。村里信佛的老人常称鸭跖草为“佛禅花”，说那蓝色的花瓣是坐禅的佛子。孩子们听了不明就里，一头雾水。他们只是好奇地看着鸭跖草，惊艳于它的娇小美丽。

三伏天暑气蒸人，孩子们三五成群去水塘戏水采莲。在塘边的草丛中常看到一棵棵随意生长的鸭跖草，绽放着一朵朵深蓝色的蝴蝶花。大家便采摘花儿，用圆圆的荷叶包着托在手上，像传说中的天女散花那样边走边抛撒花瓣，帮助这些蝴蝶随风飞舞。走得口干舌燥了，便把一些花瓣和莲子放到嘴里咀嚼，以甜蜜清香滋润喉咙。在水草稀疏的池塘边，有的孩子把花瓣轻轻撒在水面上，逗引得馋嘴的鱼儿上蹿下跳，忙个不停。孩子们出神地望着，一些馋嘴的家鸭看到了便趁机游过来打劫，想捕食鱼儿。大家只得张开双臂，吵嚷着驱赶鸭子。鸭子被吓跑了，水面上摇晃着凌乱的花瓣，荡漾着孩子们开心的笑声。

“扬葩簌簌傍疏篱，薄翅舒青势欲飞。儿误佳人将扇扑，始知错认枉心机。”（《碧蝉儿花》）鸭跖草，亦名碧蝉儿。宋代杨巽斋在诗中描写了篱笆旁的鸭跖草开花了，引得美人以团扇扑之，细看却发现是野花。我国古代著名的药物学著作如《本草拾遗》《日华子本草》等，和植物学专著《花镜》《植物名实图考》，都对鸭跖草做了记载。可见，鸭跖草古来就是人们喜爱的一种花草。翻阅日本文学著作，看到很多日本文学家也喜爱这种野草，并写了大量咏赞的俳句和散文。日本把鸭跖草称为“露草”“月草”“莹草”。如散文家德富芦花就将鸭跖草称为“开在地上的天之花”，说其是蓝天滴沥的清露，让天空的蓝在大地上得到复苏。“把露草当作花儿是错误的，这不是花，这是表现于色彩上的露之精魂，那质脆、命短、色美的面影，正是人世间所能看到的一刹那上天的消息。”（《碧色的花》）鸭跖草被德富芦花看成是一种幽美的奇草，在人类灵魂的高原上吐露着芬芳。

逸生在河岸上的茴香

春风轻抚，燕子轻翔，各种野草和树木在故乡北边的大河岸上竞相生长。在一片片野草闲花的包围下，偶尔会看到一墩墩茴香在干老的茎梃间长出柔嫩的苗儿，散发着浓郁的香气。沿大河东去四公里，便到了烟波浩渺的微山湖大运河段。据古县志记载，明清时微山湖里南来北往的商船很多，风帆浪舸昼夜相继。由于故乡出产砂石等建筑材料，一些江浙地区的商人便把货船停到村北的大河边设立收购点，购买砂石向江南地区贩运。为了解决日常食蔬，这些商人便在河岸上开垦荒地种植蔬菜。茴香，谐音“回乡”，也寓有思乡之意。后来故乡的砂石被开采光了，商人们便举家迁往别处，这些茴香就是商人们种植的蔬菜逸生在河岸上的。年复一年，它们与野草、树木为邻，落寞地生长。

茴香根，可在地下生长几十年不死。每年春天，从老根上萌生新的茎叶。老根和茎叶皆为中药材。

茴香，又名怀香、小茴香、茴香子等，是著名的香料植物。春夏秋季，一般采摘其茎叶食用。茴香的籽实香气浓烈，也是一种常用的调料，很早以前就受到人们的喜爱。西晋“竹林七贤”之一的嵇康，被《三国志》的作者陈寿称为“文辞壮丽，好言老庄，而尚奇任侠”，他对茴香情有独钟，写有《怀香赋》：“余正月登历山之南，见怀香生于草丛之间。曾见斯草，植于广厦之庭，或被帝王之囿，被弃此处，窃怪之，遂采之而回，植于中庭。丽花则珠采婀娜，芳实则可以藏书。”清代文学家、美食家袁枚在《随园食单》中也津津有味地谈到，多次把茴香作为其艺术化生活的佐料食用。

在我的记忆中，童年时看父亲在大河里擢鱼，与父亲一起在河岸上用白面饼卷茴香吃，是最值得回味的美食。每年春天，父亲都会到村北的大河浅滩上擢鱼。前一天晚上，母亲会用铁鏊子烙熟十几张白面饼，煎好半碗咸鱼，作为父亲的午饭。雄鸡刚刚报晓，月亮挂在西天，父亲急匆匆吃过早饭，便背着竹篓和擢网向大河走去。周日学校不上课，我便背着饼子、咸鱼，提着柴油炉子和小锅，看父亲擢鱼。父亲下河擢鱼不多长时间，就累得汗流浃背，口干舌燥。我便从河边舀出一小锅清凌凌的河水，在岸边点燃柴油炉子，为父亲烧开水喝。该吃午饭了，父亲便把一篓子鱼和擢网放到河边，领着我到河岸上采摘鲜嫩的茴香。河岸上，烟花飞扬，布谷声声，野豌豆、连翘等一片片野花吐露着芳香。父亲把薅来的茴香放在锅里焯水后与煎咸鱼一起卷进白面饼里。茴香的鲜嫩和咸鱼、面饼的香味融为一体，使人咀嚼着舌尖生春，胃口大开。午饭后，父亲把鱼倒进网袋里放在河边水中，继续下河擢鱼。我看着网袋里活蹦乱跳的鱼，薅取一把茴香嗅食其清香，在野花间轻轻追逐、捕捉蝴蝶，把童年的好奇和快乐随意播撒在高高的河岸上。

北宋苏颂《本草图经》记载：“入药多用番舶者，或云不及近处者有力。三月生叶，似老胡荽，极疏细，作丛，至五月高三四尺；七月生花，头如伞盖，黄色，结实如麦而小，青色，北人呼为土茴香。回蘹声近，故云耳。”中医认为，茴香能够健脾养胃，运气行气，具有顺气排气的功效。可治疗肠胃扭结、痉挛、梗阻等症状，疗效很好。故乡的孩子如因饮食冷热不均、暴食暴饮等出现腹痛腹胀，老中医刘爷爷常用村北大河岸上的茴香熬汤给孩子喝，三五天后便解除了孩子的病痛。

村里老人讲，旧时如有人去遥远的外地谋生，临走时家里亲人会用红布包一把茴香或茴香子，放在行囊里，希望他平安顺利地去闯荡，去干一番事业，永远不要忘记父母亲的养育之恩，不要忘记家乡。馨香的茴香，寄寓着亲人和故乡对外出游子的深切眷念和殷切期望。

蛇常停靠的蛇床草

蛇床草，乡亲们称之为野胡萝卜棵或野茴香，常生于河岸、沟旁、树林边或偏僻的荒地上。植株一般高十到六十厘米，根圆锥状，较细长。叶羽状，碧绿色。茎直立或斜上，中间是空的，分枝较多，表面粗糙凸显着条棱。蛇床的茎叶花籽仿佛是胡萝卜的复制品，有一股浓郁而特殊的气味，但植株比胡萝卜长得要高出很多。四至七月复伞形花序绽放着淡绿和月白色小花，六至十月结出籽实。籽实可入药，称为蛇床子。

这种野草为何有这么一个奇怪而瘆人的名字呢？童年时，我曾专门向村里的一位老中医刘爷爷请教。他告诉我说，这个名字源于一个传说故事。相传秦朝时，江南的一个村庄突然流行一种怪病。患病的人全身长满一粒粒大小不一的疙瘩，奇痒无比，令很多当地名医束手无策。后来，一个游走的郎中来到村里，对村民们说：“在百里之外的海岛上，有一种长着羽状的叶子，开着小伞花的药草可治这种病。但岛上遍布毒蛇，这种草常被毒蛇压在身下，想要采它十分困难。毒蛇虽然凶恶，但怕雄黄。”村里有一位智勇双全的年轻人，决心

蛇床草的茎、叶、花、籽，仿佛是胡萝卜的复制品。

四至七月，为蛇床草的开花期。

要解除人们的痛苦，便于五月初五端午节，带着雄黄酒来到蛇岛。他用雄黄酒制服毒蛇，历经千辛万苦采到两背篓药草，回到村里通过煮水熏洗，治好了患病的村民。因这种草药压在蛇身下，所以叫蛇床，结出的籽便叫蛇床子。刘爷爷讲的故事，说明了蛇床草在治病救人中发挥的作用。但乡村的孩子通过仔细观察，却能发现一个更接近其名字的现象。

因蛇床多连片生长，植株相倚相拥，茎叶荫浓，夏天蚂蚁常在蛇床下安家，同时也是水蛇小憩或扑食青蛙、水老鼠等小动物的场所。孩子们到河边或水沟里摸鱼时，经常会看到蛇床下吐着芯子蜷缩着的花水蛇。也许，这就是蛇床得名的缘由。蛇床稠密的茎叶中，居住着一些蛾子和蚱蜢，因此这里也是蜻蜓飞行中捕食、休息的驿站。捉蜻蜓，是乡村孩子嬉戏的内容。故乡的河沟里盛产红蜻蜓和黑蜻蜓，特别是黑蜻蜓身体较小而翅膀较大，飞起来很像欧美电影中飞翔的巫婆，孩子们常把它叫作“黑老婆”。为了捉住黑蜻蜓，孩子们常悄悄靠近蛇床，尽可能不打扰小憩的水蛇，为了不让蜻蜓看到，屏住呼吸慢慢转到蜻蜓的后面。为了捉住一只黑蜻蜓，有时累得头晕目眩、汗流浃背。捉住蜻蜓后，孩子们高兴得又蹦又跳，仿佛做成了一件惊天动地的事情。蛇床生长的世界里，贮藏着孩子们无尽的笑声和快乐。

上世纪八十年代初一个炎热的夏天，哥哥高考后回到家等待录取通知书。闲着没事，看到县里中药材站收购蛇床子的信息，决定到野外采收蛇床子。我和邻居的孩子一起，帮着哥哥拉着地排车，到大河岸边采割成熟的蛇床草。头顶烈日，不怕蚊虫叮咬，五天时间我们采割了五车蛇床草，通过石磙碾压，共收获八十多斤蛇床子，卖了四百多元钱。哥哥用钱买了心爱的笛子、二胡和口琴，我和邻居的孩子，每人各买了一身新衣服，合买了一摞少儿连环画册。回到村里后，我们把画册借给村里十多个孩子阅读，受到大家的欢迎。直到现在，邻居的孩子已四十多岁了，仍珍藏着那时借阅的少儿连环画册。

在麦田边种植的蛇床等诱集植物

蛇床子是一味良药，有清热燥湿、祛风止痒、解毒杀虫、温肾壮阳的功效。故乡的老中医常用蛇床子治疗孩子皮肤瘙痒、慢性湿疹和妇科疾病，效果很好。

近年来，随着科技兴农事业的发展，故乡在农业科研单位的帮助下，在农作物种植方面推广了“推拉疗法”。就是在农田附近，穿插种植一些诱集或者驱避害虫的植物，即“诱集植物”，帮助农田进行“害虫分压”，同时达到涵养天地昆虫资源、配置农业景观的效果。春耕时节，乡亲们在麦田附近种植了蛇床、龙葵、苜蓿等一些诱集作物。这样既起到了生态防控害虫的作用，也提高了农田景观多样性和美化环境的效果。蛇床、龙葵等野草，在推进绿色生态农业方面正发挥着新的作用。

牵牛花的美丽和质朴

在庞大的花草世界里，牵牛花既有花的美丽迷人，又有草的质朴平凡。它以其独特的形态、色彩和特性，受到了人们的喜爱。

牵牛花的花开过程，撩拨人的情思。牵牛花，也叫喇叭花、朝颜花，为一年生缠绕草本花卉。它品种繁多，花期六至十月，有红、白、蓝、粉红、淡紫等多种颜色，也有几种颜色相间的。花瓣轻薄如纱，温婉似绢。牵牛花开花的过程奇特多变。先有螺旋的蕾头渐渐展开，形成立体的小五角星状，再展开如旋转的风车状，而后扩展成稍大一点的五边形，最后才形成近似圆形的喇叭状花冠。牵牛花大多在早晨开放，雄鸡刚刚啼鸣，晨光熹微，烟雾缭绕，牵牛花便舒展开圆形的喇叭花，噙着晶莹的露珠，吐露芬芳。缘于此，牵牛花又名朝颜花。随着太阳的升起，牵牛花仿佛羞涩似的慢慢闭合了花朵，收藏起自己的芳容。秋天到了，西风飒飒，万木叶落，娇嫩的桂花已失去了芳香，雅洁的菊花正孕育花蕾，牵牛花仍在开放，笑傲冷霜，给人间带来一抹亮色，一点惊奇。

纵意生长的牵牛花藤蔓

常见的牵牛花多为白色、粉红色和淡蓝色，都显得娇艳明丽。

牵牛花蔓长花稠，有坚韧、包容的性格。它或生长在河边沟旁的草丛中，或缠绕在农家的院墙、菜园的篱笆上，或攀爬在林间的枝丫上，或附爬在田间的玉米、高粱秆上。一簇簇，一片片，一层层，一团团，互相依偎，互相包容。千姿百态，争奇斗艳，尽力展现生命的美丽和自信。

古往今来，很多诗人写了大量咏赞牵牛花的诗篇。但他们大多把牵牛花和牛郎织女的爱情故事联系在一起，寄托自己的一种愿望。宋代诗人林逋山《牵牛花》一诗写道："圆似流泉碧剪纱，墙头藤蔓自交加。天孙滴下相思泪，常向深秋结此花。"天孙即指织女，是说牵牛花是织女的相思泪化成的。宋代秦观《牵牛花》诗说："银汉初移漏欲残，步虚人倚玉阑干。仙衣染得天边碧，乞与人间向晓看。"秦观看到黎明时盛开的牵牛花，想起了牛郎织女历经磨难的爱情故事，把牵牛花想象成一位青衣仙女依偎着玉栏杆，寄托了自己坎坷的人生际遇。其实，在故乡流传的牵牛花的传说故事，却是一个激励人向善向上的故事。据说很久以前，有一个村子很多人得了一种怪病，腹胀难忍，四肢肿大，大便不畅，人们一直在痛苦中挣扎。有一个牧童孤苦无依，与牛相依为命，自己省吃俭用，也要把牛喂饱照料好。一日，牛突然对他说："远方有一座大山，山中长着许多像喇叭一样的小花，我带你找到它的种子，就可以治好全村人的病。"牧童听后，带着干粮，牵着牛去远方寻找大山。历尽千辛万苦，终于找到像喇叭一样的小花，并带着种子和牛一起回到家乡。得病的村民吃了花的种子，病都神奇地好了，恢复了健康。大家为了纪念牧童，便把这种花的种子叫作“牵牛子”，并把它种到地下，为更多的百姓治病。

邻国日本也喜欢牵牛花，日本古代最著名的长篇小说《源氏物语》中，根据开花时间的早晚，把牵牛花称为“朝颜”，把打碗花称为“昼颜”，把葫芦花称为“夕颜”，把月光花称为“夜颜”。这四种花都长得像喇叭，都是爬藤的草本植物。

齐白石写意花鸟画。此图以酣畅淋漓的水墨，纵意所如的线条，凸显了红艳的花，淡墨色的叶苔，浓墨色的山石，形成了凝重而又活泼的节律，充满宁静亲切的田园诗意。牵牛花蓬勃而起，花朵上扬，光彩照人，给人一种蒸蒸日上的力量。

牵牛花还是乡村孩子的玩具。夏天在田野里游玩的孩子，有时会薅拽牵牛花茎蔓编织成帽子遮阳，或编成花环戴在胸前嗅其芳香。小女孩往往采了牵牛花簪在头上，插在辫梢，载歌载舞，放飞童年的快乐。

野西瓜苗的模仿秀

野西瓜苗，又名香铃草、小秋葵、野芝麻、打瓜花、山西瓜秧等。为一年生草本植物，属锦葵科木槿属。夏秋时节，在故乡的河边路旁、荒地林中常常可见到其色彩夺目的身姿。一般株高二十五到七十厘米，茎直立或稍卧生，碧绿的叶片衬托着由五片花瓣组成的接近白色的淡黄色花朵，花心底部变为绛紫色，中间凸显红黄相间的花蕊。绿白黄紫四种颜色融汇的花朵仿佛运用了中国国画的水墨技法，浓淡相润相宜，芳香四溢。其植株梗端的蒴果形似小铃铛，无声地传送着夏韵秋声。其实，野西瓜苗和西瓜并无关系，只因其叶子呈掌状裂，外形极像西瓜叶，仿佛是西瓜叶子的模仿秀，所以就被很多人称为野西瓜苗。

微山湖地区流传着野西瓜苗的传说故事。据说远古时野西瓜苗同西瓜苗本是王母娘娘在仙界栽种的两棵仙草，每年结出仙果供仙界食用。有一年大地上发生了洪水灾害，庄稼无收，饿殍遍野。王母娘娘便令西瓜苗和野西瓜苗从仙界下到人间，

香铃草的幼苗

七至十月为香铃草的开花期

救民疾苦。来到人间后，西瓜苗脚踏实地，贴着地面不断伸展枝蔓，开花结果，结出了大而甜的西瓜。而野西瓜苗本来茎粗如葡萄，叶大如团扇，结出的果实如冬瓜，只能在水中生长。但它却从水里跑到地上，模仿西瓜苗的生长。结果不适应土壤条件，一切都变小了，只能把茎叶伸向天空，结出的果实小而寡味，最后变成了野草。野西瓜苗的传说令人思索，看来即使是根正苗好的仙草，如果不切实际只是靠模仿生长，最后也只能是与野草为伍。

传说终归是传说，其实野西瓜苗并不是一无所用的野草，它还是一种可食的野菜，是一种中药。村里的老人讲，新中国成立前，微山湖地区战乱频仍，常常发生洪水、蝗灾、大旱等自然灾害。遇到大灾年，农民吃了上顿没下顿，只能吃树皮、树叶，吃观音土充饥。但吃多了很多人便出现浮肿病，甚至丧命。为了活下去，人们只得寻找替代的食物。大家发现，用石磨把晒干的或冬天枯死的野西瓜苗磨成面，可蒸馍馍或烙饼子吃，咀嚼起来微甜而筋道，并能治疗浮肿病。灾荒

香铃草的蒴果为长圆状球形，果皮薄，黑色；种子肾形，黑色，具腺状突起。

年，野西瓜苗等野菜救了很多穷人的命。

夏秋季，乡村的孩子去林间捉蜻蜓、捉蝈蝈，有时会采摘野西瓜苗或打碗花的花朵作为游戏的工具，当作大自然馈赠的小喇叭吹，吹出率真的快乐和欢笑，吹出天籁之声的童年之歌。吹蔫了，便大口咀嚼，品尝其鲜美芬芳。

野西瓜苗全草可入药，具有清热解毒、利咽止渴之功效，能治疗咽喉肿痛、咳嗽、泻痢、疮毒、烫伤等病症。

因野西瓜苗的茎、叶、花色彩素雅，花期长，具有观赏性，而今在我国一些城市的公园里，已开始大片种植野西瓜苗供人观赏，为人们的生活带来了快乐和芬芳。

山石的邻居山韭菜

山韭菜，又名野韭菜、长生草、不死草等。山韭菜大多长在野草丛中，其外形看起来比较柔弱矮小，山风吹拂下，狭条形的叶片比一般野草易于摇动。但它却有山石坚韧不屈的性格，年复一年，不惧干旱炎热，在岩石上浅薄的土层中，在石缝间隙，在林缘沟边顽强地繁衍生长。它把嫩叶和柔嫩的茎、花、籽馈赠给人类，供人们食用和药用。

到山上薅割山韭菜，是孩童生活中一件充满刺激和快乐的事。在微山湖东岸的山脚下，游人常来游玩，松软的土层被踩踏硬实，春天到来后长出的山韭菜瘦弱无肉。孩子们便三五成群，结伴到半山腰层层叠叠的岩石间薅割韭菜。岩石缝隙经常渗出水，堆积的土壤富含腐殖质，为山韭菜的生长提供了良好条件，长得叶宽肉厚，香气扑鼻。为薅割到山韭菜，孩子们挎着小竹篮，像小猴子一样在岩石间爬上爬下，用小铲子把一簇簇韭菜慢慢铲割下来，整齐地摆放

在野草碎石中生长的山韭菜

在篮子里。为铲割半篮子韭菜，孩子们衣服上常沾满了泥土，一个个活像“泥巴猴子”。但他们总是开心地笑着、吵闹着，脸上洋溢着收获的快乐。

开花的山韭菜

野生的山韭菜可制成多种食物，它和野生的香椿芽、荠菜一样，丰富了味蕾上的春天。山韭菜可拌鸡蛋炒着吃，包饺子、包子，煎制韭菜盒子。邻居田大爷做得一手好面食，童年时曾吃过他煎制的山韭菜盒子。前一天深夜，田大爷把小麦面发好，第二天黎明才制作韭菜盒子。把泡软的绿豆粉皮、油煎的鸡蛋薄饼切碎，和切好的山韭菜以及用温开水泡好的桂花均匀地搅拌一起，加入食盐、油和葱花、姜末，而后包进擀好的面皮里，用擀面杖擀成长方形，放在铁鏊子上煎制。掌握好火候、时间、翻转次数，是煎制好菜盒子的关键。火候太大，时间稍长，鏊子太热，容易煎老煎煳。翻转不及时，易使菜盒子两面焦黑。田大爷在火候和时间控制、翻转次数上都做得恰到好处，使煎熟的菜盒子馅面互融，里鲜外焦，香气四溢，令人回味无穷。

七到九月，是山韭菜开花的时候。白色的小花微泛红色，在山崖上一片片、一簇簇如点点繁星闪烁。乡间的孩子常把采割的山韭菜花和种子一起，让父母亲腌制咸菜。把韭菜花洗净晾晒后放在坛子里，加入适量的盐、姜、大蒜、冰糖、白酒，而后密封好储存在地下菜窖里。十多天后就可开坛享用，吃起来香甜脆嫩可口。前些年，煎饼卷大葱是山东人日常生活中的标志性食品。寒冷的冬季，乡亲们常用煎饼卷腌制的韭菜花吃，成了一道舌尖上的美食。

而今，作为绿色蔬菜的山韭菜受到了人们的青睐。城里人春天到微山湖东岸的山上游览时，常爱到小饭馆里吃山韭菜炒鸡蛋，并买些山韭菜带回去。山韭菜的馨香，已从乡村飘到了城市。

山韭菜除了作为蔬菜外，全草可入药，有活血散瘀、祛风止痒的功效。可医治跌打损伤、刀枪伤、荨麻疹、牛皮癣等疾病。此外还有健脾养血、强筋壮骨的作用，所以有些地方也称山韭菜为“起阳草”。

招摇的狗尾巴草

不在意出生地的肥沃还是贫瘠、宽广或是逼仄、潮湿还是干旱，在田头、沟渠旁和石缝间，从春到秋，狗尾巴草总是顽强地生长。即使生命早已枯萎了，在大雪纷飞的冬日，仍能看到一簇簇枯黄的狗尾巴草在晃动，向世界宣示自己的存在。

狗尾巴草的植株成熟后，茎干的顶部会长出一个椭圆形的小穗子，极像狗的尾巴。整体呈绿色，上面布满细小的茸毛，摸起来毛茸茸的，非常舒适。站在河滩上观看狗尾巴草，是一种美的享受。轻风吹拂下，连片的狗尾巴草像一层层细浪、一片片绿云在摇漾、摇漾。摇漾着柔美，摇漾着清香，摇漾着孩童连天接地的梦想。一只只绿色或黄色的蛾子曼飞其间，不知是在浮游还是在舞蹈。风、草、虫和天空、大地形成的画面美得让人心醉。

田野里招摇的狗尾巴草

狗尾巴草的穗子，还是乡村孩子嬉戏的工具。小伙伴们在田野上游玩时，淘气的孩子有时便把狗尾巴草的“尾巴”拔出来，偷偷地在前面行走的孩子的颈项上搔痒，引起你来我往

用狗尾巴草编制的儿童玩具毛毛狗

的混战。孩子们有时还把草茎和穗子一起咬在嘴里，用手拉着眼皮，鼓起嘴巴，故意一歪一扭地走路，学传说中的妖怪走路的样子。因狗尾巴草的茎干细长，较有韧性，孩子们常用其编织奇形怪状的玩具，如编织毛毛狗、小兔子、小鸟和蝈蝈等小动物。童年时一个夏日的中午，我和两个小伙伴在田野游玩，玩起了斗毛毛狗比赛。我们各自在沟边薅了一抱狗尾巴草，编好自己的毛毛狗，学着狗的叫声，拿在手上进行头对头的顶撞、撕咬。轮流争斗一番后，谁编的毛毛狗完好无损，谁便是冠军。失败者要爬上沟边的大桑树给冠军摘桑葚吃。结果我和一个小伙伴被斗败了，只得爬到树上摘桑葚。我们正摘着葚子，突然树下的小伙伴大声惊叫："不好了，老蛇精出洞了！"边喊便撒腿飞跑。我们两人站在树上，只见两条大花蛇都有近两米长的样子，从草丛中爬到大桑树下，昂着头嗞嗞地叫。我们在树上吓得浑身发抖，折断树枝朝下扔，大蛇就是不离开。过了一会儿，跑走的小伙伴喊来在田间放牛的一位老爷爷，手里挥舞着一把鞭子，才把两条大蛇吓得跑进沟里。老爷爷用鞭子拨开沟边被青草覆盖的一根粗粗的大桑树根，露出了蛇窝，里面隐约有小蛇在蠕动。老爷爷笑着说，你们惊扰了蛇这一家子，所以大蛇才出来吓唬你们。我们连声表示感谢，捧着采摘的桑葚给老爷爷吃。这次斗毛毛狗比赛，给我们三人留下了深刻印象。二十多年过去了，我们见面时，仍不自觉地说起这次被蛇打断的使人受到惊吓的比赛。

狗尾巴草的茎干和叶子含有很好的营养成分，鲜草或晒干后可做牛驴马羊等家畜的饲料。成熟后狗尾巴草的穗子搓出的谷粒，可熬稀饭喝，煮熟后嚼起来有淡淡的香甜味。

宋·佚名《写生草虫图册》。画面右侧有狗尾草和紫菀叶，彩粉蝶、蜻蜓、蚱蜢皆为动状，整幅画面充满动感。三只昆虫在画面上的等边三角形构图，平衡了丛生的野草所造成的重心偏移。野草、花叶用花青加汁绿勾填，花用没骨法出之，昆虫工笔兼写意，形态逼真。

狗尾巴草还是一味中药，有清热利湿、祛风明目、解毒杀虫的功效。在治疗风热感冒、黄疸、痢疾、小便涩痛、目赤肿痛、疮癣等方面有很好的疗效。

故乡大河边的灌木丛里，还生长着狼尾巴草。与狗尾巴草相比，狼尾巴草在叶子形状、长度和刚毛的长度、颜色等方面都有不同。狼尾巴草一般高达一点二米左右，叶呈线形，较细长，叶鞘光滑，刚毛长一点五厘米，呈淡绿色或紫色，圆锥状花序直立，穗子常单生。而今狼尾巴草已成为城市和乡村一些公园里的观赏野草。

狗尾草的“大哥”——狼尾巴草

悬挂着童年记忆的葫芦

葫芦，是乡间承载着多重功能的一种植物：它是一种吉祥物，可供观赏；它是一种蔬菜，味道甘甜可食用；它是一种生活器具，服务于日常生活；它是一种雅致的清玩，供人把玩摩挲。故乡很多人家都爱种植葫芦，每年夏天在房前屋后、篱边田头都能看到其率意攀爬的藤蔓。在流向微山湖的大河河岸边的树林里，一直野生着一种小亚腰葫芦，冬去春来，与野草一起荣枯。

乡间种植的葫芦多种多样。因品种不同，可分为亚腰葫芦、瓢葫芦、长柄锤葫芦、长筒葫芦、异形葫芦、花皮观赏葫芦等等。从外形上看，有长形的，有圆形的，有短柄大肚的，有的大如南瓜，有的小如桃杏。

生长、悬挂着乡间孩童童年记忆的葫芦

上小学时，父亲是微山湖西岸方圆几十里地闻名的擢鱼能手。用一张擢鱼网，下到小河里一天就能擢一百多斤鱼。用竹竿把一张丝网四面支开，形成一个两米长、一点五米宽、八十厘米高的像小房子一样的网，前面开门。擢鱼时，把网放在小河一边的浅滩上，两腿并立顶住网一边的支撑架，一手抓住擢网的中心支撑竿，一手用半圆形的葫芦瓢舀水，从小河中心向放网的河边一瓢瓢泼洒，形成一条条长长的紧紧相连的抛物线。水珠震动水面发出啪啪声响，赶得鱼儿纷纷跑进擢网里，然后抬起网用水瓢把鱼舀出甩进背篓里，继续前去擢鱼。

因父亲常年擢鱼，一年要泼坏几只泼水瓢，所以每年父亲都细心地栽种圆葫芦，制作擢鱼用的泼水瓢。春天，父亲在房屋后的荷塘边种几棵葫芦。长出苗后便用树木搭起凉棚，让葫芦藤蔓攀爬生长。夏天到了，葫芦的藤蔓爬满凉棚，绿叶荫浓，开出白色、黄色的花儿，引得蝴蝶和飞蛾纷纷前来采蜜。夏夜，月明星稀，风送荷香。凉棚下，我常和邻居的两个小孩一起躺在苇席上，听父亲和邻居拉家常，讲云里雾里的妖怪故事。一种灰黄色的飞蛾，比槐树叶还要大，爱在晚间飞来扑棱棱地吸吮葫芦花蜜。我们几个小孩便唱着儿歌“葫芦葫芦花，葫芦葫芦蛾，都来吃我的大花馍。你跺跺脚，我拍拍手，蛾子撑得不能走”，用小网兜捉套飞蛾。一个小时的时间便能捉住几十只，弄得手上脸上都是飞蛾撒下的白粉。然后把飞蛾装进小瓶子里，天明后用来喂鸡。夜深了，流萤飞舞，青蛙鼓噪。睡意袭来了，我们几个小孩子便盖上床单睡在凉棚下，很快便进入了梦乡。葫芦花，绽放着童年时代多少甜美的梦和记忆啊。

夏天或秋初，长成的葫芦瓜瓤色白香甜，乡亲们大多切碎后用酱油和葱丝、姜丝炒食，或包菜包子吃，有的也把瓜瓤切块晒干后冬天享用。

秋天，成熟后的葫芦可做生活器具。在葫芦壳上割出一个小门，把蔬菜种子放进葫芦里，而后把割掉的葫芦外壳凿几个小孔用手摁上，蔬菜种子便得到很好的保护。把葫芦一劈两半，倒出内瓤，可用来舀水，或盛放食物。孩子们最感兴趣的，还是用小葫芦来养蝈蝈。把葫芦倒出内瓤，就可随意雕琢成漂亮的蝈蝈笼子。

葫芦的谐音为“护禄”“福禄”，有驱灾辟邪、祈求幸福之意。同时葫芦籽众多，寓有“子孙万代，繁荣吉祥”之意。乡亲们喜欢在大门两旁悬挂葫芦，或在室内的供桌上摆放两只葫芦。有的还把很小的亚腰葫芦用红线系着，戴在小孩的脖子上作为饰物。这已经成了微山湖地区乡间的一种习俗。

清代苏州青缎绣葫芦福鹤补子。圆形的补子上，绣有葫芦、福鹤和草花等吉祥图案，色彩华丽，刺绣工艺精美，代表了清代苏州刺绣的最高水平。

父亲去世十多年了，他擢鱼的方法在故乡已很难见到。在城市里逛市场，有时会看到葫芦作为清玩出售。看着葫芦，我不由得默诵起台湾诗人痖弦《红玉米》中的诗句："犹似叫哥哥的葫芦儿藏在棉袍里，一点点凄凉，一点点温暖。以及铜环滚过岗子，远见外婆家的荞麦田，便哭了。"不禁想起童年在故乡的葫芦秧子凉棚下度过的那些欢乐时光，想起父亲在小河里擢鱼时用葫芦瓢泼出的那一条条水的抛物线，击水时总是那么响亮，闪着耀眼的长长的光芒。

刺人的葛勒子秧

葎草，乡亲们习惯叫它葛勒子秧、拉拉秧或割人草，是乡间最常见的一种野草。唐朝苏敬在《唐本草》中说：“葎草生故墟道旁。叶似蓖麻而小薄，蔓生，有刺，亦名葛葎蔓。”明代李时珍《本草纲目》记载：“此草细茎有刺，善勒人皮肤，故名勒草。讹为葎草，又讹为来莓，皆方音也。”数百年前，苏敬和李时珍两位药物学家把葎草的生长环境、叶形、特征等方面都描述得较为明晰了。

对葎草，人们既恨又爱，有一种爱恨交加的感情。

葎草满身长刺，人与其接触会带来伤害。葎草整体呈碧绿色，叶片为五角形，叶面粗糙，外围锯齿状。茎、枝、叶柄、叶上布满了细小的倒钩刺。这些“刺”，本是葎草出生后自身携带的防护武器，但对与其接触的人或其他动植物来说，却起到了伤害作用。乡村的孩子在路边院外玩耍时，一不小心

葎草大搞霸凌主义，肆意侵占、挤压其他草本植物和灌木的生存空间。图为攀爬在灌木丛上疯长的葎草。

葎草雌株八月中旬开花，雌花序球果状。葎草的雄株七月下旬开花，花序圆锥形，顶生。初开时苞片绿黄色，后变为暗紫色。

碰到了葎草，上衣或裤子上往往被钩破或拉出几根棉线。如果手、面或胳膊拉了一下，就会被拉出一道痕迹，感到发痒疼痛。童年时，夏天我常到鱼塘边割草，投到鱼塘里喂鱼。割草时大都卷起衣袖，胳臂上常常会留下被葎草钩刺的一道道红色痕迹。只得揉碎马齿苋或野薄荷叶搽敷，以消痒止痛。

葎草生长能力强，危害农作物生长。葎草很少受病虫侵害，飞扬跋扈，大搞霸凌主义。它喜欢成群生长，茎匍匐或缠绕在一起，长达数米，疯狂侵占、挤压其他植物的生长空间。葎草的种子产量很高，一株产数万粒，主要以风和鼠虫类为媒介传播。它的分枝和再生能力更是惊人，每株分枝几个或十几个，如割断没有除根，不久就生发出一簇新的茎叶。葎草的茎蔓喜欢缠绕在农作物或果树上，把自己的生命张扬在它们的憔悴和枯萎之上，严重影响农作物和果树的生长。

葎草的可爱之处，在于它是酿制啤酒的原料，可做家畜家禽的饲料，还是一味常用的中药。

葎草雌雄异株。雄花较小，为圆锥状花序。雌花序球果状，径约五毫米，可代替啤酒花酿造啤酒。葎草和啤酒花有亲缘关系，都是桑科葎草属植物。葎草属植物全球只有啤酒花、滇葎草和葎草三种，我国皆产。用啤酒花酿造啤酒，可平衡麦芽的甜味，赋予啤酒一种特殊的苦味。并有杀菌功效，能抑制微生物生长。此外，啤酒花还能提高泡沫稳定性。如果不加入啤酒花，泡沫性质会较差。所以，啤酒花被誉为“啤酒的灵魂”，成为酿造啤酒不可缺少的原料之一。葎草的这一功效，令人不由得肃然起敬。

葎草含有特定的营养成分，可制成家畜家禽的饲料。夏秋季，乡亲们有时会把葎草晒制成干草，饲养长毛兔、猪，产仔率明显提高。饲养奶羊，可使其多产奶。把葎草粉碎成草粉添加到玉米等饲料中喂鸡、鹅、鸭，使它们的成活率、产蛋量都有所提高。在饲料中添加一定量的葎草干粉，还能提高家畜家禽对环境的适应能力，调节营养平衡，增强消化吸收能力。

葎草全草可入药，具有清热、解毒、利尿、消瘀、消肿等功效。可治疗肺热咳嗽、肺痈、虚热烦渴、水肿、小便不利、湿热泻痢、热毒疮疡、皮肤瘙痒等疾病，是乡间中医治病时常用的一味中药。

对乡村的孩子来说，生长葎草的地方还是他们捕捉黄蛾虫的地方。从春到秋，黄蛱蝶幼虫以葎草为食，爱用葎草叶片搭建隐蔽所来遮风避雨、规避天敌。只有进食时，它们才慢慢爬出自己的隐蔽所。孩子们有时会拿着一根小木棍，扒拉着葎草茎叶，捉逮肥胖的黄蛾虫，不一会儿就可捉满一小瓶，用来喂鸡。望着一只只长着花尾巴、红冠子的公鸡和性格温顺的母鸡蹦跳着、吵闹着，争抢叼食黄蛾虫，孩子们喜笑颜开，早已把被葎草钩刺的痒痛抛进了爪哇国里。

生长着祥云的泽漆

泽漆，又名五朵云、猫眼草、五凤草等。它全株有二三十厘米高，叶、花、籽是碧绿的，只有茎呈紫红色。春夏时节，在故乡的路边沟旁、林下田头常见到它毗邻小蓟，枝叶饱满鼓胀，群聚而生的情形。

泽漆奇特的外形，使乡村的孩子感到好奇。一棵泽漆只有一根粗壮的枝干，在其顶端分出五根柔韧的绿枝，细而圆润，如同仙人伸出的一只手掌，每根绿枝就如手指。手指的顶端捧着五朵小花，植物学上称为杯状聚伞花序，仿佛五朵飘浮的祥云。一片片生长着的泽漆，低头细看，就像一片片祥云在涌动汇聚。看着泽漆，爱幻想的孩子有时会追问大人：云怎么变成了这种草在地上生长呢？《西游记》里猪八戒腾云驾雾，不会是踏着泽漆飞翔吧？回答孩子的，是大人一阵开心的笑声。

形如五朵云的泽漆

泽漆貌似曼丽柔顺，但却是一种有毒的野草。它属于大戟科植物，枝叶内富含乳白色浆液。把其茎或叶折断，会有大量乳浆流出，乳浆中含有刺激性树脂，不小心沾上皮肤，会使皮肤红肿甚至溃烂，接触眼睛甚至有失明的危险。因此，明代朱橚在《救荒本草》中说：“生时摘叶有白汁出，亦能啮人。”

春夏秋季，乡村的孩子割野草喂家畜时，大人常常提醒孩子，一定不要割泽漆，猪牛羊等吃了会患病或被毒死。但可用泽漆喂养小兔子，兔子吃了会长得白白胖胖。上小学三年级时，母亲养了几只长毛白兔。每天中午放学后，我都在路边摘一些曲曲菜、打碗花和泽漆，回家喂养小兔。兔子都是大口咀嚼，吃得津津有味。

中医有以毒攻毒的治病方法，泽漆是一味能治疗很多杂症的良药。它具有化痰散结、杀虫止痒、利尿消肿等功效。故乡的老中医常用泽漆治疗颈淋巴结核、痰多喘咳和皮癣、皮肤发痒等疾病。孩子们夏夜室外乘凉，身上如被蚊子叮咬了红肿发痒，老中医便将晒干后的泽漆捣碎敷于被叮咬处，不久就能消肿止痒。

上小学时，邻村杨爷爷有一祖传的秘方，用泽漆、野韭菜花等几种中草药配制成药膏治疗儿童腮腺炎，疗效非常好。把膏药敷在患病孩子的腮上，两天更换一次，更换三次便可治愈。附近村庄患腮腺炎的孩子，常被父母亲带着到刘爷爷家来治疗。刘爷爷当时已经八十七岁了，想把祖传的秘方传给独苗儿子，但儿子对此不感兴趣。几十年过去了，也不知刘爷爷治疗腮腺炎的秘方失传没有。

泽漆、播娘蒿等也是危害麦子生长的杂草。春天，孩子们有时会跟着大人到麦田薅取泽漆，带回家焯熟后凉拌着吃，味道微苦而清香。吸烟的老年人有时还采摘泽漆的茎叶，晒干后当茶泡水喝，祛

泽漆也是危害麦子生长的杂草

痰化瘀。炎热的夏夜，月光如水，南风习习。老人们坐在门前的大槐树下品酌着泽漆茶，拉着家常。孩童爬绕在膝下，蟋蟀弹琴，茶烟清扬，缕缕泽漆茶的清香沁醉了他们的心房。

蟋蟀草，只用来斗蟋蟀？

蟋蟀草，在乡间本是一种常见的危害农作物生长的野草，却因我国古代斗蟋蟀游戏的兴盛而赢得大名。蟋蟀草，一名牛筋草，一年生草本植物。根系极发达，秆丛生，高十五到九十厘米，基部倾斜，叶鞘两侧压扁而具脊，叶片平展条形。茎叶略似狗尾草，唯穗状花序二到七个呈指状簇生于秆顶。六七月份开花，八月份果实渐次成熟，种子边成熟边脱落，随风、水及经动物粪便传播，越冬休眠后萌发。在故乡的田边路旁和荒地里，都可见到它一片片生长的身影。

在野草的王国里，一些野草的出名是因其有营养较为丰富的食用价值，如荠菜、马齿苋、野水芹等等；一些野草的出名是因其有突出的医药和健身作用，如地黄、何首乌、益母草等等；一些野草的出名是因其被古人赋予了通神的特性，作为占卜、祭祀用品广泛使用，如蓍草、艾蒿、菖蒲等等；一些野草的出名是因其有较好的观赏价值，可用来美化人们的生活，如牡丹、菊花、荷花等等；一些野草的出名，是因其有独特的使用价值，如蟋蟀草、马唐草等等。蟋蟀草因可用来逗蟋蟀出名，与其自身的植物特征有很大关系。它的茎秆、叶子非常坚韧，如牛筋不易折断。把草茎分裂作丝状，既有韧性又有弹性。草茎顶端的小穗，长四到七毫米，宽二到三毫米，含三到六朵小花，用来撩拨蟋蟀非常适中。斗蟋蟀时，根据需要可随时裁剪草茎或穗子。

斗蟋蟀游戏，在我国唐代的有关资料中已有记载，但那时主要流行于贵族之间。到了宋代，斗蟋蟀游戏已趋于平民化。南宋奸相贾似道撰写了我国第一部研究蟋蟀的专著《促织经》。明清时期，斗蟋蟀之风大炽。明代宣宗皇帝下令官府采办蟋蟀，年年征收，搞得民不聊生，被人称为“蟋蟀皇帝”。清代更是制造了许多饲养、挑逗蟋蟀的精细的工具，出现了多部研究蟋蟀的专著。斗蟋蟀已蜕变为博戏，玩物丧家，玩物丧志，在一些地区成了祸国殃民的社会现象。清代文学家蒲松龄在《聊斋志异》中写有《促织》这篇小说，对此进行了深刻揭露和抨击。明清时，蟋蟀草已成为斗蟋蟀的必备工具。清顾铁卿《清嘉录》记载苏州斗蟋蟀的情况：“大小相若，铢两适均，然后开册（册，斗蟋蟀笼子的分隔栅栏门）。斗时有执草引敌者，曰‘芾草’（即蟋蟀草，用来伸入笼中撩拨蟋蟀，以招其怒）。两造认色，或红或绿，曰标头。台下观者，即以台上之胜负为输赢谓之‘贴标’。斗分筹码，谓之‘花’。花，假名也。以制钱一百二十文为一花，一花至百花、千花不等，凭两家议定，胜者得彩，不胜者输金，无词费也。”现代著名学者邓云乡先生慨叹，“千花”即等于一百二十吊制钱，按当时钱价折算，便是一百二三十两银子。这在当时不是小数目，可见虫儿虽小，赌注却是相当大的了（《斗蛐蛐，听蝈蝈》）。如果只用于赌博游戏，蟋蟀草便成为毒草，成为祸国殃民之草。

夏天开花的蟋蟀草

其实，蟋蟀草根系发达，秆叶强韧碧绿而汁液略带甜味，全株可做牛、马、羊和兔子等家畜的饲料。夏天，乡村的孩子有时会用铲子或镰刀铲割新鲜的蟋蟀草喂养家畜。秋天，会将蟋蟀草铲割回家晒干储藏起来，作为家畜冬天的饲料。童年时，我和邻居的孩子去田野里为家畜割草，很少割蟋蟀草。因其根系深扎泥土中，用手很难薅取，必须借助铲子或镰刀，铲割起来费时费力，见到蟋蟀草，多是避而远之。我们爱薅取铁苋、富苗秧等根系在泥土里扎得不深的野草，非常省时省力。

在故乡，老中医看重的还是蟋蟀草的药用价值。蟋蟀草全草入药，具有祛风利湿、清热解毒、散瘀止血等功效，可用来防治风湿关节痛、黄疸、痢疾、小便淋痛等症状，对跌打损伤、外伤出血也有一定疗效。村里的老中医刘爷爷用蟋蟀草、雷公藤等十几味中草药熬制风湿止痛膏，用来治疗风湿关节痛患者。他坐诊的医室里，常有附近村庄的村民前来诊治腿脚和手臂风湿痛，每次只收五毛钱的药费。为了表达谢意，很多患者治愈后为其送来“医者仁心”“大爱无疆”等红色的三角形小旗，刘爷爷的医室里挂着三十多面这样的旗帜。

马唐，马食如糖

上小学五年级时，我和老中医田爷爷的孙子小虎各养了两只小白兔。一天中午放学后，为了让小白兔吃上新鲜草料，我便约上小虎一起到田野里割青草。三伏天，毒辣辣的太阳把草木晒得发蔫，爱飞翔的蜻蜓静静地躲在树叶下小憩。田爷爷微笑着对我俩说："你们年龄小，不要去河边割草，以免滑进水里。前一段时间，我到村东面紧临大河的那片红麻地采割草药，见一片片马唐草长得有半米高，便于割取。草丛里还长着野瓜，你俩如运气好，也许还能吃到。"听了田爷爷的话，我俩半信半疑：红麻地有一百多亩，密密麻麻地生长着红麻，都有三四米高，怎能生长马唐草和野瓜？我们背着草筐，向红麻地跑去。

到了红麻地，分开纵横交错的红麻秆叶，驱赶着飞蛾和蚊子，我们踉踉跄跄向里走去。走了三百多米远，只见红麻稀疏的地方，都拥挤地生长着马唐草，茎叶交错叠积成堆，一片碧绿。有些马唐草非常霸道，把弱小的红麻都压在了茎叶下。

春天生长的马唐草

忍受着闷热，用了不到半个小时的时间，我俩用手薅或用镰刀割，就把马唐草割满了筐子。我们便一东一西散开去，寻找野瓜。向东走了近百米远，在一片马唐草间我看到了几棵生长的野甜瓜秧子，结着三个熟得发黄的野瓜，像突然发现了什么宝物，大声叫喊着小虎前来采摘。我们把采摘的野瓜放在草筐里，兴高采烈地走出了红麻地。成熟的野瓜散发着醉人的香气，来到水沟边把野瓜洗净，我俩便一起大快朵颐起来。

回到家里，我们向田爷爷叙说马唐一片片长在一起，容易收割的状况。田爷爷笑着说："孩子们，借这个机会让你们多了解一点马唐草的知识。《本草拾遗》记载：'马唐，生南土废稻田中。节节有根，着土如结缕草，堪饲马，马食如糖，故名马唐。'马唐为一年生草本植物，既是一种很好的牧草，也是危害农田的杂草。它的生存、繁殖能力很强，红麻长势不好的地方就被它攻掠为自己的地盘。它一节节生长，每一节的两端又生出根须扎到土里。四下散开，许多枝节一起生长，容易成蔓延之势，也容易叠积成一片。马唐除了作为家畜家禽的饲料外，还是一味很好的中草药。它性味甘，有明目润肺的作用。煎取汁，可以治疗肺热咳嗽，预防近视。新鲜的和晒干的马唐草，都可做药材使用。"听了田爷爷的讲解，我们对马唐草的作用有了较为全面的了解。

马唐草长出的茎穗，明清时也用作斗蟋蟀的工具。

在故乡，还流传着马唐草作为草药治病救人的故事。传说很久很久以前，一条大河的两岸分别住着姓马姓唐的两户人家，世代以耕田种地为生。马家二十多岁的女儿，已许配给唐家同龄的儿子为

明·杜大成《花卉虫草图册》（局部）。描绘了三只草虫轻轻飞在马唐草上，其中一只即将停在草叶上的瞬间。画面娟秀生动，栩栩如生。

妻。临近婚期，突然马姓人家的男女主人患病相继去世，女儿也得了肺热病，昼夜咳嗽不止。面对马家出现的情况，唐家没有丝毫嫌弃。寒来暑往，唐家的儿子用牛驮着未婚妻，辗转方圆几百里地寻医问诊，并给予无微不至的关怀照顾，但未婚妻的病情一直不见好转。春天来了，大河边长满了青草，开放着一片片野花。一天中午，唐家的儿子用牛正驮着未婚妻沿河岸外出寻医，突然几十只色彩斑斓的鸟儿衔着一种野草从岸边的草丛中飞来，落到牛背上。鸟儿把野草轻轻放在未婚妻身旁，喳喳地叫着，似乎在说这种野草可治疗其疾病。未婚妻想喝水，唐家男子便找来干草，到河里舀了几瓢水，澄清后连同鸟儿衔来的野草放进铁锅里，烧煮开水。未婚妻喝了用野草熬的开水后，咳嗽逐渐停止，病情也大大减轻。此后十多天，唐姓男子天天用这种野草为未婚妻熬水喝，终于治好了未婚妻的病。后来，人们便把这种能治病的野草称为马唐草。

随着对马唐草的深入了解，令人不由得赞叹：中医真是一种化腐朽为神奇的医术。马唐草，本是一种田间害草，成为中草药后却变为造福于人的益草！

有毒的曼陀罗

曼陀罗，也叫醉心花、狗核桃、洋金花等。为一年生草本植物，叶互生，叶片宽卵形，边缘具齿。花单生，花冠漏斗状，白色至紫色。蒴果表面有刺，卵圆形。花期六至十月，果期七至十一月。在故乡大河边一处久已坍塌的古寺庙遗址上，每年都长着一片片曼陀罗。夏天开花时，它那大而美丽的花朵常引得行人驻足观赏。

童年的夏夜，月明如昼，蛙声如歌，荷风荐爽。坐在荷塘边，常听村里的老人讲《三侠五义》和《水浒传》故事。老人们讲，《三侠五义》中的花蝴蝶姜冲使用的迷魂药，和《水浒传》中第十六回吴用智取生辰纲使用的蒙汗药，都是用曼陀罗花、叶、果等配制成的。曼陀罗全草有毒，具有中枢麻醉作用。人如误食后，一袋烟工夫就会出现症状，发生傻笑、幻觉、昏迷等情况，严重者二十四小时就会晕迷死亡。看到曼陀罗，总对其有一种畏惧感。

曼陀罗开花大而繁多，是一种很好的观花植物。

上中学后，老师带领全班同学去佛寺游览，看到寺里的佛座上雕刻有曼陀罗花，供案的瓷瓶里也插着盛开

曼陀罗结出的带刺的果实形如核桃

的曼陀罗花。我们请教老师供奉曼陀罗花为何意，老师告诉说，曼陀罗花在世界各地的宗教，特别是西方的基督教和东方的佛教经典中都有自己的传说。曼陀罗花在西方神话中一直被赋予恐怖色彩。为了让孩子们远离曼陀罗的剧毒，中世纪的西方人相信，如果曼陀罗被连根拔起，它会惊声尖叫，听到这种叫声的人非死即疯。还有人说曼陀罗带着天生的诅咒，如果看到它开花，情人便会死于非命。曼陀罗花在古印度褒贬不一，成为吉凶俱存的象征。它既是情欲之门的门环，也是构成盛景的基地。一旦被摊开，即成为浩大的曼陀罗道场，被看成是“天使的号角”，或是“魔鬼的号角”。

在中国的习俗和佛教的传说中，曼陀罗花被认为是吉祥之花。中国佛教有四大吉花，也称圣花，分别是优昙花、曼陀罗花、莲花、玉兰花。曼陀罗花被看作是圣洁之物。因佛法修的是清心寡欲，万物皆空，所以在很久以前，曼陀罗这无蕊的白花就被人们看作是神的化身，象征空心、无心和安心。据说只有天生的幸运儿才有机会遇见它，能给人带来无限幸福。听了老师的讲解，通过向村里老中医田爷爷请教，曼陀罗蕴含的东西方草木文化，使我忽生敬畏之心。

中医使用曼陀罗为人治病，使我对这种有毒的野草更多了一份好奇心。故乡的老中医田爷爷说，中医把曼陀罗一直作为一种镇静药物，用于治疗哮喘、疼痛、关节炎和肠胃病等。此外，西医还把曼陀罗作为抗生素和麻醉药使用。田爷爷常用曼陀罗治疗关节炎和风湿病。他把新鲜的曼陀罗叶子、花朵、种子捣碎成糊状，敷在病人的相关部位，能有效缓解疼痛。把曼陀罗叶子制成茶，让肠胃病患者泡水服用，也有很好的疗效。田爷爷还用曼陀罗帮助失眠症患者改善睡眠。他把捣碎的曼陀罗叶子用纱布包裹，让患者放在枕头旁，通过叶子中的诱导睡眠的化合物，帮助患者尽快进入梦乡。

用来预测吉凶的蓍草

在微山湖西岸一处遍布瓦砾的道观遗址上，每年夏天都生长着一片开着白花的蓍草，面积有半个篮球场那么大。据村里的老人讲，道观建于明代，为大运河中南来北往的船只提供食宿。一九三八年日寇侵略微山湖地区时，殿宇巍峨的道观被日军的炮火摧毁。只有这片蓍草年年吐绿发芽，茁壮成长。这片蓍草原是清朝的某位船商种下的用来占卜算卦的神草。时移势去，蓍草只能与芦苇、狗牙根为伍，年年落寞地荣枯。童年时，一个金风送爽的秋日的下午，我跟着老中医田爷爷采药，在湖边的道观遗址上第一次认识了蓍草。

春天萌生的蓍草

蓍草，菊科，多年生草本植物。别名锯齿草、羽毛草、蚰蜒草等，乡亲们多称其为蚰蜒草。叶互生，长线状披针形，篦状羽裂，裂片边缘有锯齿。头状花序多密集于枝顶成复伞房花丛，夏秋间开白花。蓍草本是一种极平凡的野草，只不过活得稍微年长一些。西晋张华在《博物志》中说："蓍千岁而三百茎，其本已老，故知吉凶。"蓍草能活千岁，这只是小说家的夸张说法，但活几十年到上百年是没什么问题的。

早在先秦时代，蓍草就已被人们看成是占卜算命的神草。《礼记》记载："龟为卜，策为筮。""策"就是蓍草。用龟甲算命叫"卜"，用蓍草算命叫"筮"。那时人们比较迷信，遇到问题首先想到的方法是占卜。《史记》记载："王者决定诸疑，参以卜筮，断以蓍龟，不易之道也。"意思是说君王议定众多疑难问题，参考卜筮，用蓍草断定，是常用的方法。后来《周易》文化繁盛后，蓍草逐渐取代了龟甲，成为人们日常迷信占卜的主流。孔子认为，"蓍"字从"耆"。耆是六十岁之意，是说老人活的年龄大、经过的事情多，便能以往事为鉴预知未来。所以古人采蓍草断定吉凶，也讲究蓍草生长的年龄，认为植株越老，占卜的结果越可靠。《史记·龟策列传》说，如果能得到有一百个茎的蓍草来占卜，一切预测都会很准确，足以断定吉凶。这使蓍草更蒙上了神秘色彩。用蓍草卜筮的方式，古人称为"揲蓍"。就是把一定数量的干硬的蓍草茎秆，进行一系列复杂的分堆操作，从中得到八卦中的某一个卦象，接下来便从卜辞书中查询吉凶祸福。说穿了，龟甲和蓍草只是算卦者随意操弄的一种道具而已。用龟甲蓍草预测吉凶，古代很多人对此也是坚决否定的。东汉王充《论衡》记载："周武王伐纣，卜筮之逆（与行军方向相反的大风）。占曰：'大凶。'太公（即姜太公姜子牙）推蓍蹈龟而曰：'枯骨死草，何知而凶！'"姜太公继续辅佐武王进行推翻商纣残暴统治的战争，终于建立了周朝。从战国末期开始，用蓍草预测吉凶便逐渐衰落了。

蓍草具有解毒利湿、活血止痛的功效，还是一种中草药。常用来治疗乳蛾咽痛、泄泻痢疾、肠痈腹痛、热淋涩痛、湿热带下、蛇虫咬伤等病症。夏秋季，村里如有人被毒虫咬伤，老中医田爷爷就把新鲜的蓍草捣成糊状，外敷在患者的伤口周围，有较好的止痛消炎作用。田爷爷还用蓍草、雷公藤等配制了药膏，用来治疗跌打损伤、风湿疼痛等病症，也有较好的疗效。

夏秋季开花的蓍草

鲜嫩的蓍草也是一种野菜。童年时，我曾吃过老中医田爷爷做的炒蓍草。田爷爷先用沸水把新鲜的蓍草焯一下，去掉其辛辣味，然后再和鸡蛋一起煎炒，炒出的蓍草吃起来柔嫩清香。

故乡的苦楝树

春末夏初，正是故乡苦楝树开花的季节。它树干粗壮，枝叶柔软细密，树冠团团如盖，一簇簇柔美细碎的淡紫色的花朵在枝叶间散发着淡淡的香气，令人陶醉，引人遐想。

苦楝树是故乡常见的一种速生落叶乔木，乡亲们常称其为楝子树。一般六七年时间便长得有十米多高，树皮灰褐色，分枝广展，叶片卵形、椭圆形至披针形。四至五月开花，十至十二月结果，核果球形至椭圆形，内果皮木质，种子椭圆形。楝树对生存条件要求不高，耐寒、耐碱、耐瘠薄。在故乡的河岸路边和村前村后，都可见到其蓬勃生长的身影。

春夏之交，开花的苦楝树。

南朝宗懔《荆楚岁时记》记载，古人在物候方面有“二十四番花信风”之说。每年从小寒到谷雨，凡四月，共八个节气，一百二十日，每五候一

深秋悬挂在枝头上的苦楝子是一味中药，也是鸟儿的食粮和其自我治病的药品。

日，每候应以一种花的信风。楝花，是“二十四番花信风”的最后一番花信风。春夏之交，群芳飘落，苦楝树的绿枝嫩叶间却从容地绽放花朵，暗香浮动，在阳光的照耀下如紫霞氤氲。楝花仿佛是春天迎接初夏到来时最后一抹文静甜美的微笑。苦楝的花期很长，一般能持续一个月的时间。直到五月中旬，小麦成熟时楝花才飘落。而后楝枝上又结出一串串翠绿的楝实，在稠密的叶片间摇曳。楝叶楝实亦散发出一种淡淡的香气。深秋时节，秋风阵阵袭来，楝树树冠由青变黄，楝树叶逐渐飘飞了，一串串金黄的楝实就像一个个金铃挂在树枝上闪闪烁烁。楝树长叶、开花、结果的日子里，乡村的孩子常常不经意地站在树下观赏，嗅其芳香。

“楝子”谐音“连子”，寓意接连生育子女，多子多福。故乡有用楝树为结婚青年男女制作家具的风俗。男女结婚前，老人常用楝树为他们制作睡床、饭桌、凳子等日常用具。在陪送新娘的衣柜里，新娘子的父母亲常放上一把枣子和一把楝子。新娘子过门后，婆婆常让一对童男童女在其睡眠的枕头里放上几粒花生米和楝实。与楝子有关的乡村习俗使孩子们感到好奇，他们朦胧地了解到长辈们对晚辈的希望和祝福。

楝树，有人亦称苦恋树，因“楝”与“恋”谐音，便寓含相思之意，笼罩着淡淡的哀怨和惆怅。这种相思，是游子思念家乡？是彼此相爱的人思念对方？是一个人思念往日的旧时光？睹树生情，因人而异。著名学者俞平伯先生上世纪七十年代曾在河南息县五七干校学习劳动，看到开花的楝树后激动不已，写下了两首七言绝句

《楝花》:“天气清和四月中，门前吹到楝花风。南来初识亭亭树，淡紫花开细叶浓。”“此树婆娑近钱塘，繁荣飘落似丁香。绿荫庭院休回首，应许他乡胜故乡。”出生在江南的俞先生，看到中原地区的苦楝树不由得产生了思乡之情。“应许它乡胜故乡”，也许只是一种思乡的无奈和自我宽慰。

现代化生活方式的急遽变化，工作、生活的日趋网络化，使人们在钢筋水泥的丛林，在数字化的虚拟空间，日夜流浪，使人与人之间的交往变得有些疏远和淡漠了。台湾诗人向明写有《苦楝树》一诗，通过对苦楝树的描画写出了人们这种被隔离、疏远的痛苦：

毫无倦意的，那株
瘦成周梦蝶式的苦楝树
犹在，七掌八拳地
苦斗一方
面色凝重的秋日
四野无人啊
掌声总是
越飞
越远的
雁阵
挥拳的苦楝树也无声
只当你嗑开，那一颗颗
失血的心似的楝子
才会凄厉地自你口中
迸出一声
苦

在城市的钢筋水泥丛林中，拍巴掌声都成了“越飞越远的雁阵”，连回声都很难听到了。城市中生长的这株苦楝树是孤独的，似乎有些无助，它也生长着向明先生对往日时光的忆念和流连。

楝子可做项链、手链等，牵系着人们对亲情友情、对故乡的思念。

楝树的花、叶、果、根、皮，皆可入药。用根、皮等可治疗蛔虫和钩虫病，用根皮粉调醋可治疥癣。故乡的老中医常用苦楝实熬膏治疗小儿头癣，疗效很好。一些鸟儿爱吃楝实，既是为了饱腹，也是为了治疗自己的肠胃疾病。

楝树可做木材使用，可药用，也是美丽的景观树。而今在故乡城镇化快速发展的进程中，村中的一些人行道上和街心小公园里都栽种了苦楝树。每年春末夏初楝花盛开，浓郁的花香在小村四处荡漾。

摇曳着情思的柳丝柳枝

“律回岁晚冰霜少，春到人间草木知。”（宋·张拭《立春偶成》）春天来了，阳光明媚，万物萌生。柳树也生出嫩黄的芽叶，“一树春风千万枝，嫩于金色柔于丝”（白居易《杨柳枝词》）。柳丝依依，凸显着春天的轻盈妩媚。

柳枝青青，是制作柳笛的大好时机。故乡有的孩子便截取一段柳枝，抽出其中的白棍儿，制成柳哨或柳笛，吹起天籁之音，边吹边手舞足蹈。常引得一只只燕子飞来飞去，轻轻地展翅围观。柔软的柳条，也是孩子们制作柳帽的上好材料。在细雨蒙蒙的初春里，孩子们常常戴着自己制作的柳帽，在原野里踏青嬉戏。

用一枝长长的柳枝，把柳皮、柳芽剥聚到梢头，也可到水塘边逗钓游鱼，给鱼儿送点“零食”。柳枝梢头在水面轻轻滑动，成群的小鱼争着抢食。突然提起梢头，贪嘴的小鱼吞着柳芽被高高地“钓”出水面，而后扑通一声掉进水里。掉下的鱼儿若无其事地在水里游动，孩子们的心中却荡起一圈圈涟漪。

乡间枝叶婆娑的古柳树

清明节的早晨，故乡有吃鸡蛋、在大门旁插柳枝、小孩戴柳的习俗。传说插戴柳枝，能挡邪煞、避邪气，带来安宁。故乡有“清明不戴柳，红颜变皓首。清明不戴柳，死后变黄狗”的说法。插柳枝还可以预测天气。老人们在清明节常说“柳条青，雨蒙蒙；柳条干，晴了天”，便是讲插柳条有预测天气的功效。天一放亮，父母亲便折取细嫩碧绿的柳枝，把煮好的鸡蛋放到柳叶上，以柳叶的清香浸润鸡蛋。孩子们常常一边咀嚼鸡蛋，一边把嫩绿的柳枝插在大门两旁，把一丝柳叶戴在耳边。春风荡漾，鸟雀啁啾，插在门旁的柳枝轻轻摇曳，蛋香和柳枝的清芬使孩子们陶醉。

“谁能更学孩童戏，寻逐春风捉柳花。”（白居易《前有别杨柳枝绝句梦得继和又复戏答》）柳花漫天轻扬，孩子们的嘴角带着食用柳芽的余香，便做起捉柳花游戏。柳花在面前舞蹈着，招引着，一会儿在头上飞，一会儿在脚下跑。大家或突然扑到地面，或突然蹦向空中，急急捕捉、追逐柳花，追逐春风，追逐春天前行的脚步，放飞孩童的天真烂漫。

清民间年画《春牛图》。描绘了柳绿燕飞的早春，孩童骑牛嬉戏的欢乐场景。

故乡有在去世亲人的坟茔上插种柳树的习俗。老人们讲，“柳”谐音“留”，寓有后人对逝者的追怀挽留之意。一些老坟地里，常常生长着一棵棵枝叶婆娑的老柳树。乌鸦、猫头鹰爱在这些柳树上做窝、啼叫，一年四季飞来飞去，为坟地增添了肃穆悲伤的气氛。

柳树也是一种会飞的害虫——天牛的寄居地。天牛因外形似牛，力气较大，善于飞翔而得名。微山湖地区的人们称之为“春牛儿”，形体有黄色的、灰色的、黑色夹带白色斑点的。烈日炎炎的夏日，孩子们在田野里采食桑葚、龙葵时，会去坟地的柳树上摘取一些柳枝编织柳帽，顺带捉几只天牛来玩。嗅着柳叶的清香，唱着欢快的儿歌，用细线缠系天牛的脖颈，和飞翔的天牛赛跑，大家早把炎热赶进了弯弯东流的小河里。

早春时节，柳树上冒出一簇簇柳芽，孩子们常爬到树上采摘。鲜嫩的柳芽，经过洗、焯、泡、洗等几个步骤进行处理，方可食用。柳芽可拌上香油、醋、蒜泥凉拌着吃，也可用来泡茶喝，摊饼子、做包子吃，或拌上面粉蒸着吃，集鲜嫩、清芬、微甜和一丝丝早春的苦味于一体，令人咀嚼着脾胃生津，提神爽气。上小学时，早春的一个上午随父亲去邻村参加一位亲戚的祝寿喜宴。席间，厨师做了一道菜名叫“凉拌柳芽”，让大家品尝。并微笑着说，这是我们鲁菜系的一道名菜。咀嚼着凉拌的柳芽，人们竖起大拇指不停地夸赞。近年来，市场上出现了柳芽罐头，食用更加方便。但吃起来，口感和味道似乎少了童年时那些柳芽的鲜美清香。

图书在版编目(CIP)数据

花木掩映的时光 / 田崇亮著. －－ 北京 ：中国文史出版社，2022.1

（跨度新美文书系）

ISBN 978－7－5205－3184－9

Ⅰ.①花… Ⅱ.①田… Ⅲ.①散文集－中国－当代 Ⅳ.①I267

中国版本图书馆 CIP 数据核字(2021)第 187213 号

责任编辑：牟国煜

出版发行：**中国文史出版社**

社　　址：北京市海淀区西八里庄路 69 号院　邮编：100142

电　　话：010－81136606　81136602　81136603（发行部）

传　　真：010－81136655

印　　装：北京新华印刷有限公司

经　　销：全国新华书店

开　　本：720×1020　1/16

印　　张：20　　　　字数：275 千字

版　　次：2022 年 1 月第 1 版

印　　次：2022 年 1 月第 1 次印刷

定　　价：68.00 元